LES DEMOISELLES DES ÉCOLES

MICHEL
PEYRAMAURE

C. Domini

Les demoiselles des Écoles

ROMAN

ROBERT LAFFONT

ISBN 2-221-07996-5

Avertissement

Ce livre est avant tout un roman, mais il est aussi une chronique : celle d'une année dans une École normale de filles durant la guerre de 14-18. L'ambiance de cet établissement, quelques personnages et la plupart des événements dont nous parlons, nous les devons à des témoignages directs d'anciens enseignants qui ont vécu la vie de normaliens ou de normaliennes durant cette époque. Le reste, la part de l'imaginaire, relève du droit du romancier à fabuler, mais dans un souci constant de crédibilité.

Pour Bruno Vizerie,
inspecteur de l'Éducation nationale.

Pour Andrée Vizerie,
psychologue scolaire.

Été 1990

Dans le village, on les appelle les « deux hermines ».

Elles sortent de leur trou à heures fixes, suivent le même itinéraire, accrochées l'une à l'autre par le bras pour éviter d'avoir à se servir d'une canne. Par fierté sans doute.

Lorsque je les vois surgir au fond du chemin qui conduit à ma demeure de Saint-Roch, je leur lance d'une voix forte, car elles sont un peu dures d'oreille : « Tiens! voilà l'attelage... » Elles sourient, me font un petit signe de leur main libre et me répondent : « Salut, Jésus! » Elles ont donné ce surnom au mécréant que je suis en raison de ma barbe et de ce qu'elles appellent ma « solitude de Gethsemani ».

Il en faut du temps à ces deux petites vieilles pour franchir les cinquante mètres qui séparent nos deux maisons. Un rien les met en arrêt : le lent passage d'un crapaud surgi des boues de la fontaine au cresson, le glissement de collier d'émaux de la couleuvre surnommée Pâquerette parce qu'elle sort au temps de Pâques, une fleur qui vient de naître, deux pailles en croix...

Parfois, lorsque la chaleur pèse sur ce parcours presque entièrement exposé au soleil, elles s'arrêtent à mi-chemin sous un prunellier et restent un moment à se repaître du paysage qui se pavane dans la lumière de l'été, avec des sommeils de montagnes bleues du côté de l'Auvergne, au-delà des collines du bas pays qui ondulent des hanches jusqu'à se fondre dans l'incandescence du ciel blanc.

Lorsqu'elles se retournent pour s'engager dans la dernière montée, je ne distingue d'elles qu'une ombre blanche et rose sous leur grand chapeau de paille et leurs lunettes à grosse monture qui leur font des visages de lémuriens. Deux petits Renoir...

Ce soir, en me voyant paraître sous l'auvent de ma terrasse, elles me font le même signe de la main mais un sourire plus avenant que d'ordinaire. C'est la visite de cinq heures. Je l'attendais. Elles mettront encore quelques minutes pour parvenir jusqu'à moi : il y a toujours pour elles quelque émotion à glaner sur cet itinéraire familier. Chaque pas leur offre un spectacle différent.

Cet espace de nature sauvage, elles l'inspectent comme on passe la revue. Elles grappillent des mûres pour les confitures, dont elles sont gourmandes; elles font, par jeu, éclater les gousses des balsamines venues pousser là par la grâce des vents, avec des impatiences au pistil boudeur. Après les premières gelées, elles cueillent parfois des prunelles dont elles font, avec des mystères d'alchimistes, la liqueur qu'elles m'offriront pour Noël.

Aujourd'hui, c'est le gros bouillon blanc poudré comme un marquis de cour qui retient leur attention : il fait des grâces au milieu d'un parterre d'angéliques.

Il m'arrive de les envier, ces deux petites vieilles qui se fabriquent du bonheur avec des riens. Un bonheur qu'elles entretiennent au jour le jour comme on ajoute quelques points à un ouvrage de dentelle. Une sorte de perfection dans la sérénité.

– Salut, Jésus!
– Salut, les filles!

Elles sont chez moi comme chez elles. Lorsque je quitte ma maison des champs pour un voyage, je leur laisse les clés, persuadé qu'à mon retour je trouverai la bouteille de porto à moitié vide et des mégots de cigarettes dans la cheminée. De menus larcins de souris dont je m'amuse.

Je m'écarte pour leur laisser le passage. Sous la blouse de paysanne qui est leur vêtement ordinaire, elles sentent l'iris. Après avoir accroché leur chapeau à la patère, je les invite à prendre place dans les fauteuils de la grande pièce qui me sert de bureau, de bibliothèque et de lieu d'accueil pour les amis. La bouteille de porto est déjà sur la table basse, à côté de la coupelle où j'ai versé les cacahuètes salées qu'elles commencent à picorer.

– Nous risquons d'y laisser nos vieilles dents, dit Malvina, mais tant pis! Aucun amoureux ne s'en plaindra.

Nous n'avons rien à nous dire mais la conversation bat son plein avec, de leur part, une liberté de langage et une vulgarité étudiée qui me ravissent. Hier soir elles ont eu très peur : un frelon s'est introduit dans leur chambre et elles ont dû le poursuivre avec une tapette pour le tuer... Elles n'ont pas revu depuis trois jours Gasparde, la grosse femelle crapaude qui, attirée par la lumière, se plante chaque soir sur le seuil... L'orage de dimanche a causé des dégâts à leurs haies de roses trémières...

Et puis il y a les nouvelles de Saint-Roch.

Il semble pourtant que rien de grave ne puisse se passer sous cette rassurante carapace de toitures qui dorment d'un sommeil de tortue au pied du château, mais les « deux hermines » ont appris à débusquer les événements avant qu'ils n'émergent dans les conciliabules de la place publique ou dans la presse. Une heure passée chez l'épicière ou la boulangère leur permet de ramener à domicile une moisson de nouvelles susceptibles d'alimenter leur quotidien.

– Une cigarette ?

Elles ne disent pas non. Mes deux amies n'ont pas le cœur très solide, Cécile surtout, qui vient d'avoir quatre-vingt-quatorze ans – quatre ans de plus que Malvina – mais aucune menace de cancer ne les inquiète. Elles papotent, rient, s'esclaffent. Cette jeunesse de tempérament, cette sérénité, cette indifférence aux aléas de l'avenir, je les leur envie. Je ne leur reproche pas de dérober du temps à mes activités car leur joie de vivre est communicative. Elles inspectent mon bureau, les étagères où je range les services de presse que je reçois des éditeurs, se pâment sur les dédicaces.

Nous vivons, mes deux amies et moi, dans deux mondes différents mais largement ouverts l'un sur l'autre et qui échangent en permanence leur harmonie et leur vérité, avec, de ma part, une crainte qui se renforce de jour en jour : que l'une vienne à disparaître, l'autre ne lui survivra pas longtemps. Lorsque surviendra cet événement inéluctable, je me sentirai orphelin et ma solitude deviendra difficile à supporter. Gethsemani... La vallée du Cédron ne se peuplera plus que d'importuns, et l'antique pressoir à huile sur lequel aurait pu se pencher le Christ et que je conserve religieusement dans ma grange ne pourra plus moudre que des noix amères.

Cette amitié qui les lie remonte à soixante ans. Elle est née ici même, à Saint-Roch, entre les murs de l'école communale où Malvina apprenait à lire et où Cécile faisait ses débuts d'institutrice, dans un poste dit « à concurrence » ; elle se trouvait face à l'abbé Brissaud et au chœur haineux des menettes. *Ce sentiment a résisté aux querelles, aux séparations, à tous les aléas de l'existence. J'eus le loisir d'éprouver sa pérennité le jour où Malvina me confia en grand mystère un manuscrit écrit à l'encre violette sur un cahier d'écolier datant de la guerre de 39-45, à charge pour moi d'y « jeter un œil ». J'y ai usé mes deux yeux durant des semaines, lisant, corrigeant, peaufinant ce qui est devenu un roman :* L'Orange de Noël.

Depuis que je les ai aperçues au fond du chemin, un sourire de complicité sur les lèvres, j'ai pensé qu'elles me réservaient une surprise. Maintenant, au creux de mon fauteuil, je m'interroge sur la nature de ce dossier que Malvina vient de poser sur ma table de travail, mais je n'ose poser la question qui me brûle les lèvres. Elles semblent se divertir, avec une pointe de perversité, de mes mines perplexes.

Lorsqu'elle en a fini avec le récit de la chasse au frelon, Malvina se sert un autre verre de porto, se renverse dans son fauteuil et me dit, avec son accent le plus naturel :

– Je t'ai apporté la suite, Jésus.

– La suite de quoi ?

– Ben... De L'Orange de Noël*! J'ai commencé il y a trois semaines, sans oser t'en parler. Tu liras ce manuscrit et tu me diras ce que tu en penses.*

Comme si cela allait de soi !

– Tu as donc besoin d'argent, Malvina ? dis-je en plaisantant. Tu as pris goût aux droits d'auteur, avoue-le. Ils t'ont permis de refaire ta toiture.

– Cette fois-ci, dit Cécile, c'est la télé. Nous aimerions un poste en couleurs, avec Canal Plus. Le noir et blanc, on en a soupé.

Mon sourire ironique ne doit pas leur échapper. Les droits d'auteur que je partage avec elle, Malvina n'en a pas besoin ; leurs retraites d'enseignantes leur suffisent amplement et elles ne se refusent aucune gâterie. Plus que d'une télé couleurs, c'est de se raconter dont Malvina, et Cécile à travers elle, a envie. Et raconter quoi? Sa vie grise à l'école primaire supérieure de Brive, son brevet élémentaire, la solitude claustrale de l'École normale de M..., son brevet supérieur, son premier poste dans un village de montagne? Il n'y a pas là de quoi faire un livre, d'après ce que j'en sais. Ce qui méritait d'être relaté, c'est cette histoire de sauvageonne inculte que Cécile avait prise en main pour la conduire jusqu'au certificat d'études. Mais la suite présente-t-elle le même intérêt?

– Puisque tu me le proposes, dis-je sans conviction, je consens à lire ton ours, *mais je doute qu'il puisse intéresser un éditeur. Ce que j'ai appris de ton séjour à l'École normale m'a intéressé parce qu'il s'agit de toi, mais je crains que les lecteurs éventuels n'aient pas les mêmes dispositions. Que s'est-il passé au cours de ces trois années à M...? Rien ou presque.*

– Je n'ai rédigé qu'une cinquantaine de feuillets, ajoute Malvina. Si ça t'ennuie, jette-les dans ta corbeille à papier et n'en parlons plus. Ça ne me vexera pas, tu sais...

Elle écrase son mégot dans le cendrier, avale cul sec son porto, me regarde en dessous d'un air boudeur. Bon... Je promets de lire ce manuscrit, quitte à y perdre un temps précieux. Parce que c'est Malvina. Parce que c'est Cécile. Parce que je ne peux leur faire le coup de l'indifférence que je manifeste en général aux « porteurs de manuscrits » persuadés d'avoir écrit le chef-d'œuvre du siècle.

– Je vais m'y mettre dès ce soir. Ça vous va?

Elles se retirent en pépiant d'aise dans un envol de blouses légères et de chapeaux de paille.

J'ai en train sur ma machine une chronique de livre; elle attendra.

Mon repas terminé, je m'installe sur la terrasse, comme chaque soir, pour une détente de quelques minutes. En face de moi, le paysage de la vallée sombre dans un crépuscule couleur d'abricot, traversé de grands ramages de strates rouges annonciateurs de vent. Le village dort au pied du château qui dessine une encre du père Hugo.

Le moins que je puisse dire, c'est que je ne suis pas dévoré d'impatience de lire ce manuscrit qui semble peser des kilos sur mes genoux. J'appréhende la lecture fastidieuse qui me fera perdre deux ou trois heures, pour le moins, car il me faudra corriger et annoter en marge mes observations; si je trouve ce texte mauvais, inintéressant, impubliable, comment le dire à mon amie sans la blesser? Ce manuscrit, de même que celui de L'Orange de Noël, *je l'imagine moins comme une évocation de souvenirs lointains que comme un hymne à une amitié : celle de Cécile et Malvina.*

Cette amitié, à la suite de la publication du livre, on a beaucoup glosé sur sa nature. On me dit encore parfois, comme pour me faire avouer l'inavouable : « Ces deux femmes, allons, reconnais-le, c'étaient des lesbiennes? » Je réprime difficilement mon indignation, tant m'exaspère cette propension de nombreux lecteurs à assimiler une véritable et profonde amitié à des rapports pervers. Je me souviens de la fable de La Fontaine dont mes deux nonagénaires auraient pu se faire une devise : « Deux vrais amis vivaient au Monomotapa... » Le Monomotapa, pour elles, c'est ce coin de Corrèze : Saint-Roch où, la retraite venue, elles ont décidé de s'installer.

J'allume la lampe de la terrasse et, sans enthousiasme, j'ouvre le dossier. Des éphémères, des papillons, des mouchils, *comme on dit chez nous, dansent autour de l'ampoule. Un gros frelon, sans doute de la même humeur que moi, bourdonne dans la treille.*

Les demoiselles des Écoles

Au lieu du poste de télévision en couleurs, Malvina ferait mieux de s'offrir une nouvelle machine à écrire pour remplacer la vieille Japy dont les « p » et les « r » ne répondent plus. Et cette manie qu'elle a gardée, malgré mes conseils, de ne pas respecter les blancs au début des alinéas, de semer des points de suspension à tort et à travers, comme pour imiter Céline !

Le titre ? Détestable : Mes années d'École normale. *Voilà qui commence bien !*

J'attaque.

« Mon retour à Saint-Roch, après deux années passées à l'école primaire supérieure de Brive, fut une déception... »

Été 1917

Mon retour à Saint-Roch, après deux années passées à l'école primaire supérieure de Brive, fut une déception.

Mon brevet élémentaire acquis – ce nouveau viatique pour une vie consacrée à apprendre à d'autres ce que l'on m'avait à moi-même enseigné – le monde était pour moi comme transfiguré. A la descente de la carriole de Bécharel, le garde champêtre qui m'avait conduite au centre du bourg depuis la gare du Planchat, je n'attendais pas que l'on déroulât en mon honneur le tapis rouge, comme pour le président Poincaré visitant la Corrèze en 1913. Je n'espérais pas non plus que la foule des villageois fût là pour accueillir l'enfant prodigue et l'ovationner, mais je me disais que les femmes occupées à tricoter sur le seuil de leur maison viendraient vers moi pour me féliciter et me dire, par exemple : « Alors, c'est vrai que tu es reçue au brevet ? On a lu ça dans *La Dépêche*. Tu fais honneur à ta famille et à ta commune. On est fiers de toi, petite. »

Rien. Pas un mot. A peine un regard.

– Merci, Bécharel, dis-je. Je vous dois combien ?

– Tu plaisantes ! m'a répondu Bécharel. Ma « diligence » est gratuite pour les amis, tu le sais bien.

J'ai laissé à la poste ma malle au couvercle orné de petites bandes en peau de porc, dénichée dans le grenier de notre ferme, et j'ai pris à pied le chemin qui accède aux Bories-Hautes. L'été me baignait de sa force brutale ; je sentais sa chaleur me brouiller l'esprit et faire danser le paysage.

Je ne retrouvais jamais sans émotion ce village et ses alentours, les sites, les demeures, les gens qui avaient constitué mon décor familier et avaient peuplé mon enfance. Je n'avais oublié ni les appellations des lieux ni les noms des personnes. Je savais que je découvrirais, à l'angle ouest de la vimière de la font Saint-Roch, la vallée de la Gane dans toute son ampleur avec, au fond, près du pont qui enjambe la petite rivière, le moulin et le four à pain de Fonfrède. Lorsque je tournais à l'angle de la châtaigneraie des Parementaux, l'école communale laïque semblait me faire signe, mais ce n'était pas en mon honneur que l'institutrice, qui avait remplacé Malvina trois ans auparavant, avait hissé le drapeau de la République. En arrivant à la croix de Bernes où Julie Ponchet m'attendait jadis pour faire en ma compagnie le chemin de la communale, on découvrait dans toute sa majesté le château des Bonneuil. L'armée avait réquisitionné la jument Praline sur laquelle Isabelle, par provocation, m'avait fait traverser le bourg.

J'étais presque arrivée aux Bories-Hautes.

De la petite éminence où je me reposai un instant, la vallée verte, blonde, éblouissante, semblait m'inviter à de nouvelles promenades. Elle déroulait ses espaces de champs, de prairies, de vignes, jusqu'aux premières levées de terre du Puy-Faure, cette modeste enclave provençale dans nos terres du bas pays, où l'été faisait chanter des cigales et exaltait l'odeur des genévriers, sous le calvaire aux trois croix où les filles de l'école congréganiste de Mlle Emma Berthier se rendaient en pèlerinage.

J'avais hâte de me retrouver chez moi après cette longue absence. D'embrasser ma mère et de faire la connaissance de Hugo Brenner.

Ce prisonnier allemand avait été envoyé en Corrèze pour participer à la construction d'une route dans les environs de Collonges et de Turenne : une voie qu'on appela plus tard la « route des Allemands ». Trop fragile, peu apte à cette vie de bagnard, Hugo avait demandé à être placé dans une ferme ; on l'avait dirigé vers les Bories-Hautes.

Pierre, mon frère aîné, tué dans les premières semaines de la guerre, ma sœur Flavie, placée comme lingère chez les sœurs de Meyssac, mes deux cadets, Paul et André, partis travailler en usine malgré leur jeune âge, moi, engagée sur les chemins de l'enseignement, ma mère se retrouvait seule et incapable d'assumer la survie de notre exploitation. Les voisins lui disaient pour la consoler : « Le bon Dieu nous envoie bien de la misère, mais c'est rien quand on pense à ceux qui se battent pour nous. »

Un dimanche, à la sortie de la messe, le maire, Joffre, lui avait dit :

– Ma pauvre Caroline, tu peux pas continuer comme ça. Tu y laisserais ta santé. Si tu y consens, je peux te faire allouer un domestique qui te coûtera pas cher.

Lorsque Joffre avait parlé d'installer aux Bories-Hautes un prisonnier de guerre allemand, elle avait riposté violemment :

– Un Boche chez moi ? Jamais ! Je pourrais pas le regarder sans me dire : c'est peut-être lui qui a tué mon Pierre.

– Te fâche pas, Caroline. Je veux pas forcer ta décision, mais c'est ça ou vendre. On pourrait bien demander un garçon ou une fille de l'Assistance, mais tu risques de tomber sur un jean-foutre ou une pétasse qui mangeraient ton pain en se tournant les pouces.

La Maïré m'avait écrit à Brive pour me mettre au courant de son problème. Comme elle était illettrée, elle avait fait écrire la lettre par une voisine. Ma réponse avait été immédiate et sans équivoque : elle devait accepter ; elle ne serait ni la première ni la dernière à adopter cette solution. On ne lui demandait pas de faire des amabilités à son prisonnier ; s'il ne donnait pas satisfaction, elle pourrait toujours le renvoyer à son cantonnement.

Elle avait accepté de mauvaise grâce, persuadée qu'elle devait oublier ses préventions, et avait dit à Joffre :

– D'accord pour le Boche, mais qu'est-ce qu'on va dire dans le pays ? Une veuve avec un gars qui ne parle ni français ni patois ! On n'a pas fini de jaser.

Joffre avait répondu :

– Te tracasse pas, Caroline. J'en fais mon affaire. J'ai de bons arguments tout prêts pour faire taire les mauvaises langues.

Hugo Brenner était fils de paysans bavarois, devenu modeste ingénieur dans une petite usine de mécanique proche de Munich. Pas très costaud, long comme un jour sans pain au point que sa tête rasée semblait chercher son équilibre au bout d'un cou maigre à glotte proéminente, entre des épaules tombantes ; il abritait un beau regard derrière des lunettes cerclées de fer et rafistolées au sparadrap. Il eût été jeune et beau, ma mère l'eût récusé ; avec cet épouvantail, elle écartait d'éventuelles médisances.

Des travaux de la terre, Hugo ne connaissait que ce qu'il avait retenu de son enfance, autant dire pas grand-chose. En revanche, il avait de la bonne volonté et du courage. S'il avait décidé de demander sa mutation dans une ferme, c'était, je devais l'apprendre plus tard, non seulement parce qu'il s'épuisait à casser les cailloux, mais parce qu'il crevait de faim. Il avait un appétit de barbare et tout lui était bon : les premiers temps de son installation aux Bories-Hautes, quand il se sentait un creux à l'estomac, il se sustentait des raves et des navets de la *bacade*, la pâtée des cochons, mais il ne volait pas sa pitance, tant il mettait d'ardeur au travail.

La première fois que j'ai rencontré Hugo, c'était durant les vacances de Noël qui ont succédé à mon entrée à l'école primaire supérieure. Il m'a saluée avec beaucoup de civilité, dans un français approximatif, en ôtant son bonnet de police à pastille rouge.

Quelques semaines plus tard, mis en confiance par la sympathie que je lui témoignais, il avait extrait d'un portefeuille râpé des photos qui représentaient les siens qu'il avait laissés au pays.

En me parlant de sa famille, de sa femme, du décor de sa vie, de son enfance, de sa forêt, il essuyait ses verres de lunette embués. Un sentimental, Hugo, un brave type qui détestait la guerre, l'empereur Guillaume, tous les généraux qui avaient ignoré le pacifisme d'une partie du peuple allemand pour lancer leur pays dans cette folie sanguinaire. Il ne comprenait rien aux raisons qui l'avaient amené à se battre contre les Français.

Il s'entendait bien avec ma mère. Elle le menait à la baguette, du moins au début, mais sans sévérité excessive. Elle soufflait enfin, ses ennuis s'étant peu à peu dissipés. Je la trouvais, à chacune de mes visites, rassérénée, presque avenante, ce qui me changeait de son comportement habituel, fait d'une constante acrimonie. Pour la première fois depuis longtemps, je la vis se promener sur le chemin du bourg, les mains dans le dos.

Aux environs de la cinquantaine, la Maïré était encore

ce qu'on appelle dans le pays une « fière femme ». Lourdement bâtie, affectée d'une légère claudication consécutive à une chute, elle était drue comme un châtaignier de vingt ans.

Il ne me fallut pas longtemps pour deviner qu'elle avait trouvé en Hugo mieux qu'un domestique : un compagnon. Certains soirs d'abord, d'une manière constante par la suite, ils avaient partagé le lit du Pépé, qui était encourtiné de rideaux de cretonne rouge à fleurs et ne sentait plus depuis longtemps l'urine sénile. C'était dans l'ordre des choses, et je n'avais garde d'y trouver à redire ; dans le village non plus, encore que l'on ne se privât pas de supputer à mots couverts des relations immorales.

Ces rapports familiers avec son domestique, ma mère ne les évoqua jamais devant moi. Elle n'ignorait pas qu'ils se termineraient avec la guerre et que Hugo devrait regagner la Bavière et sa famille dont il avait parfois des nouvelles. De mon côté, je ne cherchai pas à en savoir davantage sur leur situation. Il y avait tant de malheur de par le monde qu'un peu de bonheur arraché à la dureté de l'existence ne pouvait alerter mon sens moral.

– J'ai cru comprendre, dis-je un jour à la Maïré pour la sonder, que Hugo est marié et père de famille.

– Peut-être, me répondit-elle d'un air absent. Il m'en parle jamais et moi, je m'en fous, pourvu qu'il fasse son travail et, là, j'ai rien à lui reprocher.

Dans les premiers temps de son installation aux Bories-Hautes, il suivait à la lettre les ordres et les conseils de celle qu'il appelait la « patronne ». Peu à peu, se souvenant de son enfance champêtre, il avait osé quelques critiques et avait pris quelques initiatives. Les vaches, les chèvres, ça le connaissait ; il avait même aidé la Blonde à mettre bas, mais, plus que tout, c'était la vigne qui l'intéressait et le fascinait.

Accompagné de la Maïré, il avait rendu visite à des

viticulteurs de la région de Beaulieu-sur-Dordogne. Depuis, il donnait à notre modeste vignoble des soins constants et appliqués.

Il fallait l'entendre parler, dans son baragouin, le feu aux joues, avec de lourdes intonations germaniques qui faisaient sourire la « patronne », le langage du pays, évoquer la *pessa de vinha*, la *fial de la vinha*, les pampres qu'il fallait *estachar*, de la *basta*... Je corrigeais, pour m'amuser :

– La *basta*, Hugo, La *basta*. Pas la *bachtacht* !

Sa glotte mobile avait du mal à élaborer ces syllabes barbares. Il éclatait de rire, me poussait du coude en se moquant de moi :

– Oh ! toi, la *Volkslehrerin*... L'institutrice !

– Je ne le suis pas encore, Hugo. Simplement une grande élève. Je n'ai que quinze ans, tu sais...

Il n'avait pas été facile de faire admettre à la Maïré, une fois acquis mon certificat, que je devais poursuivre mes études.

Elle avait d'abord refusé, avec cet air hautain et catégorique qui me glaçait :

– Si tu pars, tu me seras *de manque*, et tu le sais. C'est pas ces deux *drôlards*, tes frères, qui pourront et qui voudront m'aider. D'ailleurs ils veulent foutre le camp, aller travailler aux munitions, comme le Jouanet de chez Bernède. Alors toi, petite, tu restes!

La colère de Cécile lorsque je lui rapportai cette scène quelques jours plus tard!

– Ta mère est une égoïste, Malvina! Elle te sacrifie pour cette ferme de merde. Je vais lui dire deux mots à cette marâtre!

Cécile ne vint pas seule aux Bories-Hautes. Emma Berthier, la directrice de l'école libre de Saint-Roch, et le maire la suivaient comme en délégation. La discussion fut âpre et tourna en rond, avec les mêmes arguments inlassablement ressassés de part et d'autre. Lorsque Emma ou

Joffre paraissaient découragés, Cécile revenait à la charge avec son impétuosité coutumière.

– Maïré, disait-elle, vous n'avez pas le droit de garder cette petite avec vous. Elle a fait des prodiges pour passer son certificat. Malvina est un sujet d'élite à ce que m'a dit l'inspecteur. Elle est promise à un bel avenir et vous voudriez lui faire charrier du fumier, soigner les cochons et ramasser les châtaignes ? Ouvrez donc les yeux, nom de Dieu !

Elle avait ajouté avec un sourire :

– Pardonnez-moi, Emma. La colère me fait « déparler ».

Prise à son tour d'une sainte indignation, Emma était venue au secours de sa consœur :

– Cécile a mille fois raison, madame Delpeuch. Quoi qu'il en coûte, il faut « pousser » votre fille.

– Vous en avez de bonnes ! ripostait ma mère. La « pousser » ? Et comment ? J'ai pas *de quoi*. J'ai même des dettes chez l'épicière et je vais me retrouver seule avec cette ferme sur le dos. Vous ne vous faites pas de bile, vous deux : la paie tombe recta chaque fin de mois. Alors, vos conseils...

La Maïré n'avait pas tort, dans un sens : elle était pratiquement sans ressources et l'entrée à l'EPS coûtait beaucoup d'argent.

Cécile avait balayé l'objection d'un revers de main.

– Je vous aiderai. Et puis il y a les bourses. Elles ne sont pas faites pour les chiens.

Le maire était revenu sur cette histoire de prisonnier de guerre. Il ne montait pas sur ses grands chevaux, lui, mais il savait parler aux gens du pays un langage qu'ils comprenaient; la Maïré se montrait plus attentive à ses arguments qu'aux assauts un peu désordonnés de Cécile et d'Emma.

Après une heure de discussion, ma mère finit par céder. Elle gémit :

– Vous me mettez le couteau sur la gorge. Qu'est-ce que je vais devenir ? Il va falloir vendre.

Elle vendit. Une petite pièce de bois debout à Puynègre ; une vache, Jolie, ma préférée, puis une autre, Joséphine, une garce qui refusait de laisser téter son veau et renversait le seau lorsqu'on se mettait en devoir de la traire.

Informée par mes soins de la décision de me « pousser », ma sœur Flavie cassa sa tirelire ; il en sortit de quoi payer le voyage à Brive par le train. Cécile promit de boucher les trous de mon modeste budget de départ ; elle le fit et continua de le faire jusqu'à mon premier poste, cinq ans plus tard, à la sortie de l'École normale. Grâce à l'intervention du maire et du conseiller général de Meyssac, je n'eus aucune peine à obtenir une bourse complète.

Je partageais en silence la peine de ma mère et ses soucis, qui n'étaient pas minces. Durant les vacances qui suivirent cette décision, je l'aidai de mon mieux, comme pour me racheter et lui faire comprendre que les sacrifices qu'elle avait consentis m'étaient sensibles. Je me livrai avec ardeur aux travaux de l'été.

Après m'être rendue à la foire de Turenne pour vendre les deux vaches dont la Maïré avait décidé de se séparer – une transaction dont je me tirai honorablement –, je me mis en quête d'un acheteur pour notre pièce de bois, qui devait faire un hectare. L'affaire s'annonça plus délicate, la guerre ayant gelé les petits budgets des familles paysannes qui, d'autre part, manquaient de la main-d'œuvre nécessaire pour faire du bois de brûle ou de charpente. J'y parvins cependant, passant d'une famille à une autre à travers la moitié du canton, jusque dans les parages de Beaulieu, sur la Dordogne, où les forêts ne manquent pas. C'est un homme de Sioniac qui nous acheta notre pièce un bon prix, dans l'intention de défricher et de faire de la vigne, cette parcelle étant exposée au midi.

Il ne nous restait que trois vaches : Brunette, Folle, Banou, mais bonnes laitières. Ma mère me les confiait pour les mener au taureau, chez Crozes, dans les travers des Ardaillasses ; la porte de la grange était, je m'en souviens, constellée de plaques de comices bleues et dorées, comme la poitrine d'un général soviétique de médailles. Un troupeau d'une dizaine de chèvres nous apportait un appoint en fromages, les *cabécous*, qui se vendaient bien à la foire de Meyssac ou de Turenne. L'automne venu, deux des trois cochons que nous élevions partiraient sans peine, la Maïré en gardant toujours un pour notre consommation.

La guerre, qui nous avait pris Pierre, nous donna Hugo. Il nous fut annoncé par Joffre comme je procédais à mes préparatifs de départ pour Brive où Cécile m'avait fait inscrire.

Cécile me manquait.

Après de brèves vacances passées dans sa famille et chez Félicie Parquet, une collègue en poste sur le plateau de Millevaches, elle s'occupait de son installation dans une école de la montagne auvergnate : un poste qu'elle n'avait accepté que parce qu'elle ne serait pas sous la coupe d'une directrice qui lui dicterait ses méthodes et ses comportements.

Elle m'écrivait au moins une fois par semaine : la plupart du temps quelques lignes jetées à la diable sur un morceau de papier. Il est resté constamment entre nous, sauf au cours des rares discordes qui nous ont opposées, un lien ténu mais toujours solide. Quelque chose d'important s'était passé ce jour de l'automne 1913 où elle avait tendu la main à une pauvre innocente, une *nécie*, comme on dit dans nos campagnes. Elle venait, par un singulier phénomène de prémonition, de découvrir que j'étais pareille à ses autres élèves, meilleure peut-être qu'eux et plus apte à poursuivre mes études, à condition que j'en eusse la volonté, la patience et le courage.

Ces billets de Cécile, j'en ai conservé quelques-uns. Celui-ci, par exemple, écrit au dos d'une note de restaurant de Tulle :

Salut, ma chérie ! Il fait beau. Mon cœur pavoise. J'ai en face de moi, à une autre table, un beau lieutenant de la coloniale qui ne me quitte pas des yeux derrière sa tasse de café. S'il se décide à m'aborder, peut-être me laisserai-je embarquer. Après tout, je ne dois de comptes à personne pour ce qui est de ma vie privée. Gros bisous. Ta Cécile qui t'adore.

Sauf par de brèves allusions, Cécile ne me parlait jamais de ses aventures sentimentales. Peut-être parce qu'elle n'en retirait que de l'amertume ou qu'elle refusait à risquer, par une liaison à long terme, voire un mariage, de compromettre nos rapports. Elle me savait jalouse et elle l'était autant que moi.

Un soir, après une sortie dominicale qui se terminait dans un restaurant, alors que je m'apprêtais à retourner à l'École normale, elle prit un air grave pour me confier :

– Quelque chose me dit que je finirai dans la peau d'une vieille fille. Je suis trop indépendante, trop *féministe,* comme mon inspecteur me le reproche, pour vivre longtemps avec le même homme. Je puis bien te l'avouer : il y a une seule personne que je supporte, et c'est toi. Mais tu te marieras et tu m'oublieras.

Je lui pris la main, la serrai fort entre les miennes et dis en la regardant intensément :

– Moi non plus, Cécile, je ne me marierai pas. J'ai comme une idée que nous vieillirons ensemble.

Elle retira sa main, referma ses doigts sur une mie de pain qu'elle pétrit et me jeta d'un ton âpre :

– Te rends-tu compte de ce que tu viens de dire ? Si quelqu'un surprenait cette conversation, nous passerions à coup sûr pour des gouines.

– Des quoi ?

Elle regarda le plafond en secouant la tête, parut s'amuser de mon air intrigué et me dit en étouffant un rire :

– Ma pauvre petite, il t'en reste, des choses, à apprendre ! Des gouines ! La littérature de ce siècle en est pleine, ainsi que de pédérastes et d'homosexuels de toute nature et de toute condition. Lorsque tu auras échappé à ton séminaire laïque, que tu seras libre de choisir tes lectures, tu apprendras que la fleur bleue est une rareté destinée aux lectrices du *Magasin pittoresque* ou de *La Mosaïque*.

Elle ajouta en prenant un air sévère d'institutrice répondant à une question saugrenue :

– Les gouines sont des femmes qui couchent ensemble. Voilà ! Je tiens à te prévenir : je suis étrangère à ces déviations, je suis *normale.* L'amour hétérosexuel me suffit et je n'aurai pas fini de sitôt d'en faire la découverte.

Cécile n'eut pas, au cours de cette même discussion, l'indélicatesse de me demander si j'éprouvais quelque attirance pour telle ou telle de mes compagnes, persuadée sans doute, et à juste raison, qu'il n'en était rien.

Cet entretien avait lieu peu après mes débuts à l'École normale, mais, déjà, j'avais pressenti, sans bien comprendre quel élan les motivait, des rapports équivoques entre certaines élèves, malgré la discrétion dont elles s'entouraient.

Les aventures sentimentales de Cécile n'impliquèrent qu'en de rares occasions des collègues. Elle se refusait de toute manière à céder à cette propension, encouragée par l'administration, à nouer des liens matrimoniaux avec des enseignants, ce qui, dans l'esprit du gouvernement, permettait de sauver de la solitude et de la misère les maîtres et maîtresses d'école de village. Les traitements étaient et sont encore d'une affligeante médiocrité, parmi les plus bas d'Europe.

– Épouser un maître d'école ? s'écriait Cécile. Quelle horreur ! J'aurais accepté de faire ma vie avec ton frère Pierre, parce qu'il est né entre nous un sentiment auquel tu n'étais pas étrangère. Cela m'aurait permis de rester près de toi ou du moins de garder avec toi, ma chérie, des liens familiaux. Mais retrouver plusieurs fois par jour et toutes les nuits le même individu, discuter avec lui des mêmes sujets, respirer sur lui l'odeur de la classe, partager les mêmes espoirs de promotion ? Jamais ! Je préférerais me faire nonne ou aller travailler comme *munitionnette* à Tulle ou à Bergerac.

Cécile exagérait, mais sa véhémence était sincère et me gagnait.

Lors de mes courtes vacances à Saint-Roch, dans la ferme des Bories-Hautes, la même impression toujours me serrait le cœur.

L'abandon de nos campagnes me navrait. Elles paraissaient au premier abord épanouies, plus touffues qu'avant le déclenchement des hostilités, mais ce n'était qu'illusion. Les arbres fruitiers que l'on ne se donnait plus la peine de tailler prenaient une ampleur anormale; les prairies gardaient leur fourrure d'herbe brûlée par l'été; les vignes mortes étaient hantées par des compagnies de perdreaux et de grives; une végétation sauvage gagnait routes et chemins; des champs en friche se recouvraient de mauvaise herbe...

Les soldats qui revenaient tous les trois mois du front pour de courtes permissions n'avaient guère le cœur à l'ouvrage; on les trouvait plus souvent au café, chez la Jeanne, à boire de l'absinthe pour oublier leurs épreuves, leurs maladies, leurs blessures, leur vermine et tous les mauvais souvenirs qu'ils traînaient derrière eux et dont ils ne parvenaient pas à se débarrasser. Dans mes promenades autour des Bories-Hautes, je ne croisais que des femmes, des vieillards et des enfants ; ils portaient sur l'épaule la faux, le râteau ou le hoyau qu'on appelle chez nous la *tranche* ; ils paraissaient tellement accablés de fatigue et de tristesse que je n'osais m'arrêter pour leur faire la conversation.

C'est surtout le silence des champs qui m'impressionnait.

Ce n'était plus celui que j'avais connu naguère, aimable, rassurant, amical, mais un silence d'une nature particulière : celui des dimanches et des cimetières. Il n'ouvrait pas sur des présences humaines mais semblait le fait d'une absence, celle qui fige les acteurs à la fin d'un drame, avant que ne tombe le rideau. La chasse étant interdite, oiseaux et gibier reprenaient possession de leur territoire, le peuplaient de chants et de présences discrètes qui se substituaient imparfaitement à la vie intense d'avant la guerre.

Durant les vacances de Noël, peu après mon entrée à l'EPS de Brive, je rendis visite au maire. Je le trouvai changé : il avait maigri et, avec sa mine longue, paraissait accablé par les soucis de ses fonctions.

– Je voulais vous remercier de votre gentillesse, lui dis-je. Nous avons touché les premiers montants de la bourse et ça nous aide bien.

Il soupira et me dit sans se lever :

– Tu es une bonne petite, Malvina, et ta visite me fait plaisir. J'ai confiance en toi. Tu feras ton chemin et personne, à commencer par moi, ne regrettera de t'avoir « poussée ».

Il ajouta en s'arrachant péniblement à son siège :

– Maintenant il faut m'excuser. J'ai un pénible devoir à remplir. Tu sais qu'il m'incombe d'aller prévenir les familles qu'un des leurs a été tué sur le front. Pour moi, c'est chaque fois un supplice.

Il me tendit le télégramme qu'il venait d'ouvrir.

– Cette fois-ci, dit-il, c'est le Jules des Ardaillasses qui a laissé sa peau sur la Marne. Un brave garçon, un peu simple mais bien *de service.* Il a une femme et trois petiots. Sa mère est bien malade et je crains que cette nouvelle lui soit fatale. C'est le troisième, avec ton frère Pierre, que cette saloperie de guerre enlève à la commune, et c'est pas le dernier. Si ça continue de ce train, toute notre jeunesse y passera.

Pour effectuer cette démarche qu'il détestait accomplir seul, il me demanda si je voulais bien l'accompagner. Je ne pouvais refuser. Il me fit monter dans sa carriole pour passer chez lui se mettre *en dimanche* comme pour la distribution des prix : bar-de-col et cravate à système, chapeau noir et souliers vernis.

En chemin il me dit :

– Alors, ta mère, elle est contente de son Allemand ?

– Vous la connaissez. Elle le bouscule un peu, mais il mange à sa faim et ils s'entendent bien. J'ai prêté à Hugo une grammaire de la communale pour qu'il apprenne le français, le soir, à la veillée, et il commence à se débrouiller. Mais c'est surtout la vigne qui l'intéresse.

Le maire m'apprit qu'il y avait trois autres prisonniers allemands placés dans la commune, mais ceux-là, dit-il, c'était « de la graine de feignasses », des bons à rien ; ils préféraient regarder passer les filles et lézarder sur les talus plutôt que d'aider aux travaux des champs.

– Remarque, ajouta Joffre, je leur en veux pas. Les nôtres, de prisonniers, ils doivent faire la même chose chez Guillaume.

Le hameau des Ardaillasses est éloigné des Bories-Hautes de trois cents mètres environ à vol d'oiseau. Quand nous y arrivâmes, les femmes étaient occupées à curer l'étable. La Berthe, épouse du Jules, laissa tomber les mancherons de sa brouette, fit quelques pas vers nous et soudain, les mains sur son visage, se mit à gémir et à appeler sa belle-mère :

– Maria ! Maria ! Venez vite ! Un malheur, pour sûr...

Elle n'avait pas été longue à comprendre. On savait dans le pays ce qu'une visite inopinée du premier magistrat, en carriole et *en dimanche*, signifiait. J'avais encore en mémoire la visite que Joffre nous avait faite pour nous annoncer la mort de Pierre.

– *Que volès* ? répondit la Maria, du fond de l'étable.

C'est à peine si ces deux pauvres femmes daignèrent prêter l'oreille aux propos du maire qui balbutiait d'une voix brisée :

– Je viens de recevoir un télégramme du ministère. Il s'agit de votre pauvre Jules. Il est... il est mort en héros, du côté de Soissons. Il a... il a bien mérité de la patrie, et je...

Joffre ne put en dire davantage. Il glissa le télégramme dans la poche de la Berthe, alla embrasser les enfants qui se tenaient sur le seuil de la chaumière et revint vers la carriole, chancelant, pâle comme une rave, des larmes sur les joues qu'il essuya, avant de monter sur le banc, avec son grand mouchoir à carreaux.

– Pauvre ! dit-il, je ne m'y ferai jamais. C'est chaque fois comme si j'avais perdu mon propre fils. Ces deux femmes, ces petiots... qu'est-ce qu'ils vont devenir ?

J'étais moi-même remuée au point de ne pouvoir articuler le moindre mot. Joffre ajouta :

– Si je prends la carriole au lieu de venir à pied, c'est que je serais incapable de faire dix mètres après cette corvée.

Il effleura de la pointe de son fouet la vieille horse qui avait échappé aux réquisitions et fit claquer sa langue. A mi-chemin, il descendit brusquement de son banc pour aller vomir au pied d'un arbre.

La guerre, en cet automne 1914, avait ébranlé les fondements de notre société avec la violence d'un séisme. Malgré l'enfermement où nous étions confinées, à l'EPS de Brive, nous en percevions les frémissements annonciateurs de temps nouveaux : des convois militaires passaient souvent par notre gare, de jour comme de nuit, et s'y arrêtaient; des images de femmes émancipées et de *gandins* traversaient nos rêves.

L'horreur était quotidienne, mais les événements du front se succédaient avec une telle rapidité que ce conflit revêtait sans cesse des formes nouvelles et que le dramatique intérêt suscité dans la population ne risquait ni de décroître ni de s'enliser. Elle se déroulait pour nous, cette guerre, sur une autre planète, et nous en suivions les péripéties, pour ainsi dire, cloîtrées comme nous l'étions, par le trou de la serrure.

Chaque matin, à partir d'octobre 1914, la directrice réunissait élèves, professeurs et gens de service dans la grande salle de réunion où l'on donnait de temps à autre, avant la guerre, des séances de cinématographe. Une grande carte du nord et de l'est de la France, envahie par une nuée de petits drapeaux de couleur comme une prairie survolée par des papillons, était posée contre le mur afin de nous permettre de suivre le déroulement des opérations au jour le jour.

J'ai encore dans l'oreille la voix puissante de la directrice. Elle claironnait :

– L'armée de nos alliés belges a pu s'échapper de la ville d'Anvers et se replier sur la rivière Yser. Ici... C'est le roi Albert lui-même qui en a pris le commandement... Les Anglais couvrent un large front qui va jusqu'à la rivière Lys. Ici... Les Allemands ont subi de lourdes pertes en attaquant Dixmude. Ici...

La baguette se promenait au milieu des drapeaux déplacés avant notre arrivée, après la lecture des journaux du matin, et pas dans le sens que nous aurions souhaité. Les papillons immobiles semblaient butiner les fleurs des prairies roses, vertes ou bleues de la carte, si bien qu'il nous était difficile d'imaginer ce que cachait ce ballet sur deux rangées qui se rapprochaient et s'éloignaient sans cesse.

Avant de mettre fin à ces séances d'information, elle nous annonçait que nous pourrions consulter, pour obtenir des nouvelles plus précises, *L'Illustration* ou *J'ai vu* que nous trouverions dans la bibliothèque et qui avaient été caviardés par la censure.

Elle nous faisait chanter un chant patriotique dont j'ai gardé quelques couplets en mémoire :

Où t'en vas-tu, soldat de France
Tout équipé, prêt au combat
Où t'en vas-tu plein d'espérance ?...

Elle terminait parfois avec un poème de Paul Déroulède qui, avec Victor de Laprade et Sully Prudhomme, était son poète préféré.

L'air est pur, la route est large
Le clairon sonne la charge
Et les zouaves vont chantant...

J'étais peu sensible à cette forme et à ce genre de lyrisme, Cécile m'ayant appris à me méfier du style « patriotard » qui ne visait, disait-elle, qu'à « occulter la vérité des événements », à présenter sous des couleurs agréables, roboratives mais fallacieuses, ce qui n'était la plupart du temps qu'une ignoble boucherie humaine. Elle détestait cette guerre inutile et stupide moins parce qu'elle lui avait enlevé Pierre qu'elle avait aimé, je crois, sincèrement et sans romantisme, que parce qu'elle obligeait son premier amour, Fred, le journaliste-imprimeur, anarchiste et déserteur, à se cacher, ou parce qu'elle choquait sa raison.

Mon séjour à l'EPS de Brive aurait dû se prolonger trois ans ; il ne dura pour moi et quelques autres que deux ans, car l'État en guerre avait besoin d'enseignants, la majorité des instituteurs ayant rejoint l'armée. De plus, après l'examen des bourses que j'avais passé avec succès, je planais sans effort parmi l'élite de ma promotion.

La discipline était sévère, les consignes draconiennes de la directrice suivies à la lettre, et nous étions soumises à une surveillance constante que les brimades vexatoires de nos compagnes des classes supérieures aggravaient.

– Cette discipline n'est qu'un hors-d'œuvre, me confiait Cécile d'un ton sinistre. Attends d'entrer à l'École normale !

– Ça ne peut pas être pire.

– Tu verras bien. De plus, tu auras pris de l'âge et tu supporteras ces contraintes moins bien qu'aujourd'hui.

De jeunes professeurs m'avaient, en *a parte*, éclairée sur le traitement qui m'attendait dans ce « séminaire laïque », cette « prison de filles », cette « caserne ». Elles ajoutaient qu'à Brive je mangeais mon pain blanc, un dessert comparé au régime que l'on me réservait.

Elles me glissaient à l'oreille avec une pointe de perversité :

– Il te faudra beaucoup de courage. Il arrive souvent que des élèves ne tiennent pas le coup. Certaines même se suicident...

Du courage, je n'en manquais pas, le régime de l'EPS n'étant guère plus coercitif que celui qui m'était imposé dans ma famille.

J'étais, déjà, portée par une volonté inébranlable de partage. Ce qui m'avait été donné à la suite d'une sorte de « miracle laïque », comme disait M. Pintaut, notre inspecteur primaire, lors de ma réussite au certificat d'études, je m'en estimais dépositaire plus que propriétaire. Il était de mon devoir de transmettre mon modeste savoir à ceux et à celles qui suivraient la même trajectoire culturelle que moi.

Ce désir d'apprendre pour partager, je le possédais grâce à Cécile, depuis que j'avais franchi pour la première fois la porte de l'EPS, et même un peu avant, depuis qu'on avait décidé de me « pousser ». Restait, pour y parvenir, à franchir une succession de cercles magiques assortis d'épreuves dont mon goût de l'indépendance et de la liberté, mon sens critique et quelque chose qui ressemblait à l'honneur ne rendraient pas aisé l'affrontement. Je devrais faire en sorte que nulle personne, nul événement ou nulle faiblesse ne vînt compromettre ma *mission* – un mot que je plaçais en exergue à mon avenir.

De ce séjour de deux ans à l'EPS de Brive, je n'ai gardé qu'une grisaille de souvenirs d'où ne surnagent que des faits sans intérêt ni conséquence. C'était un temps de maturation dans des conditions difficiles ; la rigueur du régime qui nous était imposé et que la guerre aggravait, je tentais d'en minimiser les effets pour me livrer entièrement à l'enseignement qui m'était dispensé. Certaines de mes compagnes, pour une grande part des filles de la campagne comme moi, durent renoncer et regagner leur foyer au cours de l'année scolaire ; je les regardais avec émotion quitter l'établissement, des larmes sur les joues, leur maigre bagage à la main, et jeter un dernier regard sur la *boîte*.

Parmi ces exclues, il y avait celles qui étaient incapables de suivre ; celles dont l'esprit d'indépendance se heurtait aux obstacles de la discipline ; celles qui tombaient malades au bout d'un mois ou deux de ce pensionnat carcéral et qu'il fallait d'urgence ramener dans leur foyer.

Loin d'inciter la directrice à faire preuve de davantage de mansuétude, ces défections la poussaient à resserrer plus encore la discipline. Pour cette femme austère, cette « mère supérieure », comme nous l'appelions, notre légion de futures enseignantes participait d'un « deuxième front » : celui de l'arrière, et nous avions le devoir imprescriptible de nous sacrifier jusqu'aux limites extrêmes de nos forces et de nos compétences.

Le jour où nous apprîmes le décès de son époux, en mai 1915, au cours de la bataille de l'Artois, ce n'est pas un sentiment de revanche sur les excès de notre garde-chiourme qui nous anima mais l'espoir que la discipline pourrait se relâcher. Il n'en fut rien. Le temps d'essuyer en secret quelques larmes, d'effectuer quelques démarches administratives, Mme la directrice sautait de nouveau sur la brèche, fantôme pathétique, blême dans sa robe noire, les yeux rouges au fond de leurs orbites creuses.

Un matin nous entendîmes de nouveau sa voix commenter les événements de la veille – elle n'avait rien perdu de son éclat pour nous annoncer :

– L'ennemi vient de lancer des attaques désespérées sur l'Argonne pour faire oublier ses défaites en Artois. Ici et là...

Mme la directrice menait « sa » guerre à la baguette, et les événements semblaient lui obéir.

Cécile paraissait heureuse.

Nous étions attablées à l'intérieur du café Vayleux, à Brive, devant une tasse de chocolat. Après avoir jeté un regard aux autres tables où se prélassaient buveurs d'absinthe et joueurs de jacquet, elle s'empara de mes mains et me dit d'une voix fêlée par le bonheur :

– Ma chérie, j'ai reçu des nouvelles.

– Des nouvelles de qui ?

Elle se pencha vers moi et murmura d'une voix qui ressemblait au crissement du diamant sur le verre :

– De Fred !

Elle ne l'avait pas revu depuis qu'il avait déserté. J'avais gardé en mémoire son ultime visite à l'école communale de Saint-Roch, quelques mois avant la guerre, alors qu'il était traqué par les gendarmes. Cécile lui avait donné toutes ses économies, lui avait prêté sa bicyclette pour lui permettre de se rendre à la gare la plus proche et prendre le train en direction de Brive puis de Paris ; elle avait passé la nuit à laver et repasser les vêtements de misère de ce proscrit. Le lendemain, comme nous en étions convenues, j'étais allée récupérer la bicyclette à la gare du Planchat.

Depuis ce jour, plus de nouvelles. Cécile ne paraissait pas en pâtir outre mesure car c'était le temps de ses amours avec Pierre.

– Oui, ma chérie, il m'a écrit. J'ai déchiré sa lettre par prudence, mais je la connais par cœur. Aux prochaines vacances, si j'ai l'argent nécessaire, j'irai le retrouver à Paris.

Fred avait signé sa lettre « Marguerite » pour pallier une éventuelle indiscrétion. Il avait rejoint le milieu pacifiste. Parmi les militants, il avait découvert un compatriote qui était devenu son ami : le journaliste Henri Fabre, originaire d'Ayen, en Corrèze, qu'il avait rencontré jadis à Brive alors qu'il travaillait à l'Imprimerie communiste, rue de Corrèze, à la rédaction et à la composition d'une feuille anarchiste : *L'Insurgé*, interdite depuis le début des hostilités.

Fabre avait accueilli Fred comme un frère ; il lui avait procuré de faux papiers d'identité, lui avait confié un travail de rédacteur et de prote dans un quotidien qu'il venait de créer : *Le Journal du peuple*, organe « socialiste et pacifiste ». Fred, excellent journaliste, mêlait sa signature clandestine à celles de personnages honnis de la bourgeoisie : Charles Rappoport, sujet russe de nationalité française qui, en 1912, avait lancé un brûlot dans le camp des « patriotes » : *Contre la guerre* ; Boris Souvarine, dit Souvart, jeune révolutionnaire, lui aussi d'origine russe ; Ludovic-Oscar Frossard et Jehan Mayoux, deux instituteurs révoqués pour cause de militantisme pacifiste...

Communiste, laudateur de la révolution bolchevique mais partisan de l'autonomie des sections de l'Internationale communiste, Henri Fabre était traité par les uns d'« intellectuel petit-bourgeois » (lui, fils de gendarme !), et de « canaille » par les autres. Dans les années d'après-guerre, à la demande de Trostki et de Zinoviev, il fut exclu du Parti communiste. C'était une nature indépendante, vigoureuse, volontiers provocatrice : le meilleur, le plus sincère, le plus courageux directeur de presse d'opinion de cette période.

Fondateur et directeur d'un périodique : *Les Hommes du jour*, il avait publié en pleine guerre un numéro consacré au général Mangin, qu'il avait fait imprimer sur papier de boucherie.

– Prends garde ! dis-je à Cécile. Si tu retrouves Fred et que tu décides de vivre avec lui, tu sais à quoi tu t'exposeras. Tu risques la révocation, comme Frossard, Mayoux et quelques autres enseignants. Pire peut-être.

Elle ne parut pas prendre en compte cette mise en garde. Soulevée par l'enthousiasme de ces retrouvailles, elle parlait d'une voix hachée, rapide, comme si les émotions de son amour lui remontaient à la gorge de très loin dans le temps.

– Tout peut reprendre entre nous. Je le sais. Je le sens. Fabre nous invitera dans son restaurant habituel, chez Drouant. C'est l'un des meilleurs de Paris. S'il le faut, pour rester près de Fred, je travaillerai au *Journal du peuple*. J'en ai assez d'enseigner des bouseux dans des patelins infects, de perdre mon temps, alors qu'à Paris...

Je lui retirai mes mains et me levai brusquement. Elle vit des larmes dans mes yeux, l'expression de haine froide qui se lisait sur mon visage, et parut redescendre de son nuage.

– Rassieds-toi, me dit-elle doucement. Pardonne-moi si je t'ai fait de la peine. Je crois bien que je me suis laissé emporter par mes rêves. Tu me connais : je suis prompte à m'enflammer et...

– Tu partirais ! Tu m'abandonnerais ! Égoïste !

Je m'étais exprimée sur un ton si véhément que des clients se retournèrent avec des sourires ironiques.

– Parlons plus bas, dit-elle. Rien n'est fait et sans doute que rien ne se fera. Fred ne m'a pas explicitement demandé de le rejoindre. Sa lettre ne semble pas manifester le désir de me revoir. D'ailleurs, tel que je le connais, il est probable qu'il m'a remplacée dans son cœur et dans son lit.

Cette amertume, soudain, dans sa voix, comme si elle venait d'avaler une pilule amère...

– Peut-être, mais tu iras le retrouver. Si tu décides de rester à Paris, qu'est-ce que je vais devenir ?

J'essuyai mes larmes d'un revers de poignet. Sans la présence de Cécile, sans ses billets, ses brèves visites, la constance tendresse dont elle m'entourait, je me sentirais dépossédée de cette volonté farouche de poursuivre ma *mission* ; je rejoindrais le cortège de ces filles que j'avais vu partir au petit matin avec leur bagage, et tout serait dit : je me retrouverais à Saint-Roch, face à un horizon bouché. Finie la notion de partage que Cécile m'avait inculquée !

J'enlevai haut la main mon brevet d'enseignement primaire supérieur, mais avec quelque difficulté, en raison de ma faiblesse en mathématiques, le redoutable concours d'entrée à l'École normale.

En m'embrassant pour me féliciter de ce dernier succès, Cécile me dit :

– Je viens d'être mutée assez loin d'ici. Nous nous verrons moins souvent, ma chérie, et je le regrette. A moins que...

Elle réfléchit un long moment avant de me livrer son idée :

– ... à moins que tu ne demandes ton inscription au chef-lieu du département où je vais exercer. Je me suis renseignée : il semble que cela soit possible. Je n'aime guère l'ambiance de l'École normale de Tulle où je suis restée trois ans avant de m'installer à Saint-Roch. La directrice a mauvais esprit : un véritable garde-chiourme. Tu serais mieux à M...

Quitter ma Corrèze, respirer un autre air que celui qui avait baigné mon enfance, être confrontée à des visages inconnus, vivre dans un milieu dont j'ignorais tout ? Cette perspective me bouleversait puis, peu à peu, je me fis à cette idée : si la mutation était possible et si mon amie renonçait à ses rêves parisiens...

Cécile s'était rendue à Paris. Elle avait dû, pour payer les frais de cette expédition, racler ses fonds de tiroir. Elle n'avait vécu que trois jours dans cette ville où l'ambiance de la guerre était plus contraignante et plus ostensible qu'en province, mais ce bref séjour avait suffi pour la convaincre qu'il lui serait difficile d'y vivre et surtout de s'y faire une place au soleil.

– Et Fred ? dis-je. Tu l'as rencontré ?

Elle haussa les épaules.

– Oh... Fred ! Il a bien changé. Il prétend que ses sentiments pour moi sont les mêmes, mais je crois qu'il m'aime un peu comme une sœur. Il est trop occupé par son travail de journaliste qui lui prend toutes ses journées et une partie de ses nuits pour s'intéresser à moi. Il vit en permanence dans la crainte d'être démasqué et envoyé au poteau d'exécution.

Elle passa une main sur son visage comme pour en chasser une brume, poursuivit :

– Et puis... et puis il a fréquemment des aventures avec des femmes journalistes, des actrices, des romancières qui se disent féministes et ne s'encombrent pas de considérations morales. Des *garçonnes*, comme on dit. Il n'a pas fait mystère de ces aventures. Il y a, à Paris, tant de femmes sans homme ! Elles sont jeunes, intelligentes, libres, assoiffées d'activités et de plaisirs. Non, Malvina, j'ai compris que cette vie n'est pas faite pour moi. Mes illusions, je les ai laissées sur le pavé de Paris.

Elle ajouta avec un triste sourire :

– Et Fabre ne nous a pas invitées à déjeuner chez Drouant !

Début octobre 1917

Mon premier réflexe fut de me dire que je m'étais trompée d'adresse.

Le plan que m'avait confié Cécile était pourtant explicite : je devais, à la sortie de la gare, franchir le pont sur la Dombelle, traverser la ville de part en part en empruntant la grande voie commerçante en direction de l'ouest ; après le jardin en rotonde qui marquait l'extrémité de cette avenue, je devais prendre à gauche une artère en pente « comme pour revenir sur ses pas ».

Après trois ou quatre lacets accentués, j'avais abordé, la sueur aux tempes, traînant derrière moi la malle que Hugo avait dotée de roulettes, une place déserte. L'École normale devait se situer en face ; elle occupait, m'avait précisé Cécile, le sommet d'une colline surplombant la Dombelle et la gare.

Le passé de la ville, qui s'était développée autour de la gare au siècle dernier, semblait s'être réfugié et concentré sur cette crête, comme pour échapper à la fois aux opérations de vandalisme des promoteurs urbains et aux miasmes des quartiers populaires et industriels.

L'École normale se révéla à mon investigation moins par son aspect que par le fronton incurvé qui portait cette appellation et qui s'appuyait à ses extrémités sur deux lions de calcaire posant une patte sur le monde. Elle eût mieux convenu, cette enseigne, au beuglant de la rue des Échevins, à Brive, devant lequel Cécile, par curiosité, m'avait fait passer.

Derrière la grille monumentale du portail et le pavillon qui servait de loge au concierge s'étendait un vaste espace gravillonné au fond duquel se dressaient les murs de ce qui avait dû être un couvent : deux bâtiments de modestes dimensions, grisâtres, déployés en ailes de part et d'autre d'une tour ronde à usage d'escalier. Le parc entourant l'immeuble paraissait assez vaste, planté en lisière de marronniers et, en profondeur, de résineux qui devaient être des cèdres et des séquoias; il se prolongeait, semblait-il, sur la pente qui glissait vers la rivière et vers la gare.

Cécile m'avait dit en plaisantant, quelques jours avant mon départ :

– Méfie-toi, c'est plein de fantômes. Ne te promène pas la nuit dans les couloirs, tu y ferais de mauvaises rencontres.

L'École normale s'était installée, un demi-siècle avant, dans cet ancien couvent d'Ursulines qui, elles-mêmes, quelques siècles plus tôt, avaient occupé le nid des seigneurs de M..., réputés pour leur férocité et leur courage, dont peut-être les lions du portail étaient le symbole. Avant que l'Instruction publique ne prît possession de cette grande baraque, elle avait servi de prison au siècle dernier.

Le moins que l'on puisse dire est que ces sédimentations de l'Histoire ne créaient pas un climat avenant.

Comme j'étais en avance sur l'heure qu'on m'avait fixée, j'observai, depuis le portail, l'esplanade de l'école et le groupe des pensionnaires qui m'avaient précédée de peu et se tenaient immobiles devant l'entrée intérieure, au pied de la tour, leur bagage à leurs pieds. Le cœur serré, je me disais que je jouissais, si l'on peut dire, de mes ultimes moments de liberté, avant de me fondre dans l'ambiance de cette bâtisse prison-couvent-école.

Il m'aurait été facile, si j'en avais eu vraiment le désir, de prendre le prochain train qui m'eût ramenée en Corrèze. Cette obsession tournait dans ma tête et me propulsait dans des supputations audacieuses et stupides que je repoussais mal. Après tout, n'étais-je pas libre de choisir mon destin ? Ne pas profiter de cette latitude, là, maintenant, c'était accepter de m'engager sur une voie aussi rigoureuse, mais sans bifurcation possible, que celle du chemin de fer. Lorsque cette grille de fer s'ouvrirait puis se refermerait sur moi, c'en serait fini de mon libre arbitre.

Traînant derrière moi ma malle dont les roulettes grinçaient, je m'installai sur un banc de la promenade, face au portail, à l'ombre des marronniers. Ma montre (celle de Pierre, qui lui-même l'avait héritée de notre père, qui lui-même...) marquait trois heures moins dix. Il me restait donc dix minutes à attendre. J'en profitai, afin de tromper mon angoisse autant que ma faim, pour achever la grosse tartine de rillettes (on dit chez nous des *grillons*) que la Maïré m'avait préparée et enveloppée dans une feuille de *La Dépêche*.

J'avais à peine entamé ce reliquat de mon dîner de midi quand j'aperçus, surgissant à quelques pas de moi, une carriole attelée d'une jument poussive, accablée par la montée. En descendirent un homme d'une cinquantaine d'années, l'allure d'un paysan aisé, et une adolescente vêtue de noir, qui balançait son réticule d'un air ennuyé. Le bonhomme rangea la carriole le long d'un carré d'herbe pelée que la jument renifla avec mépris en sabotant.

– Mademoiselle, dit poliment le nouveau venu, vous êtes sûrement une future collègue de ma fille ? C'est votre première année ?

Je me levai, opinai, la bouche pleine. Il s'essuya le visage avec un ample mouchoir à carreaux, appela sa fille :

– Emma, approche ! Cette demoiselle te tiendra compagnie. S'il vous plaît, mademoiselle...

– Malvina Delpeuch.

– Ma fille appréhende sa nouvelle existence. Elle est très émotive. J'espère qu'elle se fera des amies. Allons, Emma, approche !

C'était une grande fille assez jolie de visage mais d'apparence aussi godiche que moi, avec en plus quelque chose de malgracieux qui ne m'incitait guère à lui faire des avances. Je la saluai pourtant et lui tendis la main.

– Bonjour, Emma. Je m'appelle Malvina.

Elle dédaigna ma main et un sec « bonjour » tomba de ses lèvres minces et décolorées. Tandis que j'achevais ma tartine, ils s'installèrent à côté de moi, sur le banc. Le père continuait de s'éponger le visage en murmurant une sorte de litanie ponctuée de soupirs : « Cette chaleur... Cette côte... J'ai bien cru que Rosette... Vous n'avez pas chaud, mademoiselle Malvina ?... » Je devais apprendre que le frère d'Emma avait été tué le mois précédent au Proche-Orient, du côté de Salonique, et qu'il ne fallait pas en vouloir à sa fille de sa réserve : ce drame l'avait bouleversée.

– J'ai perdu un frère moi aussi, dis-je. Au début de la guerre.

Il poussa un long soupir, me tapota le genou avec sa main, murmura la suite de la litanie :

– Ah ! ma pauvre petite... Il y a bien de la misère dans notre monde. Cette guerre ne finira donc jamais ?

Il parla d'une mère de famille de Clermont-Ferrand qui avait eu huit fils mobilisés. Sept avaient été tués ; le huitième était revenu du front aveugle et fou.

– Oui, mademoiselle, aveugle et fou ! On comprend mieux ces mutineries qui éclatent, ces régiments qui refusent de monter en ligne.

Je consultai ma montre : elle marquait trois heures.

– Il est temps, monsieur. Merci de m'avoir tenu compagnie.

Un gros homme rougeaud, qui portait un calot de feutre à l'ancienne mode, vint nous ouvrir le portail, après que j'eus tiré la sonnette. Il nous laissa passer sans un mot après avoir jeté un simple regard sur nos « lettres de créance ». J'ai gardé dans l'oreille le long grincement de la grille d'entrée et le bruit sourd comme un coup de gong qui marquait la fin de sa course. Un mot terrible, je ne sais pourquoi, me vint à l'esprit : j'étais *écrouée* ! Pour trois ans. Soudain je me reprochai de n'avoir pas cédé à l'impulsion de faire marche arrière. Mon passé me paraissait baigner dans une lumière et un air qui chantaient la liberté.

Une femme guère plus âgée, semblait-il, qu'Emma et moi vint à notre rencontre, tanguant dans sa robe bleu sombre, à tournure, ornée en sautoir d'un crucifix discret et d'un sifflet.

– Vous êtes à l'heure, dit-elle. C'est bien.

Elle examina nos documents et, à ma grande confusion, me dit avec un sourire engageant :

– Malvina... Malvina Delpeuch... C'est donc vous ? Je

vous connais de réputation. Le « petit phénomène de la Corrèze »... J'ignore ce qui vous a fait choisir notre école, de préférence à celle de votre département d'origine, mais je vous souhaite la bienvenue.

Elle se tourna vers Emma et lui dit :

– A vous de même, mademoiselle... mademoiselle Emma Perrot. Veuillez me suivre. Mme la directrice va vous recevoir. Je suis la surveillante générale : Annie Bordes. Vous pouvez m'appeler Annie.

Elle remarqua ma malle à roulettes et sourit.

– Astucieux..., dit-elle. Amusant...

Les nouvelles, qui étaient arrivées avant nous et se tenaient par petits groupes dans la cour, se retournaient sur mon passage et pouffaient de rire en me voyant traîner mon bagage.

– Patientez quelques minutes, nous dit la surveillante en nous laissant au pied de la tour centrale.

Assise sur mon bagage, je parcourus du regard l'assemblée de mes futures compagnes. Déjà, mentalement, s'opérait une classification sommaire : il y avait celles qui paraissaient indifférentes, qui papotaient en groupes, sûrement des filles de la ville ou des villes voisines qui se connaissaient et fraternisaient; il y avait les curieuses qui se promenaient dans le parc, examinaient en prenant du recul l'ensemble des bâtiments où elles allaient vivre; il y avait les solitaires, les boudeuses comme Emma : ces filles venues de la campagne pour la plupart, reconnaissables à leur tenue rustique, qui se tenaient immobiles et muettes, debout devant leur bagage, comme attachées à ce dernier lien avec leur vie passée.

J'en repérai deux qui semblaient désespérées et s'essuyaient les yeux : de ces filles que le moindre changement de milieu met en transe.

Dans quelle catégorie me ranger ? Je me sentais incapable d'en décider.

La surveillante appela Emma Perrot la première. Quand elle ressortit, je constatai qu'elle avait pleuré : ses yeux étaient rouges et elle tenait son mouchoir en boule dans sa main.

– Malvina Delpeuch ! me lança Annie Bordes. Veuillez me suivre. Laissez votre bagage dans l'entrée. Personne ne vous le volera !

Un couloir sombre, humide, aux dalles vernissées comme par une rosée, menait au bureau de la directrice, reconnaissable à la plaque émaillée apposée sur la porte. La main de la surveillante se posa sur mon épaule.

– Ne craignez rien, dit-elle. Tout se passera bien. Mme Grumbert est d'un abord sévère, mais ce n'est pas un tyran.

Il me sembla, en pénétrant dans le bureau qui sentait une odeur composite de papier d'Arménie, de vieux livres et de moisi, revoir la caissière du café Vayleux, à Brive, derrière son comptoir : un visage à bajoues, au nez mince et court, chaussé de lorgnons, une coiffure en pâtisson, une corpulence en rapport avec l'ampleur du fauteuil qui semblait fait à sa mesure.

– Asseyez-vous ! ordonna une voix grasseyante. Vous vous nommez...

Elle parcourut du bout de son stylo à plume d'or un registre, y fit une croix, se pencha sur le document que la surveillante avait posé sur son bureau, sous la lampe à abat-jour vert, et marmonna quelques mots que je ne compris pas. Elle toussa pour s'éclaircir la voix, reprit :

– Vous êtes originaire de la Corrèze ? De... de Saint-Roch ? Connais pas ! Pour quelles raisons avez-vous choisi cet établissement, de préférence à Tulle ? Ce n'est pas une pratique interdite, mais peu courante.

Elle posa son stylo après l'avoir rebouché, croisa ses

mains grasses sur le registre refermé, me fixa intensément par-dessus ses lorgnons et ajouta avec un brin d'impatience :

– Eh bien, expliquez-vous, mon enfant!

Je bredouillai, me souvenant de cette expression que Cécile m'avait recommandé d'employer pour faire quelque impression :

– Par convenance personnelle, madame.

– J'entends bien, dit-elle, mais encore?

Je dus parler de Cécile : elle était mon amie et j'avais souhaité faire l'école d'élèves maîtresses non loin d'elle. J'ajoutai qu'elle avait été fiancée à mon frère, mais que ce dernier était mort au champ d'honneur. Ainsi je la considérais comme faisant partie de ma famille.

– J'ai entendu parler de vous, dit Mme Grumbert. C'était au cours d'une réunion pédagogique à laquelle assistait votre inspecteur primaire, M. Arsène Pintaut. De même de cette Cécile Brunie qui vous a faite ce que vous êtes. On a parlé à votre propos d'un « miracle laïque ». Vous seriez donc une « miraculée »! Tout cela me semble fort exagéré.

Son visage se détendit d'un sourire.

– Cependant, poursuivit-elle, n'attendez pas pour autant un régime de faveur de ma part. Toutes nos élèves sont traitées sur un pied d'égalité et je ne tolère pas le moindre passe-droit. Il faudra donc oublier ce prétendu « miracle » et faire vos preuves par vos propres mérites. Nous avons parmi nos nouvelles recrues des filles de professeurs, d'instituteurs, et même de préfet. Pour moi comme pour tout mon personnel, ce sont des élèves maîtresses comme les autres. Me comprenez-vous?

– Parfaitement, madame, et je...

Elle me coupa brutalement.

– D'autre part je dois vous prévenir que je ne partage pas votre sympathie pour cette Cécile Brunie. Parlons franc! Chacun sait qu'elle était la protégée de M. Pintaut. Il n'empêche qu'elle a une fâcheuse réputation qui, je dois en convenir, n'entache nullement ses qualités pédagogiques. Elle est connue dans nos milieux comme une pacifiste, une féministe, ce qui va à l'encontre de mes convictions. J'ai appris qu'elle correspond avec des fonctionnaires révoqués. Cela vous dépasse sans doute, car j'espère que vous ne vous mêlez pas de politique, mais ne plaide guère en votre faveur. De toute manière, nous vous aurons à l'œil. Au moindre faux pas, votre dossier serait envoyé au préfet qui prononcerait votre révocation. Vous voilà prévenue. Cela dit, nous ne parlerons plus de Cécile Brunie et vous serez pour moi une élève entre des dizaines d'autres.

– Madame, je...

– Mlle Bordes, lança la directrice, vous communiquera le règlement de l'école. Nos devises sont : *Discipline et Justice*. Vous pouvez disposer.

Je me retirai, la tête bourdonnante de mots et de phrases qui me blessaient comme autant d'aiguilles plantées dans ma chair. On m'aurait à l'œil... Au moindre écart... *Discipline et Justice*... Cela sentait le régime pénitentiaire. En quittant le bureau de la directrice l'envie me revint d'une manière intense de reprendre ma malle à roulettes et de retourner chez moi.

Ma malle! Elle avait disparu et l'esplanade était déserte. Je me dirigeai vers M. Perrot qui ne semblait pas décidé à partir. Il pleurnicha en me serrant la main :

– J'ai toujours du mal à me séparer de ma fille, même pour une journée. Alors, trois ans, vous pensez... C'était la même chose lorsque je l'ai conduite à l'EPS.

Il ajouta en me retenant la main :

– Si j'osais, mademoiselle Malvina... Si j'osais, je vous demanderais de veiller sur elle. Emma est si fragile. Elle a un caractère difficile : renvoyée deux fois de l'EPS, puis réintégrée, mais au fond c'est une brave petite. Vous, vous semblez plus solide.

– Je vous promets de veiller sur elle, monsieur.

Il m'attira vers lui, m'embrassa. Une moustache qui sentait le tabac et le chagrin m'effleura les lèvres.

La surveillante m'accompagna jusqu'au dortoir des filles de première année. La malle m'attendait au pied de mon lit.

Cette pièce immense, déployée sur toute la superficie de l'aile droite du « couvent », était coupée à mi-hauteur par des cloisons légères destinées à séparer les élèves des trois années. Près de l'entrée se dressait une sorte de tente de toile écrue : la chambre de notre surveillante des premières. Pour des raisons de moralité, afin d'éviter la promiscuité, les lits étaient séparés les uns des autres par d'assez larges espaces; au chevet de chacun, une petite armoire de bois servait à ranger les affaires personnelles. Les murs crépis de couleur crème étaient d'une désolante nudité, mais la lumière entrait à flots dans la chambrée, par de hautes fenêtres à crémone ouvrant d'une part sur la cour, de l'autre sur le parc en pente, vers la rivière et la gare, la ville étant en partie dissimulée à nos yeux par les cimes des cèdres et des séquoias. On apercevait un coin de rivière couleur de plomb, en amont de ce qui pouvait être un moulin ou une fabrique, avec une retenue qui baignait la base de quelques vieilles demeures à balcons fleuris et une digue qui faisait à la Dombelle un collier de dentelle blanche et dorée.

La promotion de première année comptait environ une vingtaine d'élèves. Toutes semblaient être présentes. L'une d'elles lança :

– Tiens! voilà la malle-à-roulettes!

Je pris le parti de sourire en souhaitant que cette particularité ne fût pas motif à brimades.

Le règlement était déposé sur mon lit situé sous une fenêtre. Je demandai à la surveillante où se trouvait celui d'Emma Perrot et s'il nous était possible de permuter afin que nous nous trouvions côte à côte pour répondre au vœu de son père.

– Faites pour le mieux, me dit la surveillante. Si c'est votre copine...

La tractation se passa sans histoire et Emma, avec une parfaite indifférence, fit son nid près du mien.

– Ton père, dis-je, m'a demandé de veiller sur toi. Si tu le désires nous pourrons être amies.

– Oh ! mon père... Il me traite comme si j'avais dix ans. Le pauvre homme...

J'essayai vainement de tirer d'elle quelque confidence qui me l'eût rendue plus proche. J'attribuai ce comportement à la mort récente de son frère.

– Tu sais, lui dis-je, j'ai perdu un frère moi aussi. Il s'appelait Pierre. Il a reçu une médaille à titre posthume.

– Moi et mon frère, on ne s'aimait guère. Je porte le deuil, comme d'autres élèves, parce que c'est la coutume. Sinon...

– Tu sembles triste, pourtant. Qu'est-ce qui te chagrine ? Tu crains de ne pas te plaire ici ?

– Ici ou ailleurs, je m'en fous ! Ma mère a décidé que je deviendrais institutrice, pour faire honneur à la famille. Moi, faire ça ou autre chose...

Je devinais en elle, vaguement, une blessure secrète, sans rapport avec l'indifférence agressive qu'elle me témoignait. S'il survenait quelque sentiment d'amitié entre nous, il serait aléatoire et difficile, sauf si j'arrivais à percer à jour le secret sous les épines. Elle ne chercha pas à apprendre de moi quoi que ce fût qui pût nous rapprocher, mais je ne lui en tins pas rigueur. Un petit bout de sentiment, sinon de l'amitié, du moins de la complicité, nous eût pourtant été bénéfique en la circonstance.

Aucune de nos nouvelles compagnes ne paraissait se soucier de moi, sinon pour étouffer un rire en regardant ma malle à roulettes que le concierge avait hissée jusqu'au dortoir avant d'aller la ranger, vide, dans le grenier où je la retrouverais à mon départ.

Singulièrement, la présence de toutes ces filles, silencieuses ou jacassantes, creusait la solitude autour de moi. Je retrouvais là, en moins aigu, l'émotion que j'avais éprouvée en entrant à l'EPS. J'avais supporté sans broncher les brimades vexatoires des élèves des classes supérieures, mais on m'assura que, chez les garçons, c'était bien pis.

Je rangeai mes affaires dans l'armoire. Elle ne fermait pas à clé, de même que toutes les autres, afin de faciliter les inspections. Quand j'eus terminé, je m'assis sur le lit et me mis en devoir de lire le règlement que je devais remettre ensuite à la surveillante. Les mots, les phrases dansaient devant mes yeux sans que je parvienne à fixer mon attention sur un texte dont Cécile m'avait indiqué les grandes lignes une semaine auparavant. Elle m'avait dit :

– La mère Grumbert ne badine pas avec la discipline. Elle est originaire de la région de Colmar. Ses parents avaient déjà fui l'Alsace en 70. Elle-même s'est réfugiée à M... devant l'offensive allemande de septembre 14. Elle a la discipline dans la peau et mène son école comme une caserne, mais elle est franche comme l'or. Si tu ne lui donnes pas des motifs de sévir, tu n'auras qu'à te louer d'elle.

Son mari vivait à ses côtés mais on le voyait rarement : il était malade de la poitrine et occupait son temps à rédiger un mémoire sur la flore de la région. Le ménage était sans enfant et ne quittait pour ainsi dire jamais le logement de fonction situé au fond de l'aile droite, là où le parc amorçait ses profondeurs et le potager ses verdures fatiguées.

Cécile tenait ces informations d'une de ses amies, sortie l'année précédente de l'École normale supérieure de Fontenay-aux-Roses et qui enseignait le français dans notre établissement : elle se nommait Édith Malevergne.

Loin de me rassurer, ces détails sur notre garde-chiourme ne firent qu'accroître mon anxiété. Je ne sais trop pourquoi, mais quelque chose me disait que j'aurais sans tarder à l'affronter.

Je repose sur le dernier feuillet mes lunettes et le crayon qui m'a servi à annoter le texte de ma vieille amie.

La nuit est paisible. Un gros phalène a fait irruption sur la terrasse; il bourdonne autour de ma lampe, se cogne à l'abat-jour, en quête de lumière et de chaleur. L'horloge comtoise héritée de mes parents, et dont nous refusons, ma femme et moi, de nous débarrasser, vient de sonner minuit, mais je n'ai pas sommeil, malgré la longue promenade de l'après-midi, qui m'a mené au sommet du Puy-Faure. Je vais regarder un de ces bons films de minuit que me propose la télévision.

La lampe de la terrasse éteinte, le téléphone se met à sonner. Je décroche : Malvina.

– C'est moi, Jésus. Je n'arrive pas à dormir. Toute la soirée j'ai gardé un œil sur la lampe de ta terrasse. Tu viens d'éteindre. Alors, voilà : je voudrais savoir... Qu'est-ce que tu penses de ce texte ?

Les mêmes questions qu'elle me posait lorsque nous travaillions sur L'Orange de Noël, *avec, en plus, cette fois-ci, un peu plus de fièvre et d'inquiétude. Elle ne me lâchait pas alors, m'apportait son manuscrit dix pages par dix pages, m'assaillait de questions sur mon jugement, protestait quand je devais me rendre à Paris ou ailleurs, mais tout cela dans une certaine allégresse, persuadée qu'elle était du succès de notre entreprise.*

Ce soir, la voix de Malvina semble broyer des syllabes amères. Comme pour confirmer mes observations, elle lâche soudain :

– J'ai peur, Jésus...

– Tu as peur? Et de quoi?

– Tu le sais bien. Qui est-ce que ça va intéresser cette histoire? Les Écoles normales... Elles ont vécu, comme le certificat d'études, et tout le monde semble se hâter de les oublier.

On dirait qu'elle a des larmes dans la voix. Il faut que je la rassure : à cet âge, la moindre contrariété peut avoir des conséquences fâcheuses. Mais que lui dire?

– Ça te plaît, oui ou non! me dit-elle. Pourquoi me fais-tu languir? Ça t'amuse de jouer avec mes nerfs?

Je jette un gros rire dans le combiné puis susurre un « oui » filé :

– Ouiiii, ça me plaît. Tu es contente? Cependant...

Elle me coupe brutalement :

– Je sais ce que tu vas me dire! Qu'il y a beaucoup de choses à revoir.

– Il y a beaucoup à revoir, mais, surtout, il ne se passe pas grand-chose dans ces cinquante pages.

Elle s'écrie d'une voix grinçante :

– Attends un peu, nom de Dieu! C'est pas un polar! Ne m'en dis pas davantage, sinon je ne dormirai pas de la nuit. Nous en reparlerons demain.

Un peu de miel pour faire passer l'amertume de la pilule :

– La suite, c'est pour quand? Je n'aime pas rester le

bec dans l'eau. Alors, au boulot, ma vieille ! Il me tarde de savoir comment Malvina va se comporter à l'École normale.

Un petit rire de plaisir grésille au bout du fil. Je ne pouvais pas lui faire un plus beau cadeau.

Novembre 1917

Dès mon premier jour à l'École normale de M..., j'eus la conviction que je ne me ferais pas beaucoup d'amies parmi mes compagnes de première année, et encore moins parmi les élèves maîtresses des classes supérieures, dont certaines nous toisaient, daignaient à peine nous adresser la parole et exigeaient d'être vouvoyées.

Emma Perrot ne manifestait aucun empressement pour se confier à moi. En revanche, mon autre voisine de dortoir, Berthe Roussarie, semblait disposée à me faire des avances : c'était une petite paysanne que l'EPS avait mal dégrossie et qui était arrivée à l'École normale chaussée de gros socques de frêne, vêtue d'une robe mal retaillée dans celle que sa mère portait après la première communion. Berthe avait paru déceler en moi une égale en condition et un soutien éventuel contre l'ironie des demoiselles huppées. J'accueillis ses premières avances sans chaleur, persuadée qu'une alliance tacite avec cette pauvre fille contribuerait à me maintenir dans le clan des déshéritées. Une solitude bien tempérée me semblait préférable, en attendant l'émergence d'affinités.

Notre surveillante, Annie Bordes, me témoignait de la sympathie à la moindre occasion, me semblait-il, mais c'est une faveur que partageaient, à quelques exceptions près, toutes les élèves dont elle avait la charge.

En revanche je découvris vite, et avec plaisir, une protectrice, peut-être une amie, en la personne de notre professeur de français, Édith Malevergne, comme un écho lointain mais constant des sentiments qui la liaient à Cécile. Nous étions *payses*, son père étant responsable d'octroi à Tulle.

Pour marquer son intention d'avoir avec moi des rapports privilégiés, elle me tutoya d'emblée.

– J'ai la conviction, me dit-elle, que toi et moi nous ferons bon ménage. On parle encore de la rédaction de ton certificat d'études, celle où tu racontais avec émotion ton amitié et ta reconnaissance pour Cécile. Arsène Pintaut la lit parfois au cours de ses inspections, et il doit la connaître par cœur. A l'EPS, en revanche, tu n'as pas accompli de miracle, sans doute parce qu'il te manquait une autre Cécile. Tâche de te reprendre. Je veillerai discrètement sur toi, mais il ne faudrait pas que Madame prenne cela pour un régime de faveur.

Madame ne devait pas tarder à s'interroger sur la nature des rapports que nous entretenions discrètement, Édith et moi. Elle acquit la certitude d'une complicité, sermonna le professeur qui ne put mieux faire que de prendre avec moi les mêmes distances qu'avec les autres élèves.

Édith ne ressemblait guère, du moins quant au physique, à Cécile : sans être grosse, elle était boulotte, avec un visage intelligent mais banal, une allure lente, compassée comme son élocution, des gestes et des attitudes de ballerine sur le retour. Pourtant il émanait d'elle une aura qui portait à la confiance : il semblait que l'on pût tout lui dire, qu'elle fût ouverte à toutes les confidences, comme un confesseur laïque.

– Dis-toi bien, me confia-t-elle un jour, peu après mon installation, que tu es en train de manger ton pain noir. Peu à peu tu t'intégreras à ce milieu, bien différent de celui de l'EPS, et tu t'y feras des amies. C'est important, mais il faudra ne penser qu'à toi si tu veux sortir de cette boîte avec les honneurs. Le brevet supérieur que tu passeras à la fin de la deuxième année est un examen difficile. Tu ne l'obtiendras que si tu sais mettre une sourdine à ta sensibilité, que Cécile juge excessive. Laisse agir ton intelligence plus que tes sentiments. Mets ton cœur en veilleuse. Plus tard il n'en chantera que mieux sa chanson.

Pour recevoir du courrier, effectuer des sorties en dehors des promenades communes dirigées par Annie Bordes, il convenait d'avoir la caution d'un correspondant fiable. Une règle à laquelle la directrice n'avait garde de déroger. Comme je ne connaissais personne sur place, Cécile exerçant à quelques dizaines de kilomètres de M..., je confiai ma perplexité à Édith Malevergne.

– Où vois-tu un problème ? me dit-elle. Cécile fera parfaitement l'affaire. Lorsque Madame te fera appeler, tu mentionneras son nom. Notre amie se fera un plaisir de prendre l'autobus pour te faire sortir. Je suis persuadée qu'elle n'y manquera pas...

Édith ajouta avec un air mystérieux :

– ... d'autant qu'elle a souvent à faire en ville.

Qu'avait-elle de si important à faire en ville ? Je n'osai poser la question.

– Quant à moi, poursuivit Édith, j'aurais eu plaisir à te rendre ce service, mais Mme Grumbert, si elle l'apprenait, prendrait cela pour une marque de favoritisme.

Occupée qu'elle était à sermonner dans le couloir la surveillante des secondes dont les élèves se montraient trop bruyantes dans leurs jeux, Madame me fit attendre quelques minutes.

Il faisait toujours sombre dans ce bureau dont la lampe à abat-jour vert était allumée en permanence.

Un meuble entre autres me fascinait : l'armoire bretonne de chêne noir, au décor tarabiscoté, qui laissait apparaître, derrière les colonnettes délicatement ouvragées, une sorte de jupon rouge. Il était, ce meuble insolite, d'une tristesse d'exilé de salle des ventes. J'imaginais que, trompant la vigilance de Madame, je l'ouvrais lentement et qu'il me livrait, comme la grande armoire dont Rimbaud parle dans un poème de jeunesse, les trésors cachés de sa mystérieuse propriétaire. En fait, ce meuble n'appartenait pas à Mme Grumbert ; elle l'avait trouvé là, l'y avait laissé mais le détestait.

Au-dessus du bureau, derrière le haut dossier de cuir du fauteuil directorial, figurait un portrait qui me semblait être celui de M. Grumbert : cette maigreur monacale, ces yeux au regard aigu, enfoncés dans les orbites, derrière les lorgnons... C'était en fait, je l'appris plus tard, le portrait de Félix Pécaut, ancien directeur de l'École normale de Fontenay, cette sorte de Port-Royal laïque. Madame, qui avait été son élève, lui vouait un véritable culte : c'était, disait-elle, un « modèle », un « anachorète de la conscience », un « ascète » dont il avait les traits ; elle donnait fréquemment à lire et à commenter des extraits des notes écrites au jour le jour durant son apostolat : *Quinze ans d'éducation.*

Au-dessus de ce portrait, un fantôme de croix subsistait : la trace, sur l'étoffe tapissant le mur, de ce signe mystique dont les lois laïques avaient exigé la suppression.

Mme Grumbert s'assit lourdement, avec un soupir, chaussa ses lorgnons qu'elle portait en sautoir et me regarda comme si elle découvrait soudain une présence inopportune.

– Je vous rappelle, mademoiselle... euh... mademoiselle Delpeuch, les termes du règlement concernant le ou les correspondants.

– Je les connais, madame.

– Fort bien! Alors, avez-vous songé à me communiquer votre choix ?

Je m'éclaircis la voix et lâchai :

– Mlle Cécile Brunie, madame.

Elle marqua un recul, comme si je l'avais outragée.

– Cécile Brunie, dites-vous ? Hum... Vous savez ce que je pense d'elle. J'avoue que votre choix me rend perplexe. Je ne puis m'y opposer et, de toute manière, mes sentiments personnels n'entrent pas en ligne de compte. J'accepte donc, mais à une condition : que votre mère soit d'accord. Qu'elle me confirme votre choix par lettre et je ne mettrai aucun obstacle à votre désir.

Elle ajouta :

– Avez-vous d'autres correspondants à me proposer ? Ce n'est pas limitatif, vous savez.

Je ne connaissais personne d'autre qui pût remplir cette fonction. Madame referma le dossier et me congédia.

Ma mère en étant incapable, c'est Hugo Brenner qui rédigea la lettre, dans un style ampoulé, émaillé de germanismes et d'incorrections flagrantes. La candidature de Cécile était agréée.

Je lui écrivis le jour même pour lui annoncer la bonne nouvelle; elle me répondit par retour de courrier, sur une feuille de cahier d'écolier, à l'encre violette :

Ta lettre, ma chérie, me comble de bonheur. Je craignais... je te dirai quoi de vive voix. A la première occasion je prends l'autobus. Et pourquoi pas dimanche prochain? Tâche de ne pas te faire consigner. Tiens! nous irons déjeuner en ville. Je t'embrasse.

Je reçus cette lettre un mardi. La semaine me parut longue, d'autant que j'éprouvais du mal à m'« insérer », comme disait Édith Malevergne.

Paradoxalement, les moments les plus pénibles étaient les espaces de liberté entre les cours. De *liberté*? Façon de dire : les murs, les grilles, les buissons et les haies impénétrables qui cernaient notre petit domaine m'apparaissaient de plus en plus comme les limites d'un univers carcéral. J'y errais comme une âme en peine, en quête, machinalement, d'une issue qui eût donné un sens au mot *liberté* et m'eût rassurée.

Sous les premières pluies d'octobre, le paysage semblait désespérément vide. L'usine de tannerie située à proximité de la gare, sur la rive droite de la Dombelle, avait dû fermer ses portes, la plupart de ses ouvriers ayant été mobilisés et la main-d'œuvre féminine se révélant inadaptée et inefficace. Les demeures qui bordaient cette même rive n'étaient peuplées que de vieilles personnes ou de pêcheurs figés dans le silence et l'immobilité du paysage.

Seules la rivière et la gare paraissaient vivantes : l'une avec les remous de la digue et le murmure des eaux qui montait jusqu'à nous; l'autre avec les rares convois civils qui circulaient encore. Le ciel d'octobre lui-même, avec ses caprices de pluie, de vent et de soleil mou, participait à la détresse de notre petit univers.

Je me disais qu'à Saint-Roch les vendanges étaient peut-être terminées et qu'on avait soutiré le vin nouveau. J'imaginais la Maïré et Hugo en train de fouler avec leurs pieds nus les grappes noires dans le cellier. Je ne goûterais pas, cette année encore, ce jus de première presse qui me mettait le cœur en joie et que je disputais aux guêpes soûles.

Mes promenades m'avaient conduite un soir au bout d'un sentier sinuant à travers le parc, vers l'ancienne chapelle, désaffectée depuis des lustres. C'était une bâtisse de style pseudo-gothique, d'assez vastes dimensions. L'armée y avait installé des blessés de guerre allemands, les Français, eux, ayant été regroupés dans un collège transformé en hôpital militaire.

Une haute palissade à claire-voie séparait notre parc de la chapelle-hôpital, sans porte pour la franchir. On voyait aller et venir des dames de la Croix-Rouge locale vêtues de la blouse blanche, emmitouflées de leur grande cape, de vieux médecins civils portant leur trousse sous le bras, des infirmiers adolescents et, de temps à autre, les prisonniers eux-mêmes, sanglés dans leur uniforme couleur de terre, coiffés du bonnet de police rond, un bras en écharpe, ou clopinant entre deux béquilles.

Parfois, dans le soir de novembre, nous parvenaient leurs chants et leur musique. *Ich hatte einen Kameraden* m'est resté dans l'oreille :

Ich hatte einen Kameraden
Einen bessern findst du nit.
Die Trommel schlug zum Streite,
Er ging an meiner Seite
Im gleichen Schritt und Tritt [1]...

Nous avions d'autres voisins tout aussi insolites.

Je découvris leur présence une nuit de début novembre,

---

1. « J'avais un camarade/Tu n'en trouveras pas de meilleur/On battit tambour pour la bataille/Il marcha à mes côtés/Au même pas... »

alors que je dormais après avoir veillé tard. Avec quelques compagnes audacieuses, j'avais occupé le cabinet de toilette pour ce que nous appelions un « concile » ; nous préparions là nos cours du lendemain en nous aidant les unes les autres à les assimiler, en nous faisant mutuellement répéter. Annie Bordes était au courant de ces pratiques illicites mais, comme elles n'avaient aucun caractère subversif, elle les tolérait, à charge pour nous de faire preuve de discrétion.

Sur le coup de onze heures, alors que je venais tout juste de m'endormir, un cri m'éveilla. Il n'avait rien d'humain, si bien que je crus que l'un des fantômes dont Cécile m'avait parlé en plaisantant se promenait dans les couloirs ou dans le parc en hurlant sa peine. Glacée d'angoisse, des frissons parcourant mon cuir chevelu, j'éveillai Emma Perrot, qui grogna :

– Tu as dû rêver. Laisse-moi dormir.

Je me recouchai mais, à peine avais-je les yeux fermés, un autre hurlement, plus atroce que le premier, me jeta hors de mon lit.

– Et cette fois-ci, dis-je à Emma en lui secouant l'épaule, tu crois toujours que j'ai rêvé ?

– Tu as raison, mais c'est peut-être un chien.

– Non. C'est un cri humain. Un prisonnier allemand qui est en train de mourir, peut-être.

– Je ne crois pas. Ça vient de l'autre côté.

Nous nous levâmes. J'ouvris la fenêtre donnant sur l'arrière de l'école et la partie du parc qui s'ensauvage en plongeant vers la vallée. Il y avait là, en contrebas, à une centaine de mètres, au milieu d'un bois de sapins qui paraissait impénétrable, un bâtiment d'assez vastes dimensions, dont nous ne distinguions que les toits, et qui n'avait pas éveillé notre curiosité. Certaines des nouvelles se réjouissaient en songeant que ce pouvait être l'École normale de garçons. En fait celle-ci se trouvait sur l'autre versant de la vallée, au-delà des derniers faubourgs de la ville. Nous l'apercevions de nos fenêtres avec sa vaste esplanade à balustres, ses bâtiments neufs en « U », son clocheton central coiffé d'une horloge.

Une élève originaire de la ville avait apporté de chez elle une lunette de marine qui nous permettait de suivre les évolutions de nos « collègues », notamment durant les heures consacrées à la gymnastique et à la détente dans les jardins.

De quelques minutes il ne se passa rien. Nous allions battre en retraite quand de nouveaux cris retentirent, mêlés à une rumeur de querelle. Une voix d'homme criait :

– Tenez-le ferme ! Ne le lâchez pas ! Il peut être dangereux !

Nous étions maintenant plusieurs à nous tenir aux aguets, malgré la fraîcheur de la nuit, avec nos chemises comme seul vêtement.

– On est peut-être en train d'assassiner quelqu'un ? dit Berthe Roussarie.

– Il faut prévenir Annie, suggéra Emma Perrot. Ce n'est pas normal.

Nous n'eûmes pas cette peine : la surveillante venait de surgir, son bougeoir à la main, une pèlerine sur les épaules.

– Quel est ce charivari ? dit-elle. Êtes-vous devenues folles ? Allons, mesdemoiselles, allez vous recoucher !

Informée du motif de nos alarmes elle nous rassura :

– J'ai oublié de vous prévenir : le bâtiment d'où partent ces cris est un asile d'aliénés. Vous en prendrez vite l'habitude et ils ne vous empêcheront pas de dormir.

– Des aliénés, demanda cette sotte de Berthe, c'est quoi ?

– Des fous, si vous préférez, et dangereux. Il faut attacher certains d'entre eux sur leur lit avec des camisoles de force pour qu'ils restent tranquilles. Ceux-là sont des monstres. La plupart sont des demeurés d'une nature plus paisible. On peut les voir se promener dans la cour et le jardin. Un triste spectacle, mes petites... Surtout ne cherchez jamais à les approcher. Madame l'a interdit. Et maintenant regagnez votre lit!

Nous étions décidément bien mal entourées : d'une part les prisonniers allemands qui chantaient leur liberté perdue; d'autre part les aliénés qui hurlaient à la recherche de leur raison égarée. Nous au milieu, travaillant à corps perdu pour oublier que nous étions prisonnières et que, durant trois longues années, nous nous cognerions aux murs et aux grilles.

Le dimanche suivant, comme elle me l'avait annoncé, Cécile m'attendait dans la cour, en fin de matinée. Je signai avec elle le bulletin de sortie qui prévoyait mon retour pour cinq heures et demie.

Au chapitre de l'élégance, ma « correspondante » n'avait rien à envier aux petites-bourgeoises, femmes d'artisans et de commerçants pour la plupart, qui venaient attendre les élèves-maîtresses pour la sortie dominicale. En raison de la température – ces premiers froids d'octobre sont agressifs dans cette vallée proche d'un massif montagneux – Cécile avait exhumé de la naphtaline un manteau beige à col et à parements de fourrure, qui allongeait et affinait sa silhouette; elle avait coiffé un chapeau bordé lui aussi de fourrure, enveloppé d'une voilette qu'elle releva pour m'embrasser.

– Si tu n'es pas fatiguée, me dit-elle, nous allons marcher un peu. Il ne fait pas trop froid et cela nous fera du bien.

Comme il n'y avait pas d'autobus le dimanche, elle avait profité du tilbury d'un médecin de sa commune, qui avait au collège un garçon auquel il rendait visite chaque dimanche.

Elle vivait dans son nouveau poste de Saint-Géraud, au sud du département, dans une région montagneuse, une existence qu'elle qualifia d'« infernale ». En plus des heures de travail qu'elle menait tambour battant (sa classe comptait soixante-dix élèves), on lui avait confié la charge du secrétariat de mairie, l'instituteur qui l'avait précédée et qui occupait ces fonctions étant mobilisé.

– Le maire est un brave homme, me dit-elle. Un Joffre-bis en quelque sorte, mais il est vieux, perclus de rhumatismes et presque analphabète. C'est moi et non son adjoint qu'il a chargée de prévenir les familles en cas de décès. Je suis intervenue trois fois déjà et chaque fois ça me rend malade.

Elle s'arrêta à mi-côte pour allumer une cigarette.

– Si ce n'était que cela...

On l'appelait fréquemment et à toute heure pour élucider un problème d'ordre administratif, intervenir dans une transaction et même prêter la main à un accouchement...

– Ce brave homme de maire s'était même mis en tête de me faire remplacer le tambour de ville pour les annonces municipales! Pour le coup, j'ai refusé. On me prend pour un factotum, un maître Jacques!

Les paysans de la commune n'étaient pas malheureux. Leurs produits se vendaient bien, à des tarifs constamment en hausse, mais ce qui leur manquait c'était la main-d'œuvre. On leur envoyait des chômeurs, des gamins de l'Assistance publique, des prisonniers allemands, mais c'était un appoint médiocre, voire nul...

Elle parlait, Cécile, elle parlait, et moi je l'écoutais avec ravissement, en me gardant de l'interrompre, car le seul son de sa voix me consolait de sa longue absence.

Elle se tourna vers moi, me fit virevolter et me dit avec un sourire :

– Dis donc, toi, tu as encore grandi ! Tu me rattraperas d'ici peu. On doit nous prendre pour deux sœurs. Il est vrai que je ne suis guère plus âgée que toi. Cinq ans peut-être...

– Quatre ans et demi.

– Tu as raison. Tu es ma petite sœur. Dis-moi, comment ça se passe, au *séminaire* ? Tu commences à t'adapter ?

Il le fallait bien.

Je parlai des professeurs, d'Édith qui avait finalement décidé de veiller sur moi, un peu comme Cécile l'avait fait naguère, me prêtait les livres que, disait-elle, « il fallait avoir lus », mais ne me laissait guère de répit, comme si les autres matières avaient peu d'importance.

La prof de maths, Mlle Thureau, n'avait pas tardé à comprendre l'aversion que je vouais à cette discipline et ne manquait aucune occasion de me ridiculiser :

– C'est simple, mesdemoiselles ! Même Malvina pourrait comprendre cette équation...

J'étais plus attentive, mais sans grand enthousiasme, au cours de physique de Mme Doriot dont le principal mérite à mes yeux était de parler avec amour des animaux, des plantes, de la nature ; elle nous encourageait à composer des herbiers (« comme ce bon M. Grumbert »).

J'excellais en histoire et en géographie presque autant qu'en français. Le professeur, M. Lavergne, vieil universitaire décati mais toujours animé de passion pour sa discipline, me citait souvent en exemple, persuadé à juste titre que ces matières étaient pour moi autre chose qu'un banal et froid exercice de mémoire. Il me dit un jour, devant la classe de première année :

« Mademoiselle Delpeuch, j'ai l'impression, lorsque vous parlez des personnages de l'Histoire, que vous revivez des vies antérieures et que le passé est votre véritable domaine. Votre devoir sur les polders de Hollande est une réussite. Vous m'avez appris des détails qui m'avaient échappé. Où les avez-vous trouvés ? »

– Où les avais-tu trouvés, ma chérie ? me dit Cécile.

– Dans un ouvrage de la bibliothèque, tout bonnement.

Le solfège, le chant ne me passionnaient guère. Je n'ai pas beaucoup d'oreille et je chante faux. Alors les « *Légères hirondelles, oiseaux bénis des cieux* » ou les « *Montagnes Pyrénées, vous êtes mes amours* » me laissaient indifférente, mais je m'en tirais avec une honorable moyenne, grâce à la complaisance de notre professeur, cette bonne Mlle Grappin.

Je m'étais promis de tirer le meilleur parti des cours de morale, de philosophie, de pédagogie et de sociologie que nous enseignait Mme Grumbert elle-même. C'était, je le confesse, une manière de gommer la défaveur qu'elle avait paru me manifester dès le début de nos rapports.

Le plus difficile était de résister à la somnolence et à l'inanition qui nous attendaient et nous cueillaient à froid à la première heure d'étude, chaque matin, avant le petit déjeuner, alors que nous avions la tête traversée par des charpies de sommeil. Beaucoup de mes compagnes n'y résistaient pas, perdaient connaissance, et nous avions toutes du mal à nous y faire.

Mme Grumbert, durant ses cours, se référait en permanence à son défunt modèle :

– Félix Pécaut aimait à dire : « La discipline, c'est l'écorce de l'arbre qui retient la sève et la force à monter au cœur. » Ce sera, mesdemoiselles, le sujet de votre devoir de ce jour.

Madame paraissait surprise de ce qu'elle appela ma « maturité », en matière de sociologie notamment, et la jugeait « insolite ». Elle n'avait pas tardé à comprendre que ces bonnes dispositions étaient dues en grande partie à l'influence de Cécile. Les notes qu'elle me décernait dépassaient largement la moyenne et, très vite, j'avais accédé au sommet du classement.

J'amusai Cécile en lui racontant nos leçons de culture physique, que nous dispensait une vieille fille maigre comme une pigne, dont elle avait la couleur brunâtre sur le visage : Mlle Delbos.

Nous l'appelions familièrement Mélanie. Elle s'était mis en tête de nous apprendre la natation, les jours de mauvais temps qui nous confinaient à l'intérieur de l'établissement. Comme nous n'avions aucun moyen de pratiquer cet exercice dans une piscine ou une rivière, c'est sur un banc du réfectoire, en guise de chevalet de natation, que nous apprenions les mouvements. Elle nous lançait de sa voix aiguë :

– Allons, les petites grenouilles, un peu de nerf ! Allongez bien les bras et les jambes, la tête haute si vous ne voulez pas boire le bouillon...

Je trouvais le « bouillon » insipide et cet exercice ridicule. Je l'ai d'ailleurs toujours détesté, du fait que je ne me sens pas un animal aquatique et que seul le plancher des vaches me convient.

Nous éclations de rire lorsque la grosse Eugénie Farges se livrait à ces contorsions, à son corps défendant. Mélanie se montrait impitoyable avec elle et lui lançait :

– Ma pauvre Eugénie, vous n'êtes pas une grenouille mais une crapaude. Cependant vous avez une chance : étant donné votre embonpoint, vous ne risquez pas de couler.

Je prenais encore moins de plaisir à la gymnastique suédoise proprement dite. Nous devions nous compter interminablement, comme si la moindre absence de l'une d'entre nous eût pu compromettre cette séance. Nous tournions sempiternellement autour de Mélanie qui jouait de son sifflet à roulette pour se donner de l'importance, comme des détenues dans la cour d'une centrale.

– Au pas ! Au trot ! Au galop ! Du nerf, mesdemoiselles !

A celles qui protestaient, elle répliquait :

– Songez à vos collègues masculins ! On leur impose des marches de vingt kilomètres avec un barda de trente kilos sur le dos. La patrie a besoin de bons soldats.

A l'en croire, cette foutue guerre durerait encore des années.

Nous parvînmes, en continuant notre bavardage, jusqu'à la rotonde du jardin public d'où partait l'avenue commerçante.

– Je t'amène déjeuner chez mon ami Charles Reynaud, me dit Cécile. C'est le meilleur restaurant de la ville. J'ai retenu. On mange sans tickets. Charles est un brave homme. Il me considère comme une habituée et me gâte.

Lorsque j'objectai que ces agapes risquaient d'obérer son budget, elle me rassura : nous n'allions pas faire un festin.

– Es-tu bien nourrie, au moins, à la boîte ?

Je ne me plaignais pas, n'ayant jamais eu l'occasion de faire des repas pantagruéliques comme ceux dont on avait sustenté le président Poincaré lors de sa visite en Corrèze, quatre ans auparavant. En revanche, certaines élèves habituées à de bonnes tables familiales rechignaient et *pimpignaient* [1]. Le pain était d'une qualité médiocre et rassis la plupart du temps : c'était un conglomérat pâteux de froment mêlé à de l'avoine, du maïs et à je ne sais plus quels autres ingrédients douteux. Du pain « caca » comme on disait. Pour le reste : peu de viande, et des bas morceaux gras ou nerveux, beaucoup de légumes que quelques élèves douées apprenaient à cultiver dans le potager de l'École, sous la direction du concierge, le père Jeanrot.

1. Manger du bout des lèvres, en patois corrézien.

Charles Reynaud nous attendait en fumant un cigare sur le pas de la porte : embonpoint rassurant, visage serein sous la barbe poivre et sel. La salle était comble mais notre table était réservée dans le hall d'entrée, derrière la vitrine donnant sur l'avenue de Paris. Il y avait au milieu de la petite table un bouquet de roses et une bouteille de bordeaux.

– Un vermouth, comme d'habitude ? demanda la patronne, Régine. C'est offert par la maison.

– Pas pour moi, dis-je. Je ne bois pas d'alcool.

– Deux ! ajouta Cécile. Il faut que tu apprennes à boire, modérément cela va de soi.

On nous apporta une coupelle de cacahuètes salées. J'avalai une gorgée de vermouth avec une grimace. Cela me rappelait les tisanes de la Maïré, dont le miel ne parvenait pas à dissimuler la saveur amère.

– Prends des cacahuètes, dit Cécile, c'est plus prudent.

Je bus sans plaisir la moitié de mon verre, que Cécile acheva sans se faire prier. Elle buvait sec en toutes circonstances, souvent du cognac ou même cette gnôle de chez nous qui, rien qu'à la respirer, me donnait la nausée. Cependant, à cette époque du moins, je ne l'ai jamais vue ivre.

Je le lui fis remarquer. Elle me reprit :

– Si, une fois, une seule. A Paris. J'attendais Fred dans sa chambre de la rue des Canettes. Pour tromper mon impatience, j'ai bu du whisky. Trois verres. Quand il est rentré, j'étais ivre morte.

Charles Reynaud revint à notre table pour nous proposer un tournedos.

– Va pour le tournedos, dit Cécile. Nous avons faim.

Lorsqu'il se fut éloigné, elle se pencha vers moi et me dit à voix basse :

– Tu vois tous ces gens, dans la grande salle ? La plupart d'entre eux mériteraient d'être en prison ou même au bagne. Ce sont des nouveaux riches, des profiteurs, des parasites. La lie de notre société...

J'étais plus intéressée par les hors-d'œuvre qui avaient fait irruption sur notre table que par la diatribe de Cécile qui poursuivit :

– Bonnaud, le patron des tanneries, par exemple, le gros à monocle. Il a flanqué tout son personnel à la porte sans indemnités et a fermé son entreprise pour se reconvertir dans la fourniture de capotes militaires. Il fait travailler des ouvrières à domicile pour des salaires de misère et revend ses articles au prix fort à l'armée. Le croque-mort de la table de droite a passé un contrat illicite avec un employé de la préfecture qui lui signale les morts au champ d'honneur, afin d'être le premier, avant le concurrent, auprès des familles, et leur proposer ses services pour le rapatriement des corps. Ce chacal était dans la débine il y a deux ans. Aujourd'hui il porte des manteaux dernier cri et fume des cigares bagués. Le boucher à tête de porc et grosses moustaches que tu aperçois au fond, avec sa femme, s'est enrichi dans le trafic du bétail destiné au ravitaillement des troupes. L'automobile De Dion-Bouton stationnée sur le trottoir d'en face lui appartient.

L'appétit semblait l'avoir abandonnée. Elle alluma une nouvelle cigarette, en tira trois bouffées, l'écrasa pour picorer avec ses ongles des rondelles de saucisson.

Je me demandais comment elle pouvait connaître tous ces gens et me souvins de ce que m'avait révélé avec un air de mystère son amie Édith Malevergne : Cécile avait « souvent à faire en ville ».

– Eh bien, mademoiselle Brunie, dit le chef, vous ne semblez pas avoir un gros appétit aujourd'hui, contrairement à ce que vous m'avez annoncé !

– Vos clients, ces vautours, ces chacals, me répugnent. On dirait qu'ils se sont donné rendez-vous dans votre restaurant.

– Que voulez-vous, dit Charles, on ne choisit pas sa clientèle ! Je ne pouvais pas leur fermer ma porte, d'autant que les affaires ne sont pas florissantes. La population est de plus en plus inquiète : ces grèves qui menacent de reprendre dans les usines d'armement... ces mutineries dans la troupe... On parle de généraliser le rationnement. Déjà qu'on trouve difficilement du sucre...

L'ambiance qui régnait dans l'établissement semblait avoir affecté Cécile. De temps à autre, en coupant son tournedos, elle jetait des regards chargés de haine vers ces « vautours » et ces « chacals » qui s'empiffraient dans la salle voisine et soufflait sa colère par le nez comme une cavale. Je redoutais qu'elle fît un esclandre et tentai de détourner son attention :

– Regarde ! Mes collègues normaliens qui partent en promenade !

C'étaient des élèves de première et de deuxième année, à en juger par la bonne ordonnance de la colonne, les palmes dorées qui ornaient leur képi et les revers de leur redingote. Ceux de troisième année, qui avaient déjà passé leur brevet supérieur et s'apprêtaient à entrer dans la vie active, avaient quartier libre pour ces sorties du jeudi et du dimanche : ils faisaient ce qu'ils voulaient, se rendaient en toute liberté au café, au cinéma, au bordel, se baladaient en chapeau et en costume de fantaisie en fumant la pipe ou la cigarette, si bien que rien ne les distinguait des civils de leur âge. Ils étaient peu nombreux dans leur promotion ; la plupart d'entre eux avaient déjà été mobilisés et couchaient en permanence avec la mort avant d'avoir eu le bonheur de serrer entre leurs bras une femme aimée.

– Ton « mari » est peut-être parmi eux, me dit Cécile.

Je ne le connaissais pas et n'avais aucune envie de le

rencontrer, ce normalien de première année qui avait obtenu pour son concours d'entrée le même classement que moi et pouvait se prévaloir de ce titre de « mari ». Lui non plus ne s'était pas manifesté. C'eût été difficile d'ailleurs, les garçons et les filles n'ayant de contacts qu'à l'occasion de la fête de fin d'année scolaire : une perspective que l'état de guerre rendait aléatoire.

– Tu viens souvent à M... ? demandai-je perfidement à Cécile.

Elle sursauta, ma question restant à mi-chemin entre l'affirmation et l'interrogation. Elle-même se cantonna dans le flou.

– Oui... enfin, non... Parfois. Cela m'arrive. Des documents administratifs à me procurer pour la mairie, l'achat de fournitures scolaires...

Elle poussa vers moi son assiette encore à moitié pleine et me proposa d'achever son tournedos. On ne devait pas, me dit-elle, m'en servir souvent à l'école... Elle ajouta en se penchant vers moi, après avoir allumé une troisième cigarette, ce qui attira un regard réprobateur de la bouchère :

– Je te dois la vérité, à toi, ma chérie. J'ai fait la connaissance d'un garçon un peu plus jeune que moi. Il s'appelle Fabien. Fabien Thibaud.

L'histoire de cette liaison était chargée d'événements, souvent orageux. Pierre, Fred semblaient bien être passés à la trappe. Fred « n'existait plus » pour elle ; il avait, comme on dit, d'autres chats à fouetter. Une enquête avait révélé sa véritable identité à la « rousse » ; on l'avait coffré en lui évitant, à la suite d'une intervention de Louis Malvy, député du Lot et ancien ministre de l'Intérieur révoqué pour ses opinions pacifistes, ami de Fabre, d'être traduit devant un conseil de guerre, ce qui l'eût mené au poteau d'exécution. Une lettre du directeur du *Journal du peuple* avait informé Cécile de cet événement.

J'appris que Fabien était de ces élèves-maîtres de troisième année d'École normale qui avaient dû interrompre leurs études pour se sacrifier sur l'autel de la patrie. Il n'avait pas mis la fleur au fusil et entonné *Le Chant du départ* : c'était ce qu'on est convenu d'appeler une « forte tête ».

Il avait de qui tenir : son père, inspecteur général de l'Enseignement dans le Massif central ; un de ses oncles, Joseph Thibaud, avait occupé une chaire à l'École normale supérieure de Saint-Cloud, avant de se retirer à M..., sa ville natale, la retraite venue. Fabien, qui le vénérait et ne pouvait souffrir son père, avait demandé et obtenu de faire sa scolarité de normalien dans cette même ville. Brillant élève, il occupait toutes les premières places du classement, sauf en histoire, en sociologie et en morale où ses opinions pacifistes et libertaires lui valaient, outre de mauvaises notes, les réprimandes sévères de son directeur. Exclu à trois reprises, il avait été repêché chaque fois sur les instances de l'oncle Joseph, avec promesse fallacieuse de s'abstenir de manifester, par la parole et par l'écrit, ses opinions avancées.

– C'est par l'intermédiaire de l'oncle, ajouta Cécile, que j'ai rencontré le neveu. C'était à la bibliothèque municipale de M...

Cécile était plongée dans le premier tome du *Capital* de Karl Marx, édition Costes, dans une traduction de Molitor, quand un vieux monsieur d'allure aristocratique, au nez un peu fort au-dessus d'une barbe frisée, poivre et sel, s'assit près d'elle.

– Je constate, dit le monsieur, que vous semblez prendre un certain intérêt à cet ouvrage. Puis-je vous demander si vous comptez le lire à domicile ?

– Ce n'était pas mon intention, bredouilla Cécile, du

moins pour aujourd'hui. Dans un premier temps, je me contente de feuilleter ce tome. S'il vous « fait besoin », je vous l'abandonne bien volontiers. Je ne suis pas pressée. C'est la curiosité qui me guidait.

– Cela ne vous gêne vraiment pas ?

– Je vous en prie, prenez-le, dit Cécile en refermant le livre.

Le vieux monsieur montra un signet.

– J'en étais à ce chapitre. Pour tout vous dire, je prépare une étude sur Marx. Elle m'occupera jusqu'à la fin de mes jours. Peut-être même n'en viendrai-je jamais à bout. C'est un travail de bénédictin.

Il ajouta en rapprochant son siège de celui qu'occupait Cécile :

– Puis-je vous demander ce qui vous attire chez ce philosophe ? D'ordinaire, à votre âge, on lit Paul Bourget ou Georges Ohnet.

Cécile avait souri, répliqué qu'elle préférait Zola ou Maupassant.

– Fort bien... Fort bien... Je suis persuadé que, dans cette bibliothèque, aucun abonné n'a jamais lu *Le Capital*. La preuve : certaines pages n'ont pas été coupées. Il est vrai que ce n'est pas un auteur facile, le premier tome de son œuvre surtout. Après, pour peu qu'on s'accroche, le mouvement qui nous porte vers l'avenir est irrésistible. Marx est une sorte de Moïse qui n'a pas besoin d'être inspiré par Dieu pour graver ses tables. La révolution qui gronde en Russie va sûrement le mettre à la mode chez nous et ce ne serait que justice. Savez-vous qu'il aurait cent ans dans quelques mois ?

Ils restèrent à bavarder une heure durant.

Cécile avait jeté un regard à la pendule et s'était levée avec vivacité : elle risquait de manquer l'autobus qui devait la ramener à Saint-Géraud.

Le monsieur lui tendit sa carte de visite en précisant

qu'il se rendait à la bibliothèque plusieurs fois par semaine et qu'il aurait plaisir à la retrouver pour poursuivre cette « intéressante conversation ».

Cécile fut prise d'un vertige : ces titres, ces distinctions accrochées en chaîne au nom de Joseph Thibaud... Il avait le téléphone : un luxe !

Ils se retrouvèrent à plusieurs reprises, continuèrent à parler de Marx, de la révolution russe, de la guerre, des mutineries... Un jour, il lui dit :

– Auriez-vous plaisir à venir prendre le thé chez moi ? J'habite à deux pas...

Cet hiver de 1917-1918 fut terrible, comme celui qui l'avait précédé.

Le charbon manquait, la plupart des mines ayant cessé leur production faute de personnel; le bois était rare et cher. On trouvait fréquemment des personnes âgées mortes de froid dans leur appartement.

A l'école, nous grelottions.

L'hiver précédent avait vidé le parc de tout ce qu'il contenait de bois mort et même les basses branches des cèdres avaient été sacrifiées. Lorsque Annie Bordes, notre surveillante, nous conduisait en promenade dans les forêts des environs, nous collections non des fleurs pour nos herbiers mais tout ce qui, en fait de bois, pouvait convenir pour notre chauffage. A l'étude du matin, à laquelle nous assistions le ventre creux, les défaillances se multipliaient. Des filles se réchauffaient la nuit dans le même lit, malgré la consigne stricte, renouvelée à diverses reprises par Madame. L'eau gelait aux toilettes; les canalisations éclataient, provoquant des dégâts. Nous étions tirées de notre sommeil par les détonations des arbres qui se fendaient sous l'effet du gel. Nous grelottions la nuit; nous grelottions le jour, malgré les tisanes brûlantes que nous dispensait l'économe, M. Blanchard. La femme du concierge, Émilienne Jeanrot, introduisait dans nos narines avec la solennité d'un rituel des filets d'huile goménolée destinée à nous éviter des rhumes, mais, malgré ces précautions, nous avions toutes la goutte au nez et la gorge en feu.

Le parc, sous la neige de décembre, était désert et sinistre comme un cimetière, avec pour seul mouvement, pour seul bruit, la chute de branche en branche des bourrelets blancs qui s'écrasaient sur la pelouse avec un son mou.

A la chapelle, la noria des ambulances amenait de nouveaux blessés allemands et emportait des cadavres. Le chant du soir des soldats, que nous entendions avant le couvre-feu, au cours de brèves promenades dans le parc, nous faisait chavirer le cœur : il nous semblait, à les entendre, voir des colonnes de sacrifiés piétiner la neige des grandes plaines de l'Est sous un ciel fuligineux balayé par les lueurs sourdes des canons et des fusées.

Ils chantaient, je me souviens, cet air pathétique de la *Lorelei* :

Ich weiss nicht, was soll es bedeuten
Dass ich so traurig bin
Ein Märchen aus alten Zeiten
Das kommt mir nicht aus dem Sinn [1]...

Et, chaque soir, cette autre chanson lourdement rythmée, et dont le titre seul m'est resté : *Ich hatte einen Kameraden* (« J'avais un camarade »).

---

1. « *Je ne sais pas pourquoi je suis aussi triste / C'est une légende d'autrefois dont je ne me souviens pas...* » Les paroles sont de Heine, sur une musique de Franz Schubert.

Le trafic par route et par chemin de fer était devenu aléatoire. Nombre de mes compagnes, ainsi que moi, restèrent à l'école pour les vacances de fin d'année, d'autant que les messes de minuit étaient supprimées et que les fêtes de famille ne promettaient guère de réjouissances.

Madame nous gratifia d'un maigre réveillon de Noël et d'un autre, plus abondant, pour la Saint-Sylvestre. Afin de nous réchauffer, nous dansâmes comme des folles jusqu'à une heure du matin, avec au piano une demoiselle Grappin ennuagée de suaves dentelles qui rendaient plus ostensible la sécheresse de ses traits.

C'est la veille de Noël qu'une élève de première, Marthe Delclaux, déserta l'École.

Éprouvée par une puberté tardive, incapable de suivre le rythme et la difficulté de l'enseignement, cette fille de paysans pauvres était tombée dans une sorte de prostration, sans que le vieux médecin qui venait nous visiter une fois par semaine pût diagnostiquer la nature du mal dont elle souffrait, sinon d'un terme vague et pudique : « maladie de langueur ». Marthe n'était pas heureuse dans sa famille ; elle supportait mal, étant d'une complexion délicate, le travail de la terre, mais elle jugeait cette situation préférable à la claustration, aux efforts intellectuels, à l'alimentation insuffisante de l'école.

Arrivée dernière de sa promotion, elle était nulle dans presque toutes les disciplines, sauf en mathématiques : une sorte de disposition naturelle lui permettait de résoudre mentalement des problèmes et des équations qui nous demandaient de laborieuses réflexions. Mlle Thureau la couvait de son aile, mais cette protection n'était pas suffisante pour la faire réagir contre sa propension à s'exclure peu à peu de la communauté.

Marthe répétait à tout bout de champ, d'un air têtu :
– J'en ai assez. Je veux retourner chez moi.

Joséphine Soustre la suivit de peu.

C'était un esprit fantasque, une élève inégale et imprévisible, un tempérament revendicateur. Le froid dont nous souffrions, l'insuffisance de l'alimentation, la rigueur du règlement, la privation de sorties à la moindre incartade suscitaient chez elle un mouvement de révolte qu'elle s'efforçait de nous communiquer.

Elle s'écriait :

– Nous ne sommes pas mieux traitées que les bagnards de Nouméa ! Madame, elle, ne souffre ni de la faim ni du froid. On lui a livré des sacs de charbon l'autre jour, et c'est la même chose pour la nourriture. On doit bouffer gras et les pieds au chaud chez les Grumbert ! Il faut faire une pétition.

Elle se mit en devoir de la rédiger, en des termes dignes d'un manifeste bolchevique. Par un cheminement mystérieux, ce texte incendiaire se trouva un jour sur la table de Madame. Enquête. Interrogatoires. Courageusement, la coupable se dénonça. Convoquée chez la directrice, elle ressortit en larmes : révoquée ! Du coup, tout sentiment de rébellion parut l'abandonner. Comme elle était mise en quarantaine en attendant son départ, le dossier étant parti pour la préfecture, nous ne nous risquions pas à lui adresser la parole et elle se dérobait volontairement à notre compagnie.

Joséphine fit son baluchon tristement, répétant qu'elle acceptait mal cette révocation qu'elle jugeait injustifiée.

Nous nous étions rassemblées dans la cour enneigée pour assister à son départ. Certaines de mes compagnes ne cachaient pas leur chagrin, mais toutes restaient muettes, de crainte d'être accusées de complicité ou parce qu'elles n'avaient rien à dire à cette factieuse. Jamais le grincement du portail d'entrée ne nous parut aussi lancinant.

Personne, à l'extérieur, n'attendait la proscrite. Elle habitait à une quarantaine de kilomètres de M... et ses parents n'avaient pas encore, sans doute, été prévenus, ou n'avaient pas daigné se déplacer.

A l'heure du déjeuner, Emma, qui se tenait à la fenêtre du réfectoire, me dit :

– Elle est encore là.

– Qui donc ?

– Joséphine Soustre. Regarde !

Elle était assise sur sa mallette, devant le portail, emmitouflée dans une vieille pèlerine, repliée sur elle-même comme un oiseau à l'agonie. Prévenue par nos soins, Annie Bordes se rendit chez Madame qui était en train de dîner. Réponse catégorique :

– J'interdis qu'on lui ouvre le portail ! Si des élèves s'y risquent, elles suivront le même chemin.

Joséphine ne bougea pas de la journée. Au début de la nuit, alors que la neige recommençait à tomber, elle était toujours là, immobile, le ventre vide, dans le vent, l'ombre et le froid.

– On va pas la laisser là toute la nuit ! protesta la grosse Eugénie Farges. Elle va crever, la pauvre ! Qui m'accompagne chez la directrice ?

Je me proposai. Trois autres filles suivirent. Malgré les protestations de la surveillante, nous nous rendîmes dans un premier temps chez le concierge. Jeanrot haussa les épaules et ne put que nous répondre :

– Qu'est-ce que j'y peux, moi ? J'ai des ordres. Faut la permission de Madame pour ouvrir le portail.

– Eh bien, nous y allons de ce pas ! dit Eugénie.

Madame devait être prévenue par Annie Bordes, et pourtant elle eut un mouvement de recul en nous voyant à sa porte, le nez rouge de froid, nos foulards autour du cou. Une bouffée de chaleur nous accueillit : il faisait bon chez les Grumbert, un véritable cocon...

– Eh bien, quoi ? marmonna-t-elle. Que me voulez-vous ?

Elle était en robe de chambre, ses cheveux dénoués lui tombant sur les épaules. Eugénie, sans la moindre gêne, se fit notre porte-parole.

– C'est rapport à Joséphine, dit-elle. Si on la laisse dehors, elle va mourir de froid.

– Ça, par exemple, c'est un peu fort ! s'exclama Madame. Tu entends, Hubert ? Nous avons une rébellion sur les bras ! Décidément, cette fille nous en fera voir de toutes les couleurs ! Quant à vous, vous aurez de mes nouvelles !

Elle tourna en rond dans l'appartement et s'entretint avec son mari qui disparaissait dans un divan en tournant les pages de son herbier devant un généreux feu de coke. Elle revint vers nous et nous dit d'un ton conciliant :

– C'est bon. Je vais aviser. Dites à Jeanrot qu'il peut ouvrir le portail et qu'il s'occupe de cette petite. Je ne veux pas d'histoires, vous comprenez ?

Joséphine en fut quitte pour une pleurésie. Durant une semaine elle occupa l'unique lit de ce que l'on appelait pompeusement l'« infirmerie ». Elle reprit ses cours dans les premiers jours de l'année, le processus de révocation ayant été prudemment arrêté par la directrice.

Au lendemain de cet incident, Madame nous fit un exposé sur la nécessité du stoïcisme, comme disait le bienheureux Félix Pécaut. Qu'étaient nos épreuves comparées à celles dont souffraient nos soldats ? La République nous hébergeait, nous nourrissait, nous enseignait gracieusement pour faire de nous des soldats de la culture, et nous osions protester contre des sacrifices que toute la nation s'imposait volontairement ?

Joséphine nous remercia avec chaleur de notre intervention, ainsi que des oranges et des friandises que nous lui avions offertes durant sa convalescence.

Loin de se détendre, la discipline se fit plus sévère, mais une amélioration se produisit peu après cet incident pour la nourriture et le chauffage.

La saveur âcre de l'huile goménolée et celle, fade, des tisanes restent confondues dans ma mémoire avec un exercice auquel, sur les instances de Madame, nous consacrions une partie de nos loisirs : le tricotage de chaussettes, de gants et d'écharpes pour nos soldats, en laines bleue, blanche et rouge.

Madame nous avait dit dans une allocution matinale :

– Nous apporterons ainsi notre contribution à la victoire finale. Tricotez, mes enfants ! Tricotez de tout votre cœur, de toute votre ardeur. Mlle Grappin vous tiendra compagnie et vous apprendra de nouvelles chansons. Comme dit Félix Pécaut, notre maître à toutes, « le chant est l'expression de sentiments communs, simples, populaires ».

Décidément, saint Félix Pécaut avait réponse à tout ; il avait une maxime de sagesse à nous proposer pour toutes les circonstances de notre vie.

Une grande fille de troisième année, Nathalie, s'amusait parfois à imiter Madame :

– Mesdemoiselles, souvenez-vous de ce que disait mon maître, Félix Pécaut : « Quand vous serez aux cabinets, chiez dur, chiez mou, mais chiez dans le trou ! »

Un phénomène, cette Nathalie Roussel, fille d'un conseiller général. D'une intelligence rare, d'une application constante qui en faisaient une sorte de prodige, mais d'une choquante impertinence et de mœurs *singulières*. On lui passait ses travers en raison de ses qualités, de ses mérites et surtout de l'influence de son père auprès des autorités préfectorales. Elle se permettait de tutoyer certains professeurs qui n'étaient guère plus âgés qu'elle, de même que Jeanrot, le concierge, que cette familiarité amusait. Elle lui lançait devant ses compagnes :

– Dis donc, Jeanrot, tu soigneras mieux tes poireaux : ils sont pleins de vers. Holà, Jeanrot, tu l'ouvres, ce portail, oui ou merde ?

Tenue au courant de ces privautés, Mme Grumbert, que Nathalie appelait « la Grumboche », se contentait, quoiqu'elle en éprouvât de la peine, d'un sourire pincé : le père de Nathalie dînait avec le préfet. Elle redoutait un esclandre qui l'eût mise dans une situation inconfortable mais préférait patienter plutôt que de sévir car, en juin prochain, l'école serait débarrassée de ce trublion en robe à tournure.

Dans les classes de l'école annexe, située en ville, où j'aurais, au cours de ma deuxième année, à tester mes aptitudes à l'enseignement devant des élèves du primaire, Nathalie faisait merveille : elle savait retenir l'attention des élèves et chacune de ses classes était une partie de plaisir pour eux, quel que soit le sujet abordé. Dans sa bouche l'histoire devenait un roman de cape et d'épée, la géographie une suite de récits d'aventures, les mathématiques un jeu subtil, la physique et la chimie une incursion dans les mystères de la matière, les sciences naturelles une promenade à travers champs, la morale un exercice de sagesse à l'antique...

Elle faisait chanter à ses élèves, pour les détendre, des chansons nouvelles de Dranem : « *Ah, les p'tits pois, c'est un légume bien tendre...* », ou d'Yvette Giraud : « *Un fiacre allait trottinant...* » Jamais les élèves n'avaient chanté avec autant d'ardeur et de conviction.

Par curiosité plutôt que par devoir, l'inspecteur primaire avait tenu à assister à l'un de ces cours ; il ne tarissait pas d'éloges : la voie royale de Fontenay-aux-Roses s'ouvrirait toute grande à cette fille prodige.

Nathalie Roussel n'était pas ambitieuse, et Fontenay (cette quatrième année d'École normale, disait-on) n'était pas pour elle le but suprême. Elle voulait avant tout vivre selon sa nature et ses goûts ; son avenir pédagogique lui importait moins.

Elle m'avait dit un jour de tricotage :

– Mon but dans la vie est d'aller au bout de mes ambitions et je dois m'y préparer dès maintenant. Je profite de mes dispositions naturelles, de mes facilités à apprendre et à enseigner, pour me fabriquer une cuirasse et des armes. Lorsque je quitterai cette boîte, je consentirai sans doute à poursuivre mes études à Fontenay, mais rien n'est décidé. Il me reste quelques mois de réflexion. A vrai dire, passer d'une caserne à une autre ne me tente guère. Vivre... D'abord vivre...

– Qu'est-ce que tu entends par « vivre » ?

Elle avait éclaté de rire, m'avait considérée comme si j'étais une demeurée. Était-ce si difficile à deviner ? Dans son esprit, c'était simple. Si simple, si évident qu'elle ne trouvait pas de définition adéquate.

– Vivre, quoi ! Ne pas se laisser brimer par des supérieurs imbéciles... Être responsable de ses décisions et de ses actes, refuser de se laisser enfermer dans des conventions morales, sociales, familiales... Choisir sa voie en fonction de sa nature, l'abandonner si elle se révèle contraignante...

– Pour ça, ai-je dit, il faut être forte. Libre et forte. Je ne le suis pas.

– Moi, je le suis. Celui qui me mettra sous le joug n'est pas né. Mon idéal, c'est de ne dépendre de personne.

– On est toujours dépendant : de quelqu'un, de quelque chose.

Elle avait baissé la tête, persuadée que j'avais raison.

– J'en conviens ! avait-elle répondu d'un air maussade. Nous sommes peu de chose au milieu de cette nébuleuse : le hasard, l'imprévu, la conjoncture, les sentiments... Nous sommes, quoi que nous fassions, à la fois acteurs et prisonniers de nos rôles. Nous avons parfois le loisir de proposer, mais c'est l'appareil de la société qui décide pour nous et contre nous très souvent. Le jour où je me sentirai bâillonnée, impuissante, alors je n'hésiterai pas à me diriger vers la porte de sortie : celle qui nous est ouverte à tous.

Un frisson m'avait parcourue à la racine des cheveux.

– Tu veux dire : le suicide ?

– Le suicide, oui. Comme pour Alice.

– Qui était Alice ?

Elle me conta à voix basse l'histoire de cette élève de sa promotion qui, en cours de première année, à la fin de sa scolarité, désespérée par son impuissance à suivre, accablée par la discipline, malade de solitude et d'ennui, avait décidé d'en finir. Elle avait fait le mur une nuit de printemps pour aller se jeter dans la Dombelle. On avait retrouvé son corps accroché à un arbre mort, contre la digue.

– Tu la connaissais bien ? ai-je demandé. C'était une amie ?

– Une amie ? Pas vraiment. Je ne la connaissais guère plus que les autres. Il y a, pour les recluses que nous sommes, deux sortes de misères morales : la solitude du bas de l'échelle, celle de l'impuissance à s'affirmer, contre laquelle on ne peut rien ; l'autre, celle du haut, noble, aristocratique, austère, qui nous place au-dessus des autres. Alice était une solitaire du premier degré. En partant elle a laissé la porte ouverte, comme pour inviter certaines d'entre nous à la suivre...

Une de mes camarades de promotion, Élodie Marcou, ne m'avait pas caché son inquiétude à me voir « frayer », comme elle disait, avec Nathalie Roussel, cette « grande bringue ». Comme je m'étonnais de cette réserve, elle me confia :

– Ne fais pas l'innocente! Tu n'as vraiment rien remarqué de spécial en elle?

Je n'avais rien remarqué de « spécial ». Les rares entretiens que j'avais eus avec cette fille m'avaient toujours paru intéressants, instructifs, parfois choquants, mais je les avais pris pour des jeux d'idées et de mots. Élodie m'avait répondu crûment :

– Alors c'est que tu as de la merde dans les yeux!

Elle m'avait tirée à l'écart, ma chaussette tricolore à la main, et m'avait appris que Nathalie Roussel avait dans l'établissement une réputation douteuse. J'avais répliqué avec une pointe d'indignation :

– Et alors? Nathalie est une fille libre. Elle peut vivre comme elle l'entend!

– Sotte que tu es! Nathalie est une gouine!

Elle avait prononcé « gouiiine », comme un cri de chat.

Cette « grande bringue » de Nathalie, jolie au demeurant en dépit de ses allures garçonnières et de son langage peu châtié, recrutait ses amies de cœur dans les classes inférieures de l'école. Elle avait apporté le trouble chez quelques-unes. Certaines avaient cédé à ses avances, sans que personne n'osât les dénoncer.

J'appris avec consternation que, l'automne précédent, elle avait jeté son dévolu sur une fille chlorotique de notre promotion, qui n'avait rien, en apparence du moins, pour inspirer une passion coupable chez un homme ou chez une femme. Justine avait l'aspect d'une sorte de bijou de famille jauni par le temps, désuet, qui s'accommodait d'un environnement de vieilles dentelles et de fleurs fanées; on avait envie de la mettre sous un globe de verre comme une couronne de mariée ou de la jeter dans une malle, au fond d'un grenier.

Bien que le lit de Justine ne fût séparé du mien que par trois autres, je ne m'étais aperçue de rien. Il est vrai que j'ai le sommeil lourd des paysannes et qu'il faut des hurlements pour me tirer de ma torpeur. Nathalie rejoignait Justine tard dans la nuit, à travers l'ombre, en se guidant sur les veilleuses allumées dans les loges des surveillantes. Elles restaient ensemble une heure ou deux, se réchauffant à leur manière, étouffant sous le drap spasmes et gémissements.

– Le jour où elles se feront pincer, avait ajouté Élodie, tu imagines le scandale ! La mère Grumbert dans tous ses états...

J'imaginais aisément la scène : l'altercation précédant la révocation immédiate, le dossier communiqué au préfet... Mais ces ébats pouvaient aussi demeurer clandestins jusqu'à ce que cette aventure se terminât.

– Tu ne vas pas les dénoncer ? dis-je sottement.

– Moi, non. Tu me connais... Mais il y a des jalouses, des aigries, des lèche-cul. Agathe Laborie, par exemple... Elle est bien capable de vendre la mèche, histoire de se faire valoir auprès de Madame...

Personne ne l'aimait, cette Agathe Laborie, et elle n'aimait personne.

C'était une solitaire. Pas de la même nature qu'Emma Perrot qui, elle, ne manifestait aucune agressivité envers quiconque.

Agathe avait organisé sa vie à l'école comme une place forte, défendant ses accès avec une hargne préventive. Elle recevait fréquemment, comme la grosse Eugénie Farges, des colis de nourriture de ses parents, bouchers-charcutiers dans une sous-préfecture voisine, sans que jamais l'idée lui vînt d'en faire profiter ses compagnes, dont certaines acceptaient mal le « stoïcisme » alimentaire prôné par la directrice et l'économe. Comme elle était maigre, on murmurait qu'elle devait être habitée par le ver solitaire.

C'est elle, nous en avions la quasi-certitude, qui avait dénoncé Noémie Labrune à Annie Bordes, qui n'avait pu faire moins que d'alerter Mme Grumbert.

Noémie, une fille de M..., avait apporté dans ses bagages la lunette de marine appartenant à son père, quartier-maître à la retraite et qui avait beaucoup bourlingué. Un de nos passe-temps favoris consistait à observer l'École normale de garçons où vivaient nos « maris » : distraction innocente mais répréhensible. Le verdict était tombé : confiscation de l'objet du délit et blâme. La seconde de ces punitions était redoutable : le blâme était inscrit à l'encre indélébile sur nos états de service et nous accompagnait toute notre carrière.

Noémie avait mal supporté ce châtiment injuste : elle était tombée malade et, durant une semaine, avait occupé le lit de l'« infirmerie ».

Décidément, la « maladie de langueur » paraissait être l'affection spécifique de notre établissement...

Les révélations de mon amie Élodie Marcou m'avaient incitée à prendre mes distances avec Nathalie Roussel. Il se murmurait que ses rapports avec Justine Lafarge battaient de l'aile et même qu'ils étaient sur le point de cesser. Mesure de prudence de la part de la « grande bringue » ? Peut-être. Elle devait savoir se méfier de la passion et jusqu'où ne pas aller trop loin dans ce domaine.

Au cours d'une de ces séances de tricotage qui occupaient nos loisirs, alors que j'attaquais la partie rouge d'une chaussette, Nathalie, qui avait coupé à ce qu'elle considérait comme une corvée, s'approcha de moi et, agenouillée à même le carrelage, sous l'œil narquois de nos compagnes me débita son petit compliment :

– J'aime tes mains, Malvina. Ce sont des mains d'homme, mais en plus délicates.

– Tu exagères, dis-je. Ce sont des mains de paysanne.

La sécheresse du ton ne parut pas la décourager. Elle sourit, s'éclaircit la voix.

– Je pense, dit-elle, au soldat qui enfilera ces chaussettes. Elles auront peut-être gardé un peu de ton odeur. Tu sais que tu sens bon ? Tu n'as pas une odeur de paysanne.

– Vraiment ? Et Justine ? Elle sent aussi bon que moi ?

Nathalie rougit violemment, changea de position, de manière que sa tête effleurât mon genou. Cette approche, cette manœuvre de séduction banale et vulgaire m'exaspéraient autant que m'indisposait l'attention ironique de mes voisines qui ne perdaient rien du manège et riaient sous cape.

– Je constate, dit-elle, que tu es informée. Ça devait arriver. Eh bien, non ! Elle pue, Justine. C'est fini entre nous. Serais-tu jalouse ? Ce serait merveilleux !

Je m'esclaffai :

– Jalouse, moi ? De qui et de quoi, grands dieux ? Écoute, Nathalie : j'ai apprécié nos conversations parce que tu ne ressembles pas aux autres et qu'une perruche dans cette basse-cour, c'est intéressant à observer, mais je ne souhaite pas aller plus loin. Ce n'est pas dans ma nature. A bon entendeur...

– ... salut ! me lança-t-elle en se levant.

Elle détendit ses membres, dédia un sourire ironique aux « tricoteuses » et disparut en sifflotant.

– Eh bé, me dit ma voisine, tu l'as remise à sa place, la « grande bringue » ! Elle te le pardonnera pas.

– Ça, je m'en moque !

J'ignore si Nathalie m'a gardé rigueur de ma réserve. Je ne la revis qu'à de rares occasions, très prise qu'elle était par ses cours à l'école annexe qui, disait-elle, l'« amusaient ». Lorsque nous la croisions aux soirées de détente du samedi, où nous chantions et dansions, elle me saluait d'un geste ironique de la main.

Elle eut d'autres aventures, notamment avec une fille un peu hommasse de deuxième année, qui fut affligée d'un gros chagrin lorsque la tribade lui signifia leur rupture.

On voyait souvent Nathalie, au cours de ce printemps de l'année 1918, en promenade dans le parc, au bras d'une nouvelle conquête : elles s'arrêtaient pour se bécoter derrière un tronc d'arbre ou un buisson de rhododendrons. Par miracle ou par discrétion, Nathalie passa à travers les mailles du filet durant des mois avant de se faire pincer.

Cécile m'avait prévenue : les rapports coupables entre élèves, dans ce genre d'établissement, étaient assez communs, sinon monnaie courante. Ils suscitaient rarement des scandales. Elle me cita cependant le cas d'une directrice amoureuse d'une prof de français, et d'une élève de l'École normale de filles de la Corrèze qui avait été révoquée pour le même motif.

Comment parer à ce type de déviation ? Nous étions des filles – des femmes mêmes – projetées, avec leur puberté à fleur de peau, leurs désirs d'amour et leurs rêves exacerbés, dans cet asile de recluses. Malgré les exhortations à la chasteté que nous prodiguait Madame, les exercices solitaires étaient la règle quasi commune. Je surprenais fréquemment des filles dans la salle de douches, qui nous était ouverte une fois par semaine, dans une attitude sans équivoque. Si Mme Grumbert l'avait osé, elle nous eût imposé, comme dans certains établissements congréganistes, de dormir avec les mains sur le drap.

Toutes ces filles sentaient l'amour et toutes y aspiraient sans l'avouer. On lisait en cachette *La Vie parisienne, Le Rire* ou quelque autre magazine un peu leste, sachant ce que l'on risquait : sermon de la directrice, blâme, révocation peut-être. Nous vivions notre scolarité supérieure dans un trouble constant. Bienheureuses s'il ne compromettait pas notre équilibre et notre réussite. Alors, ces exutoires à notre confinement, pouvait-on les condamner comme des vices inexpiables ?

Un menu scandale éclata un matin de février.

Au retour de notre toilette, nous fûmes alertées par les vociférations d'Annie Bordes. Elle brandissait au nez de la pauvre Germaine Peyronnie, une fille un peu simplette, une corde à linge à laquelle étaient suspendus des drapeaux multicolores, comme pour un défilé de 14 Juillet.

– Ma pauvre petite, s'écriait Annie, tu es complètement folle! Qu'est-ce qui t'a pris! Suspendre tes serviettes hygiéniques à la fenêtre pour les faire sécher, et du côté de la cour encore! Tu te rends compte? Si Madame s'en était aperçue...

– C'est ce que je faisais chez moi! pleurnichait Germaine.

– Tu n'es plus chez toi! hurla Annie. Tu mériterais...

Il y avait, ce matin-là, un beau rayon de soleil. Germaine s'était dit que sa lingerie intime sécherait plus rapidement qu'à la buanderie. Annie se fit conciliante :

– Je ne préviendrai pas Madame pour cette fois, mais ne recommence pas!

Elle jeta les serviettes sur le lit de Germaine et se retira dans sa loge pour rire à son aise.

Évelyne Landrevie était amoureuse.

Cette fille aimait les promenades dans le parc. Elle s'asseyait au pied d'un arbre, assez loin de ses compagnes pour n'être pas importunée, près de la chapelle des Allemands, où se dressaient les plus beaux arbres du parc. Assise sur un coin de mousse sèche, adossée au tronc, elle posait son livre sur ses genoux. C'était la plupart du temps un roman emprunté à la bibliothèque dont Madame, à la suite d'une démarche de mon amie Édith Malevergne, m'avait confié la gérance.

Un jour de la mi-février, alors que l'hiver marquait une trêve, elle entendit une voix qui l'interpellait :

– Mademoiselle ! Oui, vous, mademoiselle !

Un blessé allemand se tenait derrière la palissade, un pansement à l'épaule, son bonnet de police sur l'œil. Elle s'était approchée, timide et craintive comme une biche à laquelle on tend un morceau de pain.

– C'est moi que vous appelez, monsieur ?

– Oui, c'est bien vous. Pardonnez-moi de vous importuner.

– Vous êtes un prisonnier allemand. Alors je n'ai pas le droit de vous adresser la parole.

– Je voulais simplement parler un peu. Voyez-vous, je m'ennuie.

– Vous parlez bien notre langue pour un Allemand.

– C'est que je suis professeur de français, mademoiselle. A Lübeck. Ma famille est d'origine angevine, exilée lors de la révocation de l'édit de Nantes. Je m'appelle Otto. Otto Fontaine, et je suis *Oberleutnant*. Lieutenant, si vous préférez.

Il était arrivé à M... depuis une semaine, capturé à la suite de l'offensive du général Nivelle, avec des éclats d'obus dans le bras. Il ne se plaignait pas : les dames de la Croix-Rouge, les médecins, les infirmiers étaient aux petits soins pour lui. Seule, la nourriture... mais c'était tout de même mieux qu'en première ligne où l'intendance parvenait difficilement.

Il ajouta :

– Je vous observe depuis trois jours. Vous aimez la solitude et la lecture, comme moi. Puis-je savoir ce que vous lisez ?

C'était *Le Rêve*, d'Émile Zola, le seul roman de cet écrivain qui eût droit de cité dans notre bibliothèque, avec les inoffensifs *Contes à Ninon*. Otto avait lu Zola, surtout *Germinal* et *La Débâcle*, un livre « terrible ». Pas *Le Rêve*.

– Il faut lire tout Zola, mademoiselle, dit-il. C'est un monde. Quand on a commencé, on ne peut plus s'arrêter. C'est comme une drogue. Quand j'ai été mobilisé, j'ai emporté dans une édition française *Au bonheur des dames*. Ce livre s'est perdu. Voulez-vous me montrer celui que vous lisez ?

Elle le glissa à travers la palissade. Il l'ouvrit maladroitement, lut à haute voix les premières lignes : « Pendant le rude hiver de 1860, l'Oise gela, de grandes neiges couvrirent les plaines de la Basse-Picardie... »

Il soupira, lui dit en lui rendant le livre :

– Vous avez de la chance de pouvoir lire Zola, mademoiselle. Si j'osais...

– Quoi donc, monsieur ?

– ... je vous l'emprunterais. Une journée seulement. Pour moi, cette lecture serait plus efficace que tous les médicaments qu'on me fait prendre.

– Mais, monsieur, c'est interdit. Si Madame apprenait...

– Alors, n'en parlons plus.

Ils n'en parlèrent plus, mais Évelyne avait son idée. Elle s'était mis en tête de satisfaire le souhait de son *Oberleutnant*, mais, prudente comme elle l'était, elle ne tenait pas à ce que cette relation s'ébruitât. Connaissant ma discrétion, c'est à moi seule qu'elle se confia, à l'échéance de son prêt.

– Dis, Malvina, tu peux me laisser ce roman une semaine de plus ? Je l'ai pas tout à fait terminé.

– Tu le savoures ! Ça fait trois semaines que tu l'as emprunté. Je t'inscris pour une semaine de plus, pas davantage. D'autres peuvent me le réclamer.

Elle s'éclaircit la voix, me dit, en veillant à ce que personne d'autre ne l'entendît :

– C'est pas pour moi. Va pas le répéter : je compte le prêter pour une journée ou deux à un lieutenant allemand blessé qui aime Zola et qui s'ennuie.

– Tu es folle ? Qu'est-ce que c'est que cette histoire ?

Comme elle avait confiance en moi, elle me dit tout de cette première entrevue. Je faillis éclater.

– Tu sais ce que tu risques ! Relis l'annexe au règlement intérieur : il est interdit, sous quelque prétexte que ce soit, de communiquer avec l'extérieur, et notamment avec les prisonniers, sous peine de révocation.

– Mais... il est gentil et français d'origine.

– C'est un Boche !

Ma repartie vive et stupide lui arracha des larmes qu'elle épongea furtivement. J'eus pitié d'elle, lui tendis le livre avec une fiche rectifiée.

– Je t'aurai prévenue ! Fais de ce livre ce que tu voudras. Moi, je ne veux rien savoir.

Elle m'embrassa, comme si je venais de lui promettre ma complicité. Le lendemain, en sortant du cours d'histoire et de géographie, elle me serra le bras et me souffla à l'oreille :

– Je lui ai remis le livre hier soir. Il était ivre de joie. Il a... il a embrassé la couverture !

– Vous êtes fous, tous les deux. Je ne veux plus rien entendre.

Évelyne ajouta gravement :

– Otto va jouer pour moi.

– Jouer pour toi ? Qu'est-ce que ça veut dire ?

Malgré la fine pluie qui mouillait le parc, ils avaient bavardé, après qu'elle lui eut remis le livre, chacun observant l'horizon de l'autre. Il lui confia qu'il était pianiste amateur, chez lui, à Lübeck, qu'il donnait parfois des récitals pour des œuvres philanthropiques et que des journalistes rendaient hommage à son talent, qu'il aurait pu exercer à titre professionnel. Dès son arrivée à la chapelle qui l'hébergerait le temps de sa convalescence, en attendant qu'il allât rejoindre un camp ou qu'on le dirigeât sur une ferme, il avait, avec des outils de fortune, accordé le vieil harmonium désaffecté et abandonné depuis des années à la poussière et aux intempéries. A force d'habileté et de patience, il était parvenu à lui faire rendre des sons assez justes et harmonieux.

– Ainsi, dis-je, c'est lui que nous entendons parfois.

Certains jours où les cours se déroulaient fenêtres ouvertes dans le soleil, une rumeur confuse, comme une musique d'anges tombée du ciel, nous parvenait des lointains du parc sans que nous fussions en mesure d'en imaginer l'origine. Elle se mêlait à la voix des professeurs et des élèves, sans troubler le déroulement du cours, tant elle était lointaine, imprécise, légère.

Édith Malevergne, qui se passionnait pour la musique classique, qu'elle écoutait chez elle sur un gramophone, me dit un matin :

– C'est curieux ! Je crois reconnaître une fugue de Jean-Sébastien Bach...

– Ainsi, dis-je à Évelyne, c'était ton amoureux ?

C'était lui. Elle rougit, me confirma qu'Otto allait, le soir même, au cours de notre détente de vingt heures, jouer pour elle un *aria* de Bach, son morceau de prédilection.

– Je lui ai prêté *Le Rêve*, me dit Évelyne, et lui, il me prête Bach. Nous échangeons nos cultures ! Je ne vois rien là de répréhensible.

Elle ajouta à voix basse, comme si elle me conviait à un concert classique :

– Tu devrais m'accompagner jusqu'à la palissade. Quand il aura fini de jouer, il viendra me rejoindre.

Je repoussai cette invitation d'un ton ferme, persuadée que, quoi qu'il dût m'en coûter, mes pas me guideraient aux confins du parc pour voir à quoi pouvait bien ressembler ce virtuose, mais surtout pour écouter son interprétation de Jean-Sébastien Bach, un musicien qui m'était inconnu.

Autant qu'il m'en souvienne, il joua l'*aria* pour la suite d'orchestre. L'averse de l'après-midi faisait sourdre du sol humide des bouffées d'odeurs tièdes et sauvages. Munie d'un livre qui aurait pu me servir de prétexte au cas où l'on nous aurait surprises, je m'engageai sous le couvert des arbres en direction de la chapelle.

Après quelques minutes d'attente qui me parurent interminables, un filet de sons légers comme une source filtra de la pénombre végétale et suspendit aux branches, autour des buissons, ses délicates dentelles d'araignée. Quelque chose qui ressemblait au bonheur m'enveloppa d'une vague tiède, me fit ployer les genoux et m'asseoir, les yeux clos, au pied d'un cèdre. C'était comme un dialogue à une seule voix : celui d'une demoiselle en pèlerine assise au coin du feu, un soir de neige, interrogeant le destin et lui répondant, comme portée par des vagues.

La honte que j'éprouvai à me trouver là, à me sentir émue – après tout, l'*Oberleutnant* Otto Fontaine était un ennemi, un Boche! – se dissolvait dans cette musique de bonheur qui s'accordait si intimement aux profondeurs du parc, à l'ombre qui envahissait peu à peu la futaie clairsemée.

La musique de l'harmonium se défit comme une soie déchirée, puis se tut. Je m'étonnai d'être encore de ce monde dont l'*aria* m'avait, durant quelques brèves minutes, délivrée.

Je m'avançai vers l'endroit de la palissade qui donnait sur le jardin de la chapelle, où je savais que le musicien et sa petite compagne, Évelyne, avaient rendez-vous. Mon attente fut brève. La pénombre me dérobait le visage de l'*Oberleutnant* : il portait son calot très avancé sur le front, au ras des sourcils, il avait fleuri sa vareuse, qui paraissait sale, d'une pervenche ; il était de haute taille, mince, et portait une moustache qui me parut être rousse.

Je refrénai mal l'envie qui me pressait de me joindre à eux, de dire à Otto qu'il jouait comme devaient jouer les anges, que j'avais pleuré en l'écoutant, qu'il pourrait m'emprunter autant de livres qu'il le voudrait... C'eût été déraisonnable, indiscret, dangereux. Je me contentai de les observer de loin, en attendant la cloche qui ne tarda pas à se faire entendre.

Personne n'avait remarqué notre retraite.

Lorsque Évelyne rejoignit le groupe des premières pour gagner le dortoir, je lui dis :

– Alors, satisfaite ? Tu sembles rayonner.

– Tu l'as entendu, Malvina, me répondit-elle dans un élan d'exaltation. C'était merveilleux, tu ne trouves pas ? Otto est un grand artiste. Demain encore, et chaque jour, il jouera pour moi. Il me l'a promis.

J'eus envie d'ajouter cruellement : « ... et tu te feras pincer, ma petite ! », mais je nageais dans des eaux troubles, j'enviais ma compagne pour la merveilleuse aventure dans laquelle elle s'engageait ; je la jalousais aussi et me sentais peu à peu gagnée par un sentiment d'acrimonie – ce Boche qui m'avait mis les larmes aux yeux !

Si Madame apprenait cette relation coupable et, dans les circonstances où nous vivions, contre nature, il était facile d'imaginer la scène qui s'ensuivrait, et je l'organisais dans ma tête comme une tirade de tragédie : « Mademoiselle Landrevie, vous déshonorez cette maison ! Comment, alors que les avions Gotha et la grosse Bertha font pleuvoir leurs bombes sur Paris, tuant des dizaines, des centaines d'innocents, que nos poilus se font tuer par milliers sur le front, vous écoutez de la musique allemande, jouée par un soldat allemand ! De surcroît vous lui prêtez des livres – *nos* livres ! Eh bien, vous êtes révoquée ! »

A peu de chose près, c'est le discours que Madame tint à la pécheresse le jour où une petite-bourgeoise de la ville, qui prenait soin des prisonniers allemands au titre de la Croix-Rouge, surprit Otto Fontaine en train de lire les *Contes à Ninon*, d'Émile Zola, un livre qui portait l'estampille de l'École normale.

Elle confisqua le roman, le rapporta à la directrice en souhaitant que l'on fît une enquête. Précaution superflue : Madame ne pouvait faire moins. Je ne pus soustraire à ses investigations le registre de la bibliothèque, où je notais les sorties des livres et le nom de l'emprunteuse; il révéla sans peine l'identité de la coupable. Madame m'interrogea pour tâcher d'établir une éventuelle complicité; Évelyne nia que je fusse au courant de ses relations avec l'*Oberleutnant*.

A la suite d'une intervention des parents qui tenaient une importante pâtisserie-confiserie en ville, où se fournissait notre économe pour nos desserts du dimanche, Évelyne put achever sa scolarité de première année avant la révocation définitive.

Elle prit ce châtiment avec une philosophie qui me consterna.

– Ça m'est bien égal, me dit-elle. Je sais qu'un jour, quand la guerre sera finie, Otto et moi nous nous retrouverons. J'ai réussi à le voir une dernière fois. Il m'a donné son adresse à Lübeck. J'irai le rejoindre et personne ne pourra m'en empêcher. Je crois... je crois qu'il m'aime. Et moi, moi... tu ne peux pas savoir.

Chaque soir, à la même heure, nous parvenaient des musiques de Bach, comme un chant nostalgique, mais elles avaient le goût du malheur.

Évelyne ne revit jamais son musicien.

Une fois rétabli, Otto Fontaine fut transféré dans une forteresse lointaine. Par Annie Bordes, j'appris qu'il avait écrit à Évelyne, mais que la lettre avait été interceptée, ouverte et jetée à la corbeille par Madame, à moins qu'elle n'eût été jointe au dossier des révocations transmis au préfet et au recteur.

Compagne d'un commerce agréable, Évelyne était en revanche une élève passable. Elle se consola deux ans plus tard avec le commis de son père. Dans l'odeur de la pâtisserie-confiserie, la rumeur des conversations et de la caisse automatique, elle oublia vite son *Oberleutnant* et la musique de Bach.

Quelques années plus tard, je lui rendis visite. J'eus du mal à la reconnaître dans la matrone flanquée de deux marmots qui piaillaient derrière le comptoir. Elle me servit le thé que je demandai, y ajouta des pâtisseries et refusa d'être payée (« J'ai trop de plaisir à te revoir, Malvina ! »). Elle me parla de son mari qui faisait marcher la boutique avec elle, de ses enfants, du commerce qui avait repris avec l'armistice...

Elle n'eut pas un mot pour Otto Fontaine.

L'avait-elle oublié ?

Leur vieille Dauphine s'est arrêtée sous ma terrasse. Elles rient comme des folles en descendant.

– Figure-toi, me dit Malvina, que nous avons eu toutes les peines du monde à faire démarrer cette vieille guimbarde. Elle a ses caprices. Tantôt c'est la batterie qui bat de l'aile, tantôt le delco ou les bougies, ou alors un pneu qui est à plat. Nous devrions en changer, mais elle vivra bien autant que nous, à moins que les droits d'auteur...

Elles ont toutes deux la manie du bricolage. Elles parlent de la mécanique avec une autorité qui me laisse pantois. C'est ainsi que cette vieille carcasse, grignotée par la rouille comme une feuille de marronnier à l'automne, affligée d'une sorte d'emphysème qui fait redouter le dernier soupir, roule encore, tant bien que mal, plutôt mal que bien.

– C'était la batterie, poursuit Cécile. Nous avons poussé jusqu'à la descente et mis en deuxième. Elle a démarré comme une jeunesse. Alors nous voilà!

Depuis belle lurette elles ne se servent de ce véhicule que pour un itinéraire d'une centaine de mètres, dans les allées de leur parc ou pour me rendre visite.

– Tu comprends, m'a dit Cécile, ces petites promenades sont pour l'entretenir. Ça lui donne l'impression d'être demeurée jeune et nous, ça nous amuse. Nous l'aimons bien, notre vieille guimbarde. Sans elle nous aurions l'impression d'être isolées du monde.

– Ne coupez surtout pas le contact, dis-je. Je ne tiens pas à avoir cette épave sous les yeux durant des jours, comme le mois dernier.

Elles lui font faire un demi-tour laborieux, le capot en direction de la descente, et coupent le jus. Flop... Flop... Beuff...

– Vous êtes certaines qu'elle pourra redémarrer?

– Ne t'inquiète pas, Jésus, répond Malvina. En roulant nous avons rechargé la batterie.

C'est l'origine des grondements de batteuse que j'ai entendus tout à l'heure et qui m'ont intrigué.

– On ne te dérange pas, au moins? dit Cécile. Tu avances dans ton nouveau roman?

Je n'ai pas besoin de les inviter à entrer : elles sont déjà dans mon bureau, tournant autour de ma table de travail, feuilletant mon manuscrit, reniflant le fourneau de ma pipe en la tenant par le talon. Je leur lance :

– Du Martini ou du porto?

– Du porto, dit Cécile. Celui que tu as rapporté du Portugal.

– Alors, servez-vous. Prenez les amuse-gueule. Vous savez où je les range.

Je me laisse tomber dans un fauteuil avec sur les genoux la nouvelle liasse que Malvina vient de me confier. Elle a bien travaillé depuis une semaine : au moins cinquante pages de plus, que je vais devoir lire, annoter, corriger. Des conflits en perspective : « Oh! toi et tes points-virgules... »

Elles se servent copieusement de porto, bien qu'il ne soit que dix heures du matin, s'enfoncent avec un soupir d'aise dans leur fauteuil. Elles sentent une odeur d'herbe et d'iris, leur parfum favori.

Je tire nonchalamment quelques bouffées de la pipe que je viens de rallumer.

– Tu parais soucieux, me dit Malvina. Quelque détail qui t'aurait choqué dans mes souvenirs ?

– Me choquer, moi ? Tu plaisantes ? Je songeais simplement...

Je songeais que Malvina, au cours de son récit, parlait beaucoup des autres mais très peu d'elle-même.

– J'ai bien aimé l'histoire de Nathalie, celle d'Évelyne... Mais toi, Malvina ? Ce sont tes *souvenirs que tu racontes, mais tu ne te mets que rarement en scène. Tu es constamment présente mais il ne t'arrive jamais rien ou peu de chose.*

– Oh, moi... J'ai si peu à raconter sur ma modeste personne. Je fais figure de témoin et je m'attache à être aussi fidèle que possible. Lorsqu'il m'arrive de m'entretenir avec des consœurs et de confronter nos expériences de normaliennes, c'est toujours ou presque la même chanson que j'entends : « C'était la période la plus agréable de notre vie... C'était dur, évidemment, surtout la privation de liberté, mais nous avions conscience de travailler pour la République démocratique et sociale et pour la patrie... Nous avions une mission à remplir... Il ne s'est rien passé de notable... » Moi, je dis : il s'en est passé, des événements ! Et je les raconte.

Discrètement, je me hasarde à porter la conversation sur ses amours à elle. Malvina éclate de rire, avale une gorgée de porto, prend un air soudain grave pour me dire :

– Mes amours à moi... Tu peux bien penser que, normalement constituée comme je l'ai toujours été et pas encline le moins du monde aux déviations sexuelles –

n'est-ce pas, ma chérie ? – j'ai connu des hommes. Quelques-uns. Comme Cécile, j'étais trop exigeante, trop amoureuse de ma liberté pour passer ma vie avec le même individu.

– C'est vrai, ajoute Cécile, et c'est cette exigence qui nous a rapprochées, avec tous nos souvenirs communs, ceux du début de notre amitié, au temps de L'Orange de Noël. *Malgré nos chamailleries, nos brouilles, nos natures différentes, nous avons résisté aux aléas de l'existence.*

– Une fois pourtant, j'ai bien cru, poursuit Malvina, que c'en était fini de notre belle amitié. Je compte relater dans ma prochaine livraison cet événement que ni Cécile ni moi n'avons oublié.

Cécile vide son verre et se lève.

– Tu le peux, ma chérie, puisque tu as décidé de tout dire. Mais, tout de même, ne va pas trop loin.

Puis, se tournant vers moi :

– Jésus, il ne te reste pas un de ces petits havanes que tu as rapportés d'Espagne ? Pour la route... Ce n'est pas prudent, mais ça me changera de tes cigarettes.

Journal de Malvina

15 mars 1918

Oui, je sais : tenir son journal intime à l'insu de Madame est une faute qui peut être sanctionnée sévèrement (annexe au règlement sur les activités extrascolaires non autorisées formellement). Cette envie m'a prise à l'instar de quelques élèves de deuxième année et je tenais à l'assouvir. Je n'ai que peu de chose à raconter sur moi, soit ; je suis de ces élèves maîtresses sans éclat, sans originalité, qui ne font guère parler d'elles, mais je me complais dans un rôle de témoin et je sais observer.

Je me suis offert à l'économat un cahier à couverture vert forestier dont l'illustration représente une scène champêtre de Rosa Bonheur qui me rappelle mon enfance aux Bories-Hautes : des vaches en train de s'abreuver dans un étang. Ce soir, je le rangerai sous mon matelas pour éviter les indiscrétions de mes compagnes et les investigations de Madame – elle surgit parfois dans le dortoir à l'improviste pour procéder à des fouilles dans les armoires et sur les élèves elles-mêmes, comme si elle subodorait des activités subversives.

Madame trouve toujours à glaner. Hier elle a foncé droit sur la grosse Eugénie Farges qui, assise au bord de son lit, feuilletait d'une main son manuel de morale et d'instruction civique et tenait de l'autre une tartine enduite de rillettes. Les menus spartiates de l'école ne lui suffisant pas, ses parents lui envoient une fois par semaine un colis qui lui permet de faire front à la disette, sans que l'idée lui vienne de nous en faire profiter. Madame est tombée sur elle comme la foudre.

– Eh bien, Eugénie, le régime de l'internat ne vous suffit pas, à ce que je vois!

– Non, madame, a répondu Eugénie, la bouche pleine.

– Peut-on savoir ce que vous lui reprochez?

– Je me lève de table avec la faim, madame. Alors il faut que je compense.

– Vous compensez sans discrétion et vous ne manquez de rien à ce qu'il semble.

Madame a ouvert l'armoire de la crapaude *et découvert la caverne d'Ali Baba: un empilement de boîtes de conserve, de plaquettes de chocolat, de sachets de bonbons et, trônant à l'étage supérieur, enveloppée d'une touaille, une demi-tourte de pain blanc.*

– Elle a même du pain! a lancé Madame à l'intention d'Annie Bordes qui assistait à l'inspection. Celui de l'intendance n'est pas assez bon, sans doute, pour mademoiselle!

– Non, madame. Il est rassis et ce n'est pas vraiment du pain. Et puis... trois cent cinquante grammes!

Madame s'est montrée conciliante. Eugénie en a été quitte pour un avertissement dont elle ne tiendra pas compte, et pour un sermon: la boulimie d'Eugénie fait injure aux poilus qui, eux, ne mangent pas à leur faim, et aux familles éprouvées par les mesures de rationnement. Le tout assorti d'une exhortation à se montrer moins vorace pour ménager sa santé, ce dont la crapaude *n'a cure.*

Eugénie n'est pas une élève brillante. Au concours d'entrée elle était dans les dernières, devant Florence Marcaulet, dont on se demande ce qu'elle peut bien faire dans cette maison. « Du chiendent ! » dit Madame, avec une expression de mépris.

Je me suis enrhumée la nuit passée. Madame exige que les fenêtres restent grandes ouvertes à partir du mois de mars, bien que les nuits soient encore fraîches. A l'EPS, c'est toute l'année qu'elles devaient demeurer ouvertes. Marie Dumain a ainsi contracté une bronchite qui a failli dégénérer.

Écouté la musique de Bach, hier soir et ce matin, jouée par Otto Fontaine sur l'harmonium de la chapelle. Récital dédié à Évelyne Landrevie. La pauvre ! Pendant les cours elle se tamponne les yeux avec son mouchoir. J'aimerais aller vers elle, lui dire ma compassion, mais Madame l'a mise en quarantaine, ce qui veut dire que personne n'est autorisé à lui adresser la parole sous peine de sanction et qu'elle ne doit parler à personne. Une pestiférée...

16 mars

L'économe, M. Blanchard, nous a fait ce matin, après l'exposé de Madame, un laïus sur la nécessité des sacrifices en matière de subsistances. Il va falloir se serrer la ceinture d'un cran. Ce poussah qui sue la suffisance est moins économe de conseils que de nourriture.

Il pleut. Voile de brouillard suspendu toute la matinée au-dessus de l'École normale des garçons où, plusieurs fois par jour, sonne le clairon. Notre cloche est plus discrète, plus harmonieuse.

17 mars

Rien. Si : mes règles sont arrivées. Je vois, *comme on dit chez nous.*

A cause de mon rhume, j'ai obtenu une dispense de gym. J'ai regardé mes compagnes jouer au ballon sous la direction de Mélanie et de son sifflet à roulette. Étrange ballet de blouses noires dans la bruine du matin.

Je perds beaucoup de sang et ça m'inquiète. Trois serviettes dans la journée! Je me souviens de ce que Cécile m'a raconté dimanche dernier, à la pâtisserie Landrevie, chez les parents d'Évelyne. Un phénomène étrange se produit dans les groupes de femmes appelées à vivre ensemble en école, séminaire, usine ou prison : elles tendent peu à peu à se trouver indisposées à la même période[1]*. Est-ce l'odeur que nous dégageons dans ces circonstances qui produit la modification du rythme? Je n'ai rien remarqué de tel, mais peut-être qu'à la longue...*

Certaines de mes compagnes, lorsqu'elles sont indisposées, satisfont à des manies, comme de se gaver de chocolat.

18 mars

Branle-bas, ce matin. La directrice a convoqué Marguerite Gimel à son bureau. Un moment plus tard nous avons croisé notre compagne en larmes, à la sortie de la leçon d'histoire naturelle, soutenue par Annie Bordes :

1. C'est ce qu'on appelle l'effet McClintock : du nom d'une généticienne américaine, prix Nobel.

Madame venait de lui apprendre la mort au combat de son frère, au cours d'une offensive du général Ludendorff. De toute la journée, nous sommes restées quasiment muettes. Nous évoluons dans l'École comme dans un cimetière.

Marguerite est retournée chez elle par l'autobus, sous un voile de crêpe qui lui descendait aux talons et lui donnait l'aspect d'une veuve.

Incident. Louise Gombert, une élève de deuxième année, a fait irruption dans notre dortoir. Elle a piqué droit, comme une furie, sur Eugénie Farges en train de se tailler un large chanteau dans sa tourte. Elle le lui a arraché des mains, l'a jeté par la fenêtre avec le pot de rillettes qui l'accompagnait, en s'écriant : « Ça t'apprendra à faire preuve de décence, grosse truie ! » Prise de rage, elle a dispersé les provisions contenues dans l'armoire. Eugénie n'a pas osé se défendre. Informée de cette agression, Madame n'est pas intervenue.

19 mars

« Jeter l'ancre et laisser flotter... » C'est ainsi que saint Félix Pécaut parle de ses notes quotidiennes, sous le titre : Quinze ans d'éducation. *Ce sont des notes « écrites au jour le jour ». Un journal en quelque sorte. Chaque jour je « jette l'ancre » et je « laisse flotter », debout sur la dunette. Spectacle permanent.*

Camille Jeury est sur la sellette.

Je connais à peine cette fille de deuxième année, virtuose du ballon où elle excelle en raison de sa taille imposante.

Hier, elle avait rendez-vous chez le dentiste pour une intervention banale. Que s'est-il passé entre elle et le prati-

cien ? Mystère. Des clientes, depuis la salle d'attente, ont entendu des éclats de voix, des rires, et se sont fait un devoir d'en référer à Madame. Laquelle est montée sur ses grands chevaux. Interrogatoire de la coupable, menaces de révocation, suppression de sorties pendant un mois.

Réaction de Camille : « C'est injuste ! Nous n'avons rien fait de mal. S'il est interdit de rire... »

A notre sauterie de fin de semaine, dans la grande salle de réunion où trône le piano de Mlle Grappin, cette « grande bringue » de Nathalie, déguisée en Japonaise, s'est taillé un beau succès dans une chanson niaise qu'elle interprétait avec force mimiques exotiques :

Ponponpon les petits Nippons
Ont des têtes rondes comme une boule
Et le teint rose du cochon...

Mlle Grappin, très en verve elle aussi et gagnée par la contagion, nous a interprété La Petite Tonkinoise *et* La Fille du Bédouin.

Madame assiste parfois à ces soirées de détente indispensables à notre équilibre, veillant à la bonne tenue des élèves sur la piste de danse et à ce que, dans les chansons, le mot « amour » soit censuré.

C'était quelques jours avant l'annonce du décès du frère de Marguerite Gimel.

Samedi prochain, pas de sauterie.

20 mars

Nannie Peyre n'a pas inventé la poudre. Elle est un peu nécie *: innocente et sans malice. Elle tombe avec une surprenante naïveté dans tous les pièges que nous lui tendons.*

« Nannie, on te demande au parloir ! » Nannie s'y rend. Personne. On l'enferme dans les cabinets en bloquant le loquet avec une cheville.

Ce dernier jeudi, accompagnée de sa correspondante, elle a effectué une sortie en ville. Élodie Marcou : « Nannie, si tu passes devant la pharmacie, demande, je te prie, du parfum sui generis. *Je te rembourserai. »*

L'innocente, de retour : « Le pharmacien m'a dit qu'il faut apporter le flacon. »

21 mars

Mes règles se sont interrompues. Mon rhume de même, bien que le temps soit revenu au froid. Il pleut... Il pleut... Il pleure...

22 mars

Je n'aime pas ces marques de curiosité autour de moi lorsque je rédige mon journal. Mes compagnes sont d'une indiscrétion exaspérante qui les porte à découvrir ce que l'on cherche à leur dissimuler.

Le fait d'écrire dans un cahier, assise au bord de mon lit, n'a rien d'un exercice insolite, d'autant que je ne suis pas la seule à tenir mon journal. Quelque chose dans mon comportement, une onde mystérieuse, doit les prévenir que mon activité est illicite. Elles font des manœuvres d'approche, s'asseyent près de moi, m'obligeant à refermer mon cahier, ce qui confirme leurs soupçons.

– Alors, Malvina, tu écris à ton fiancé ?

Ou bien :

– Tu es en train d'écrire un poème ? Montre !

Ou encore :

– Si c'est tes mémoires que tu écris, tu parleras de moi ?

Pauvres dindes !

Florence Marcoulet (le « chiendent ») a reçu, par l'intermédiaire de son correspondant, le bulletin rédigé et publié par les garçons, nos voisins et collègues. Son titre : Des canards aux oies.

Si nous sommes des oies à leurs yeux, merci, nos « maris » !

Je n'ai eu, à l'instant, que le temps de refermer mon cahier. Annie Bordes était dans mon dos, en train de sucer une réglisse.

– Je te trouve bien absorbée, Malvina. Décidément, tu n'arrêtes pas d'écrire !

– C'est cette histoire de métrage de tissu pour faire une robe. Je n'en viens pas à bout, de ce fichu problème.

Annie a souri avant de tourner les talons. Je poursuivrai peut-être ce soir, dans le cabinet de toilette, en compagnie des élèves qui achèvent d'apprendre leurs leçons.

23 mars

Jenny Mason nous est arrivée il y a une semaine, au titre d'auditrice libre et, éventuellement, d'assistante répétitrice de langue anglaise.

Son père est propriétaire d'une fabrique de lunettes, à Manchester. Elle serait assez jolie si elle savait se mettre en valeur. Je la trouve fade et maniérée. Elle a une jolie voix et, samedi dernier, nous lui avons fait chanter des airs de son pays.

Son rêve, qui devient une obsession : entendre le ros-

signol, le nightingale, *qui doit être rare ou absent dans son pays. Cette année, alors que nous avons déjà entendu le coucou, le rossignol est en retard. Avant la cloche du couvre-feu, Jenny reste debout devant la fenêtre ouverte, guettant le premier déferlement des roulades amoureuses.*

Hier soir, elle se tenait en chemise de nuit dans sa position habituelle, quand elle a poussé un cri :

– Écoutez ! Il est revenu ! Nightingale *!*

Nous nous sommes approchées d'elle. La pénombre qui baignait le parc, avec au fond les lumières de la chapelle, était translucide et sereine, l'air lénifiant et fruité, traversé d'odeurs d'herbe et de pluie par bouffées. Trilles et roulades fusaient comme des chants d'angelots, une nuit de Noël, des branches des cèdres et des séquoias.

Nous n'osions bouger ni prononcer un mot, de crainte de rompre le charme.

Jenny pleurait.

Nous avons eu droit, ce même soir, mais staccato *et* furioso*, à un autre concert. Un vent de folie semblait souffler sur l'asile d'aliénés, les hurlements stridents des malades se mêlant aux appels des infirmiers.*

Ainsi va le monde : le charme subtil d'une nuit de printemps mêlé aux horreurs de la nature humaine.

– C'est la même chose chaque printemps, nous a dit Annie Bordes. Il réveille leur sexualité refoulée. C'est comme la sève qui monte dans les arbres. Ça les rend plus fous encore et plus dangereux. Ils sont comme des bêtes...

Mes règles sont revenues. Discrètement. J'ai encore mouillé une serviette. De même pour Emma Perrot et Germaine Peyronnie. Les premiers symptômes de l'étrange phénomène dont me parlait Cécile ?

La surprise me traversa comme un trait de foudre : mon journal n'était plus à sa place, sous le matelas.

J'étais certaine, pourtant, de l'y avoir rangé la veille. Ayant cherché vainement dans mon armoire, sous le lit, dans mon cartable, interrogé mes compagnes, je dus me rendre à l'évidence : il avait disparu.

Cette nuit-là, je dormis mal, persuadée qu'une de ces élèves de troisième qui nous toisaient et nous considéraient comme un troupeau d'oies m'avait joué ce tour. Nathalie Roussel, peut-être, pour se venger de mon indifférence...

J'avais été imprudente. Ce que je révélais en toute innocence de notre petit univers carcéral était d'une indiscrétion telle que cela risquait de provoquer des vagues et même une tempête si ce cahier se retrouvait sur le bureau de Madame.

Cette éventualité me tordait le ventre et m'affolait le cœur.

– Malvina, me dit sévèrement Annie Bordes, suis-moi. Madame la directrice t'attend.

Les nerfs à vif, le cœur battant la chamade, je suivis la surveillante. Comme nous nous engagions dans le couloir qui mène au bureau, elle me dit :

– Ma petite, tu t'es mise dans un sale pétrin.

Je parvins à bredouiller :

– Les cabinets... Il faut que j'aille aux cabinets. Je vous en prie.

– Trop tard. Tu sais que Madame n'aime pas attendre.

Madame feuilletait mon journal intime.

Elle n'eut pas un regard vers moi, comme si je n'existais pas. De temps en temps, elle soulignait un passage, jetait une note en marge, laissait son poing boudiné retomber lourdement sur le bureau. Cramponnée aux bras du fauteuil, je sentais mes sphincters se relâcher, et je craignais que la mauvaise odeur qui montait à mes narines ne parvînt jusqu'à Madame.

Elle eut un sourire, accompagné d'un mouvement de tête de droite à gauche, qui ébranlait le lourd édifice de sa coiffure en pâtisson. Soudain un voile passa devant mes yeux comme si le film d'angoisse que je vivais venait de se rompre dans le projecteur.

Lorsque j'émergeai de la nuit, j'étais allongée sur le tapis, au pied du fauteuil. Des ombres bougeaient au-dessus de moi, un brouillard de voix m'enveloppait, imprégné d'une odeur d'ammoniaque et d'une puanteur de latrines.

– Il faut la conduire à l'infirmerie, dit une voix.

– Inutile, dit une autre voix. Les sels auront suffi. Cette gamine est très émotive.

Une troisième voix, que je reconnus avec terreur, ajouta :

– Mon tapis ! J'espère qu'elle n'aura pas souillé mon tapis !

J'étais bien. Libérée de mes angoisses comme une parturiente de son enfant. Baignant dans une sorte d'amnios malodorant au-delà duquel tournait un monde qui m'était indifférent. On aurait pu m'annoncer ma condamnation à mort que cela ne m'eût pas affectée outre mesure. Et puis, peu à peu, avec la conscience revenue, la honte pointa son museau aigre, avec cette tragique certitude : j'avais fait sous moi comme une infirme, comme une folle. On allait m'enfermer. Je gémis :

– Mon Dieu ! Mon Dieu ! Je vous demande pardon...

Je reconnus de nouveau la voix de Madame. Elle posa sa main sur mon front, écarta mes mèches et me dit d'une voix douce :

– Ne vous inquiétez pas, mon enfant. Vous allez vous reposer une journée ou deux à l'infirmerie. Émilienne, je vous la confie. Donnez-lui un cachet pour qu'elle dorme. Quand elle se réveillera, servez-lui un bouillon de poule. Mais auparavant, faites sa toilette. Elle ne sent pas la rose.

Tandis qu'Émilienne Jeanrot allait chercher son mari, Madame posa un coussin sous ma nuque et me dit :

– Comment vous sentez-vous, mon enfant ?

– Beaucoup mieux, madame. Merci.

– Qu'est-ce qui a bien pu occasionner ce malaise selon vous ? Vos règles ? Une contrariété ? Votre repas ?

Je haussai les épaules sans répondre. Jeanrot, aidé d'Émilienne, me transporta à l'infirmerie en passant parderrière pour ne pas éveiller la curiosité des élèves.

L'« infirmerie » était aussi nue, aussi austère qu'une cellule de recluse avec ses murs badigeonnés en bleu, ses fenêtres occultées jusqu'à mi-hauteur, côté cour, par un rideau opaque, son lit de fer à la peinture écaillée par endroits. Les remèdes étaient enfermés dans une armoire dont Émilienne gardait la clé sur elle. Le vent brassait des bruits de récréation.

Le cachet accompagné d'une tisane de tilleul que la concierge-infirmière me fit avaler me plongea durant quelques heures dans un sommeil lourd, traversé d'orages. Lorsque j'en émergeai, Madame était assise à mon chevet et me tenait la main. Je sentis me parcourir une nouvelle onde d'angoisse.

– Cela va mieux, semble-t-il, dit Madame. Vous nous avez fait une de ces peurs... Je crois avoir compris ce qui a occasionné cette indisposition : vous avez craint une semonce, n'est-ce pas ?

– Oui, madame.

– Petite sotte ! Ce n'était pas mon intention. Ou plutôt si... Vous avez contrevenu au règlement de notre établissement. En revanche je tenais à vous féliciter pour la qualité de ce journal que j'ai trouvé sur mon bureau. Je savais déjà que vous êtes la meilleure élève en français, de toute l'École, ce qui m'a été confirmé à plusieurs reprises par Mlle Malevergne. Vous apportez une note originale à vos compositions, mais j'étais loin d'imaginer que vous aviez ce style. Un style aussi... Bref : c'est clair, vivant, avec des pointes d'impertinence qui ne sont pas pour me déplaire.

Le temps d'un éclair repassèrent dans ma tête les souvenirs de certains épisodes relatés dans ce journal, qui n'étaient pas à l'honneur de notre école et de sa directrice. J'attendais une révocation et je recevais des compliments. J'en restai stupide.

– Ma réaction semble vous surprendre, dit Madame.

Je hochai la tête en souriant.

– J'ajoute, poursuivit Madame, que ce texte m'a appris sur cet établissement et ses pensionnaires des détails qui m'échappaient. J'aime par-dessus tout la vérité et la sincérité. Je dois avouer que j'ai bondi à plusieurs reprises en lisant votre journal. Je viens de le relire et j'en suis encore retournée. Mon mari lui-même l'a beaucoup apprécié.

Je sentis sa main se crisper autour de la mienne lorsqu'elle ajouta :

– Ma petite, il faut me pardonner si j'ai en quelque sorte violé votre intimité en pénétrant par effraction dans votre petit univers. Me pardonnez-vous ?

– C'est à moi de vous demander pardon, madame.

Elle m'embrassa sur le front avant d'ajouter :

– J'ai pu parfois vous paraître dure, exigeante, impitoyable. C'est vrai que je le suis et que je ne changerai rien à mon comportement. C'est que, voyez-vous, j'ai eu une existence difficile. Mes parents étaient des gens simples, un peu frustes. J'ai dû beaucoup travailler en me privant de tout pour arriver au poste que j'occupe. Saint Félix Pécaut, comme vous l'appelez avec humour, m'a beaucoup aidée. Je crois que, sans lui, j'aurais renoncé. Cet universitaire est une sorte de saint laïque, un ascète qui ne mérite pas vos moqueries.

Elle parut se recueillir.

– Vous savez, Malvina, que je n'ai pu avoir les enfants que je désirais. C'est, avec la santé de ce pauvre Hubert, le drame de mon ménage. J'en ai beaucoup souffert et j'en souffre encore. Mes fonctions ne sont qu'un palliatif dérisoire à ma solitude. Vous me comprenez, n'est-ce pas ?

– Oui, madame, je vous comprends.

– Vous êtes la seule personne de cet établissement à qui je me sois ainsi confiée, parce que vous êtes la seule qui puisse me comprendre. Je souhaite que cet entretien reste un secret entre nous.

– Je vous le promets, madame.

– Je vous fais confiance. Reposez-vous encore. Cette affaire vous a ébranlée. Vous reprendrez vos cours demain matin si vous vous sentez d'attaque.

Elle ajouta avant de se retirer :

– Ne m'en veuillez pas si je garde votre journal. Il vous sera restitué à la fin de votre scolarité de première année.

Abstenez-vous de poursuivre cet exercice, sinon je serai, cette fois, dans l'obligation de sévir.

Elles vinrent par petits groupes me rendre visite, comme si je relevais d'une grave maladie : Édith Malevergne, Emma, Berthe, Germaine, Louise... Toute ma promotion ou presque. Elles m'apportèrent de menus présents de Rois mages : des friandises, une part de leur dessert, des fleurs...

– Tu nous as fait peur, me dit Berthe. On a cru que tu étais morte.

– Tu sais, me dit Emma, on t'aime bien et on est heureuses que tu sois rétablie.

Emma Perrot ne m'en avait jamais tant dit en une seule fois.

Au cours de nos promenades du jeudi et du dimanche, nous faisions d'étranges rencontres.

Une subtile stratégie était mise en place par Mme Grumbert et son état-major de surveillantes, afin de concevoir des itinéraires élaborés de manière qu'ils ne croisent pas ceux des garçons et des enfants de troupe.

En dépit de ces précautions, il nous advint plusieurs fois, du fait d'une interprétation fautive des consignes données par la direction de ces trois établissements, de rencontrer en cours de route les normaliens : ils marchaient en colonne, au pas, chantant dans la traversée de la ville le *Chant de l'essor* ou des hymnes patriotiques. C'étaient des garçons des deux premières années, contraints de porter la casquette et la redingote à palmes dorées. Les troisièmes flânaient à leur guise; certains – déjà des hommes et qui portaient des ombres de moustaches – se préparaient à remplir leurs obligations militaires.

Nous les rencontrions parfois au cours de nos randonnées dans les campagnes proches de M... Nous les appelions les *lézards* car ils profitaient du moindre rayon de soleil pour s'allonger en manches de chemise sur les talus en fumant et buvant du vin ou de la bière achetés à l'auberge voisine. Les plus audacieux nous suivaient en sifflant, les mains dans les poches, ou en chantant des chansons grivoises : *Vous allez perdre quelque chose, mademoiselle* ou *Viens Poupoule.* Il fallait toute l'autorité de notre surveillante pour qu'ils acceptent de nous laisser en paix. Certains, connaissant l'identité de quelques-unes de nos compagnes, leur lançaient des invites salaces à les accompagner dans la forêt ou même à l'auberge, mais ils se montraient rarement grossiers et cessaient rapidement de nous harceler.

Les garçons de notre promotion, soudés à leur groupe et sévèrement surveillés, se contentaient de nous adresser au passage des regards appuyés et des saluts discrets. Ils étaient aussi godiches que nous, ce qui n'est pas peu dire.

Les choses prenaient une autre tournure lorsque les hasards des itinéraires nous mettaient soudain en présence d'une colonne d'enfants de troupe conduits par un sous-officier en tenue qui ne badinait pas avec la discipline. Leur caserne était située à l'extrémité opposée de la ville : une ruine suintante de misère qui, au dire de Cécile, rappelait l'ambiance d'une colonie pénitentiaire ou du moins d'une maison de correction.

Ces pauvres hères, tous des enfants ou des adolescents, emmitouflés par temps de pluie ou de froid dans une pèlerine bleu sombre délavée, traînaient leurs godillots ferrés dans la poussière ou la boue avec des mines de bagnards. Ils avaient tous le crâne tondu sous le béret large comme une galette, des allures de bourgeois de Calais en marche vers leur supplice.

Les plus âgés, agressifs et vulgaires, nous jetaient au passage des insanités :

– Salut les grognasses !

Le sous-off leur criait :

– Fermez vos gueules, nom de Dieu! Bandes de malappris!

Cet hypocrite... Il n'était pas le dernier à nous « zieuter », comme disait ce « chiendent » de Florence Marcoulet.

Un jeudi de janvier, à la sortie de la ville, près du pont de la Dombelle, nous croisâmes un personnage suspect. Assis sous un saule de la berge, il fumait tranquillement une cigarette. En nous voyant paraître, il jeta son mégot, s'avança vers nous et soudain, dans un geste ample et rapide, ouvrit son manteau râpé et fit jaillir hors de sa braguette un sexe en érection.

Annie Bordes se rua sur lui, le parapluie en avant comme pour une charge à la baïonnette. Hilare, dansant sur place, il se replia sans hâte sous une averse de coups qui ne faisait qu'attiser son hilarité.

On ne connaissait pas son nom de famille mais son prénom était Émile. Clochard de vocation, il se nourrissait aux soupes de la Croix-Rouge ou à la prison quand il y effectuait des séjours, ce qui lui arrivait fréquemment. Mme Grumbert était intervenue auprès de la municipalité pour qu'on l'éloignât de la ville, mais le laxisme des édiles lui laissait les coudées franches. « Émile, disait-on en ville, il a un comportement bizarre, mais il n'est pas dangereux. »

Il était imprévisible. Nous ne le rencontrions jamais au même endroit, mais toujours dans les mêmes dispositions, comme si l'érection était une constante de sa nature.

Nous avions un autre habitué de nos défilés en ville, mais d'un genre respectable.

M. Barthe était un ancien officier de cavalerie à la

retraite; il s'était battu contre les Prussiens à Sedan, une quarantaine d'années auparavant, et avait été amputé d'une jambe.

Lorsqu'il nous voyait surgir au fond de l'avenue, il coiffait son képi militaire, sa veste d'uniforme constellée de médailles, et, planté sur le pas de sa porte tout le temps que nous défilions en chantant *La Madelon*, il nous faisait un salut réglementaire, sa béquille sous l'aisselle.

M. Barthe ne manquait jamais ce rendez-vous. Il avait perdu ses deux fils en août 1915, au cours de la grande offensive de Joffre en Artois, en Argonne et en Champagne, et ce drame lui avait porté un coup si rude qu'il en avait perdu le sens commun.

Un dimanche de février, il se contenta de nous saluer de son balcon, sa capote d'officier sur les épaules. Nous l'aperçûmes quelques semaines plus tard, assis derrière sa fenêtre fermée à cause de la pluie. Ce fut sa dernière apparition.

Un matin, notre surveillante nous annonça tristement que notre vieil ami était décédé la nuit précédente. Le lendemain le journal local nous apprenait que le colonel Jean-Louis Barthe était mort à l'âge de quatre-vingts ans d'une « longue et cruelle maladie ». Ses états de service en faisaient un héros. Pour nous c'était un inoffensif maniaque. Il avait de l'affection pour nous et nous le lui rendions bien.

C'est à la même époque qu'Émile disparut. Devant la recrudescence de ses exhibitions, dont nous n'avions pas l'exclusive (il opérait depuis peu à la sortie des maternelles!), le maire avait décidé de le faire enfermer chez nos voisins, les aliénés.

L'affection que Madame m'avait témoignée lors de mon indisposition n'avait été qu'un feu de paille.

Durant les semaines et les mois qui suivirent, elle ne me manifesta aucune attention particulière, comme si rien ne s'était passé qui pût retenir longtemps son intérêt. Elle me réprima même avec sévérité pour un devoir de géométrie que j'avais bâclé au point que notre professeur, Mlle Thureau, m'avait gratifiée d'un zéro pointé.

Il s'agissait, autant qu'il m'en souvienne, de « chercher le côté d'un tétraèdre régulier ayant un mètre de hauteur et trois mètres cubes de volume ».

– Mademoiselle, me dit Madame, je suis très mécontente. Je conviens que vous obtenez des notes satisfaisantes dans la plupart des autres matières, en français notamment, mais ce n'est pas ce qui vous fera affronter avec succès le brevet supérieur, qui est la clé de votre carrière. Faites-moi le plaisir de travailler sérieusement la géométrie et les mathématiques, que vous semblez traiter – pardonnez-moi l'expression – par-dessus la jambe. Je tiens à ce que toutes les élèves de cette promotion, l'une des plus difficiles à mener de toute ma carrière, obtiennent ce diplôme.

Elle avait ajouté d'un ton moins acerbe :

– Je ne comprends pas. Qu'est-ce qui, dans ces disciplines, peut rebuter une élève aussi intelligente que vous ?

– L'abstraction, madame.

Elle eut un mouvement de recul, comme si je venais de proférer une incongruité.

– Voyez-vous ça ! s'exclama-t-elle sans acrimonie. L'abstraction ! Vraiment ? Expliquez-vous...

La gorge nouée, je me justifiai tant bien que mal, tentant d'élucider cette dichotomie à laquelle je me heurtais en permanence entre les maths et le français – le mot « dichotomie » parut faire impression. Les chiffres entraient par une oreille, sortaient par l'autre et suscitaient en moi un sentiment d'absurdité.

Madame paraissait vivement intéressée; elle faisait

tourner ses lorgnons au bout de son index et ses yeux papillotaient nerveusement.

– Dichotomie... Absurdité..., dit-elle. Pouvez-vous m'expliquer ce que vous entendez par là ?

Je me lançai avec davantage d'assurance au fur et à mesure que Madame semblait perdre un peu de la sienne, dans l'exégèse de mes tendances intellectuelles : elles me faisaient repousser malgré moi tout ce qui ne se rattachait pas au concret, à la vie. Comment mettre en chiffres l'angoisse qui saisit une personne placée à l'entrée d'un tunnel de tant de mètres de long, en train d'observer un convoi qui s'en approche ? Comment ne pas imaginer une image céleste en évoquant le « carré de l'hypoténuse » ?

– Ma pauvre enfant..., soupira Madame, je crois que vous lisez trop de poésies et de romans. Malheureuse ! vous n'avez pas compris que les chiffres gouvernent notre existence plus que les impressions ou les sensations ? Sans la conscience que nous en avons, que serions-nous ? Des animaux ! Je vous en conjure : tentez de pénétrer ce monde qui vous paraît mystérieux et rebutant. Je vous assure que vous en retirerez de grandes satisfactions et une joie intense.

Elle eut, en terminant sa tirade, cette phrase que je n'ai pas oubliée mais qui ne parvint pas à me réconcilier avec cette discipline :

– Les mathématiques, mon enfant, sont le ressort de l'aventure humaine.

Elle avait dû puiser cette maxime dans la bible de saint Félix Pécaut...

A les en croire, toutes mes compagnes, à de rares exceptions près, avaient un amoureux.

La plupart du temps c'était un gars de leur pays qui se débrouillait pour leur faire parvenir, glissés dans une lettre de correspondant ou un colis familial, des billets tendres et des photos.

Certaines, originaires de familles aisées, entretenaient une correspondance avec un filleul de guerre dûment autorisé à leur écrire par une faveur insigne de la directrice : c'étaient en général des courriers d'une affligeante banalité, les soldats se contentant de remercier, de répéter qu'ils souffraient du froid, de la faim, de l'angoisse, et que les lettres et colis étaient les bienvenus; ils envoyaient parfois une photo les représentant en uniforme et en pied, du calot aux bandes molletières, la moustache guerrière, une main dans le dos, l'autre posée sur une console.

Il naissait de ces relations à distance des frissons d'espoir plus que des certitudes de rencontres; c'était un brouillard de sentiments qui ne pouvaient être de l'amour mais d'où l'amour pouvait naître pour peu que, d'une part ou de l'autre, on franchisse la barrière des conventions.

Ces rapports sans attaches concrètes embrumaient le cœur des petites marraines de guerre. Certaines accédaient tout juste aux troubles de la puberté et s'interrogeaient sur la nature, l'intensité, la durée de cet élan qui les poussait vers le héros lointain, promis à la gloire ou à la mort.

Élodie Marcou et Louise Gombert (une élève de deuxième année qui me témoignait de la sympathie sinon de l'amitié) avaient trouvé un moyen astucieux de correspondre avec les élus qui les attendaient au village : elles confiaient leurs lettres à des complices choisies parmi des élèves de troisième année qui avaient plus que nous les coudées franches pour les sorties et les messes dominicales où Madame avait renoncé à les faire chaperonner par une surveillante. Elles payaient ces services par des dons en argent ou en nature, le chocolat étant devenu, de par sa rareté, notre monnaie d'échange.

Marguerite Gimel, avant le décès au front de son frère, avait imaginé un moyen astucieux de communiquer avec son « mari » normalien qui, de plus, se trouvait être un garçon de son village, réformé en raison de sa santé délicate et qui poursuivait ses études de troisième année avec quelques autres dans le même cas que lui. Elle ne cachait ni les sentiments qu'ils partageaient ni la nature de leurs rapports : elle avait, disait-elle, couché avec lui durant les dernières grandes vacances, dans une maison abandonnée proche de leur village.

Peu après avoir passé le brevet supérieur qui mettait un terme à notre scolarité de deuxième année, elle m'avait confié :

– Tu ne devinerais jamais qui nous sert d'agent de liaison, à Auguste et à moi : Mlle Grappin. Oui, notre prof de musique!

– Cette sainte fille? Je ne te crois pas!

Marguerite ne plaisantait pas.

Mlle Grappin enseignait la musique et le chant chez les normaliens et les normaliennes. Tandis qu'elle faisait son cours elle laissait son chapeau dans le couloir, accroché à une patère. Marguerite sortait discrètement, sous un prétexte quelconque, fouillait dans la ganse intérieure et y découvrait la lettre d'Auguste, écrite sur un papier pelure; elle la remplaçait par la sienne.

– C'est miraculeux, dis-je, que tu ne te sois pas fait pincer. C'est risqué...

Elle en avait conscience mais persistait malgré tout.

– Je crois que je pourrais faire pire encore pour recevoir des nouvelles de mon Auguste et lui écrire.

Cette correspondance clandestine lui était devenue aussi nécessaire qu'une drogue; elle mettait un baume sur ses soucis et son ennui, et moi, je l'enviais.

Le visage de Marguerite, lorsqu'elle me parlait de *son Auguste*, qu'elle évoquait cet après-midi d'été dans la masure en plein bois, s'épanouissait sous la nuée d'éphélides qui le constellait, et il devenait presque beau. Depuis la fin de sa scolarité, Auguste était en poste dans les environs; ils pouvaient s'écrire plus librement, sous le dénominatif de « correspondant », agréé par la famille.

Certaines prétendaient avoir déjà perdu leur virginité et ne faisaient pas mystère de raconter l'événement avec un luxe de détails. L'atmosphère de la « boîte » en était imprégné d'un trouble auquel je ne pouvais échapper et dont je repoussais mal l'influence.

Je n'étais pas laide : un visage d'un ovale un peu trop accentué au niveau des parties basses (une disgrâce que l'âge a réparée), d'épais cheveux noirs que Cécile admirait et peignait volontiers, elle qui n'a toujours été dotée que d'une chevelure sèche, raide, vaguement blondasse, des yeux couleur de châtaigne, un corps à la fois robuste et svelte, des seins menus et haut placés, comme séparés par un mystérieux antagonisme qui faisait dire à mon amie : « Il y en a toujours un qui dit merde à l'autre. »

Les vacances d'été qui avaient suivi mon certificat d'études, je les avais passées aux Bories-Hautes. Cécile avait obtenu du maire, qui organisait parfois ce genre d'excursion à titre gracieux, la permission de nous amener dans sa carriole, avec sa famille, sur la Dordogne, dans les parages de Vayrac où la rivière est au plein de sa splendeur sauvage.

C'était un de ces dimanches où le labeur des champs marque une trêve, où la chaleur semble se faire à la fois plus intense et plus agréable.

Je n'avais jamais encore poussé jusqu'à la rivière, car mes parents ne se déplaçaient hors du village que pour des occasions impératives.

– J'ai une surprise pour toi, me dit Cécile en cours de route.

Avec des airs mystérieux elle tira de son cabas contenant nos provisions de bouche un rouleau d'étoffe qu'elle déplia à mes yeux ahuris.

– Oui! dit-elle en riant. C'est un maillot de bain.

– Pour toi?

– Non, pour toi! Nous allons nous baigner. Je connais

un endroit, à deux pas de la plage, où nous serons tranquilles. Je te préviens, ajouta-t-elle, qu'il n'est pas à la dernière mode. Tu ne ressembleras pas à ces *bathing beauties* qui se pavanent à Deauville ou sur les plages de Floride, mais au moins tu seras dans une tenue décente. A ton âge, avec ces petits seins qui commencent à pousser, tu ne peux pas te baigner nue.

La Dordogne a dans ces parages une ampleur et une grâce de matrone indolente. Elle coule dans toute sa plénitude sereine entre les falaises du causse, les plages de galets, les rangées de saules et de peupliers qui dissimulent ses rives. La lumière qui la baigne semble venir d'un autre monde : elle est plus riche, plus opulente, plus liquide que celle qui, à Saint-Roch, tombe d'un bloc du ciel chauffé à blanc; elle semble monter de l'eau sombre et luisante, s'épanouit en pétillant dans la touffeur des végétations, au sommet des peupliers qui se balancent dans le vent tiède.

Tandis que le maire, Joffre, préparait sa gaule et ses appâts sur l'avancée d'une barque plate, au nez relevé, Cécile me prit par la main pour m'entraîner en riant à travers la saulaie tapissée ici et là de nappes de sable blond, vers l'endroit qu'elle avait choisi pour notre bain. C'était, proche du lieu du pique-nique, un cratère de sablière aux modestes dimensions, une piscine naturelle peu profonde.

Cécile m'aida à me déshabiller et à revêtir mon maillot.

Elle s'esclaffa, une main sur la bouche :

– Tu ressembles à un épouvantail, mais c'est sans importance : il n'y a pas de spectateurs.

Elle-même se mit en tenue de bain : un vrai maillot acheté à Brive : blanc, rayé de bleu à l'horizontale, échancré sur la poitrine; il mettait en évidence ses formes graciles qui me rappelaient les images de déshabillés qui figuraient dans *Le Petit Écho de la mode* et qui, à l'École normale, devaient plus tard nous faire rêver.

L'eau était tiède, le soleil l'ayant réchauffée au cours de la canicule que nous avions traversée. Nous y entrâmes sans sourciller, prenant garde à ne pas glisser sur le gravillon qui tapissait la pente.

Soudain je reculai avec un cri :

– Reviens ! C'est plein de serpents !

– Je sais, dit-elle tranquillement, mais ne crains rien : ce ne sont que des « serpents d'eau » et ils sont inoffensifs.

Malgré ses invitations à la suivre, je me cantonnai sur le bord de la piscine, me retenant à une racine morte pour éviter de glisser et de me retrouver avec de l'eau pardessus la tête. Je consentis pourtant à la suivre après qu'elle m'eut prise par la main pour me guider et me retenir. Je gardai les yeux fermés, persuadée de l'irréalité de cette scène qui me coupait de mes sensations, de mes émotions coutumières. Une voix murmurait dans ma tête : « Les vacances... Tu es en vacances... » C'était peut-être cela, le paradis.

– Allons nous sécher, dit Cécile.

L'endroit était vraiment désert. Les rares baigneurs, par une impulsion grégaire, se cantonnaient à la plage et les pêcheurs restaient immobiles dans leur coin. Nous nous allongeâmes, à demi nues, sur un tapis de sable tiède, entre des touffes de saponaires mauves, les yeux mi-clos sur la danse des peupliers et l'incandescence du zénith.

Cécile me prit la main et soupira profondément :

– Je suis heureuse. Heureuse d'être là, avec toi, ma chérie. J'ai l'impression que nous sommes seules au monde, sur une île déserte, en Grèce.

– C'est loin, la Grèce ?

– Je t'expliquerai. Nous irons un jour. Plus tard. Toi et moi. Je t'aime, ma chérie.

Elle se pencha vers moi, m'embrassa sur la bouche sans que j'éprouve la moindre velléité de recul. Je m'entendis avec stupeur déclarer banalement :

– Moi aussi je t'aime et je voudrais que nous restions toute la vie ensemble.

Cet élan qui nous portait irrésistiblement l'une vers l'autre, comme un créateur vers sa créature, n'avait rien de pervers. Amitié amoureuse ? Peut-être, bien que nos rapports n'eussent jamais outrepassé les limites au-delà desquelles ils nous eussent précipitées vers ces déviations des sens que l'on dit « coupables ».

A dater de ce jour et de cette brève journée de vacances, j'ai pris conscience de mon corps, de ses désirs, de ses possibilités émotionnelles. J'étais presque une femme. J'avais beau étouffer sous des vagues de remords les premiers élans de la puberté, écarter mes mains qui, certaines nuits, s'égaraient dans les zones interdites, rougir de certaines pensées qui me hantaient lorsque je voyais de jeunes permissionnaires manier la faux ou la fourche, torse nu dans la touffeur ardente des moissons, mes désirs étaient toujours présents, tapis dans l'ombre, prêts à surgir et à susciter des scrupules.

Je les retrouvai, ces compagnons de la nuit, dès ma rentrée à l'École normale.

Malgré les allures de saintes-nitouches de la plupart des élèves maîtresses, nous baignions toutes dans une atmosphère de trouble sexuel qui se précisait au moment de la toilette commune et des jeux, innocents en apparence, auxquels nous nous livrions. Certaines, par esprit de provocation, lorsque se relâchait l'attention de notre surveillante, exhibaient leur poitrine ou leurs cuisses sur lesquelles elles faisaient glisser le gant de toilette avec une lenteur exaspérante.

Pour un couple qui avait fini par se faire pincer – celui de Nathalie et de Justine – combien se cherchaient et parfois se trouvaient ? Il y avait, au cœur de la nuit ou durant nos promenades libres dans le parc, des attitudes sans équivoque, malgré l'épée de Damoclès suspendue au-dessus de nos têtes : la révocation.

– Tout cela, me disait Cécile, est dans l'ordre des choses. On ne peut juguler longtemps la nature. Dans les prisons de femmes, c'est bien pis. Et certaines Écoles normales sont des sortes de cloîtres ou de prisons, avec une seule sortie par mois.

Elle avait même lu dans un article une opinion extrême et exagérée : les Écoles normales étaient le « péristyle de l'enfer »...

Nous étions attablées au café de l'Union, Cécile et moi, quand elle me prit la main et me dit :

– Dimanche prochain, je t'emmène déjeuner chez mon vieil ami Joseph Thibaud. Nous y retrouverons Fabien, son neveu, dont je t'ai parlé. Un personnage curieux, et même inquiétant par certains côtés. Je ne t'en dis pas plus...

Elle appela le garçon qui avait oublié de nous apporter une bouteille d'eau de Seltz. Lorsqu'il l'eut déposée sur notre table, Cécile la tourna, la retourna, l'inclina sur son verre en faisant mine d'appuyer sur la languette. Elle considérait cet objet comme le complément indispensable à l'ambiance d'un café. Elle aimait le volume de la bouteille, sa couleur bleue, ses flancs cannelés qui déformaient les perspectives, où jouait la lumière, mais elle ne l'utilisait qu'à de rares occasions.

– Où en es-tu avec tes maths ? me dit-elle.

– Pas brillant. Je peine...

J'avais beau « peiner », ma répulsion naturelle s'obstinait à faire obstacle à ma sincère volonté de compréhension. Mlle Thureau, qui avait consenti, sur la requête de

Madame, à compléter mon instruction par des leçons particulières, était désespérée. Elle me disait avec un air de commisération :

– Mais enfin, Malvina, c'est simple. Le train part à telle heure pour effectuer un trajet de cent kilomètres. Un autre le suit à telle heure, et...

Cette scène, je la *voyais*, le spectacle des trains étant permanent sous nos fenêtres. Ils me parlaient de voyages, s'insinuaient comme de gros vers dans le tissu des campagnes, réveillaient des fermes endormies, des vaches dans leurs étables, des oiseaux dans les arbres... Leur vitesse, leurs horaires m'importaient peu.

– Eh bien, Malvina, je vous parle ! Le train...

Je transpirais sur la feuille blanche. Le train part à dix heures... Sous le soleil ? Par temps de pluie ?

Cécile haussait les épaules, tripotait la bouteille bleue.

– Il faut t'obstiner. C'est nécessaire. Un zéro au brevet est éliminatoire. Ce serait trop bête alors que, dans la plupart des autres disciplines, tes notes sont excellentes.

Pour l'algèbre, c'était pire ! Cette avalanche de chiffres, cette pyramide d'abstractions éveillaient en moi un incurable ennui. La géométrie ne faisait que développer à mes yeux et dans mon imagination des perspectives de primitifs italiens, des images de palais, mais où étaient les jardins, les fontaines, les promeneurs ? Toutes ces disciplines étaient pour moi contre nature ; je m'y enlisais comme dans du sable mouvant.

Cécile ajouta en se levant :

– Je passerai te chercher à la boîte dimanche, avant midi. Tâche de te faire belle...

Joseph Thibaud habitait au-dessus de la rotonde du jardin public, sur le versant opposé à celui où se situait notre école.

C'était une maison d'apparence modeste mais agréable : une villa datant du siècle dernier ; sur la façade se mêlaient la pierre calcaire du pays et la brique, avec une avancée en forme de tour quadrangulaire aux angles coupés, et un perron à simple volée mais large, orné de piliers supportant de grands pots fleuris de géraniums. Le jardin se donnait des allures de parc, cerné de grilles et de laurières hautes et larges qui cachaient cette demeure au voisinage.

« Me faire belle »... Cécile en avait de bonnes ! Je n'avais pour tout vêtement que les frusques sommaires de mes débuts, d'un bleu pisseux, et une capeline verdâtre. Les souliers que Cécile m'avait offerts prenaient l'eau et s'étaient déformés malgré le soin que je prenais de les placer sur un embauchoir.

– Tu tiens vraiment à me présenter à tes amis ? avais-je dit à Cécile.

– C'est Joseph Thibaud qui veut te rencontrer. Je lui ai parlé de la grande scène qui s'est déroulée dans le bureau de la mère Grumbert. Ça l'a beaucoup diverti.

Joseph Thibaud était un vieil homme. Avec sa veste d'intérieur, ses gros favoris, son visage maigre et pâle, son gros nez bourgeonnant, il paraissait sortir d'un dessin de Daumier. Après que Cécile eut sonné, il vint lui-même ouvrir la grille, d'une allure chancelante. Je me dis que, par coquetterie, il avait dû renoncer à sa canne. Sa voix, en revanche, était ferme, agréable et profonde.

– Mes enfants, dit-il, je vous félicite. Vous êtes à l'heure.

Il nous précéda, laissant dans son sillage une odeur de naphtaline, de menthe et de vieux chien qui semblait être celle de cet intérieur vieillot où il évoluait avec une légèreté et une lenteur d'ectoplasme. Il n'arrêtait pas de parler en marchant dans le couloir, avec des gestes d'une main trop maigre et trop longue pour le poignet de sa chemise, qui bâillait ; il paraissait bénir au passage des rangées de fidèles.

De quoi parlait-il ? Je ne puis m'en souvenir car sa voix me parvenait indistinctement, étouffée qu'elle était par des murs tapissés d'étoffes, ornés de gravures lestes du XVIIIe siècle, au coloriage fané, représentant des jardins envahis par des femmes et des hommes nus.

Le salon, qui servait de salle à manger et de bibliothèque, était au bout du couloir. D'un fauteuil qui nous tournait le dos montait un fil de fumée.

– Mon neveu Fabien..., dit M. Thibaud.

Il nous présenta avec un brin d'affectation où je devinai, à tort, une intention ironique à mon égard.

Fabien daigna à peine s'arracher à son fauteuil qui paraissait lui coller à la peau. Je constatai qu'une manche de son veston était engagée dans une poche et qu'une blessure en forme de cratère, large comme une pièce de cinq francs, avait fait éclater la pommette gauche.

Cécile m'avait prévenue : Fabien était de ces mutilés de guerre qui traînent à l'arrière leur ennui, leur amertume et leurs médailles. L'amertume et l'ennui semblaient avoir marqué ce visage agréable malgré la blessure, mais austère sous les cheveux coiffés avec la raie au milieu, à la mode du temps, et qui retombaient en mèches de chaque côté du front, jusqu'à la naissance des sourcils. Ses yeux verts semblaient ne rien laisser échapper de ce qui l'entourait ; ils m'observaient avec une étrange fixité lorsque je m'assis au bord du fauteuil que M. Thibaud me désignait, en face de son neveu. Quant aux médailles, il n'en portait pas.

Même si Cécile, le jour de notre déjeuner chez Charles Reynaud, avait pris soin de me prévenir, j'aurais d'emblée compris qu'il y avait entre elle et Fabien autre chose que de l'amitié. Elle s'était penchée vers lui pour l'embrasser longuement : il avait gardé la main de Cécile dans sa main valide ; leurs jambes ne cessèrent de se frôler entre les fauteuils installés côte à côte, et ils se tutoyaient. Les regards qu'ils échangeaient en silence me troublaient au point que je fis semblant de m'intéresser au feu qui brûlait dans la cheminée au manteau de marbre.

Tandis que M. Thibaud, sans rudesse, pressait la bonne, Fabien parut prendre peu à peu conscience de ma présence. Je me sentis fondre de confusion et rougir lorsqu'il me jeta, d'une voix un peu rauque de fumeur, avec des ruptures occasionnées peut-être par sa blessure à la pommette :

– Alors, Malvina, tu as oublié tes émotions ? J'ai appris que tu écris ton journal et que ce n'est pas du goût de la mère Grumbert. Elle l'a lu, la vache ! Elle a osé ! C'est une violation intolérable de ton intimité. Au lieu de tomber dans les pommes, tu aurais dû l'envoyer sur les roses !

Cette double référence horticole fit sourire Cécile. Je me dis quant à moi qu'il était culotté, ce petit monsieur : il m'appelait par mon prénom alors que nous venions tout juste de faire connaissance ; il me tutoyait, se permettait d'insulter Madame, qui ne le méritait pas, du moins dans cette circonstance.

Fabien ajouta en allumant une autre cigarette :

– Étais-tu consciente, en écrivant ce journal, du risque que tu prenais ?

Je hochai la tête : le règlement intérieur était formel ; je l'avais lu en entier et l'avais retenu.

– Et malgré ça tu as persisté ? Compliments. Voilà qui prouve que tu n'as pas un tempérament de nonne ou d'esclave. Ça me plaît, nom de Dieu ! Est-ce que tu continues ?

– Pas encore, monsieur.

– Je m'appelle Fabien et je ne suis pas un *monsieur* ! Nous ne sommes pas au thé chez la marquise.

Je me demandais qui pouvait bien être cette marquise qu'il semblait fréquenter, quand il enchaîna sur un épisode de sa vie de normalien.

– J'étais ce qu'on appelle une forte tête, et je le suis demeuré, malgré ça...

Il mit un doigt sur sa blessure, comme le canon d'un revolver.

C'était en cours de troisième année, dans l'École normale de M... L'établissement était dirigé par une espèce d'adjudant qui n'avait en tête que la discipline. Il exigeait de tous les élèves des trois promotions une *Marseillaise* au lever et au coucher. Les nouvelles de la guerre l'obsédaient, bien qu'il n'eût aucun proche sur la ligne de feu.

– Cet imbécile, ajouta Fabien, s'était mis en tête de reprendre les exercices des bataillons scolaires, deux fois par semaine, dans la cour, avec des fusils de bois datant du règne de son prédécesseur, à la fin du siècle précédent.

Fabien et quelques autres grands élèves maîtres qui étaient sur le point de rejoindre leur cantonnement pour aller se battre avaient refusé de se plier à cet exercice ridicule. L'affrontement avec le directeur avait été rude, mais il avait affaire à des hurluberlus qui n'entendaient pas subir sa loi.

Une nuit, les réfractaires avaient enlevé les fusils de bois de leur râtelier, les avaient entassés dans la cour et y avaient mis le feu en chantant *L'Internationale* et *La Chanson de Craonne*.

– Tu imagines, Malvina, la colère de ce crétin de directeur ? Il n'avait pas fini de s'habiller quand il est descendu dans la cour. Sa chemise pendait hors de son pantalon et il hurlait : « Les pompiers ! Alertez les pompiers ! » Pour finir de l'humilier, nous avons défait nos braguettes et pissé sur les braises. Il hurlait : « Si vous étiez des soldats, je vous ferais passer en conseil de guerre ! » C'est dire qu'il nous a vus partir sans regret pour le front. Cette vieille baderne est aujourd'hui à la retraite. Qu'il crève !

Cécile, qui connaissait cette histoire, en riait encore. Moi, je me contentai d'un sourire poli, effrayée qu'un tel acte d'insubordination et de provocation eût pu se produire dans une École normale.

Cet incident faisait suite, ainsi que je l'appris plus tard, à des actes de rébellion qui avaient motivé de la part du directeur des tentatives de révocation du trublion : elles s'étaient soldées par des échecs, le père de Fabien, inspecteur général de l'Enseignement, ayant le bras long et des amis dans les sphères gouvernementales.

– Cécile ne t'avait pas raconté cette histoire ? s'étonna Fabien.

– Non, monsieur.

– Par discrétion..., ajouta Cécile.

Ce que j'avais appris en revanche et qui faisait de Fabien, dans mon esprit, une sorte d'incarnation de la révolte et de l'insoumission, c'est qu'il avait payé sa dette envers la société en faisant une *bonne guerre*, c'est-à-dire, selon Cécile, en se conduisant en héros, ce qui lui avait valu citations et médailles : autant de colifichets qu'il avait jetés au fond d'un tiroir et ne portait jamais.

J'étais même au courant de ses opinions philosophiques et politiques.

Ses blessures l'avaient éloigné définitivement des zones de combats. On ne voyait que les plus évidentes ; en fait il avait reçu des éclats de shrapnells par tout le corps et l'un d'eux s'était logé dans le foie, provoquant chez lui des souffrances intolérables. Après sa libération il avait vécu quelques mois à Paris, écrivant pour se faire de l'argent de poche des articles que la censure caviardait allègrement ; il collaborait notamment au *Bonnet rouge* que dirigeait un certain Almerayda [1].

Fabien gardait de cette époque mouvementée une sorte de « gueule de bois » (c'est l'expression qu'il employa). Il était persuadé que ces quelques mois d'activité enivrante mais brouillonne ne lui avait rien appris. Il avait connu le journaliste Henri Fabre, Louis Malvy, le ministre de l'Intérieur révoqué pour cause de pacifisme, Fred qu'il retrouvait parfois chez Drouant où Fabre tenait table ouverte et recevait des permissionnaires qui traînaient avec eux les odeurs de crasse et de mort des tranchées.

Par souci de conformité avec sa nature indépendante, Fabien gardait ses distances envers les idéologies : homme de gauche, il flottait comme un ludion entre l'anarchie, le socialisme, le radicalisme, le communisme. Fasciné, comme beaucoup d'autres intellectuels, par la révolution qui venait d'éclater en Russie, il vouait à Karl Marx une vénération qu'il devait à l'influence de son oncle, lequel avait longtemps pratiqué ce *génie*. Fabien aimait dire qu'il était aux partis politiques ce que la circonférence est au cercle : il flottait en lisière, cherchant sans conviction et sans fièvre la cassure qui pourrait lui ouvrir la porte d'un engagement.

Son avenir matériel paraissait tout aussi incertain.

Fabien aurait pu vivre de sa pension de mutilé de guerre, des générosités que lui adressait son père, mais il se jugeait trop jeune et trop actif pour vivre de ses

1. Anagramme de « Y a de la merde ». En fait il s'appelait Vigo et était anarchiste catalan. Emprisonné, on l'avait retrouvé pendu dans sa cellule. Suicide ou exécution sommaire ?

rentes et ne se sentait pas une vocation d'oisif dilettante. En dépit des trois années d'École normale qu'il avait assumées, il ne se sentait guère attiré par l'enseignement, mais davantage par le journalisme.

Fabien ne paraissait guère se soucier de l'avenir quant à ses rapports avec Cécile et elle se refusait à le brusquer, de crainte qu'à la moindre tentative de lui faire préciser ses intentions il ne l'envoyât « sur les roses », comme il disait élégamment.

– Mes enfants, s'exclama l'oncle, il est temps de passer à table! Madeleine nous a préparé un vol-au-vent : un plat qui n'attend pas.

Il avait surgi de la cuisine comme poussé par un courant d'air. Nous nous installâmes devant un vieux porto. Je trempai à peine les lèvres dans le verre, par crainte d'avoir l'esprit embrumé, de ne pouvoir jouir de la conversation dont je me promettais beaucoup de plaisir, et de faire mauvaise contenance.

– Mademoiselle Malvina, dit l'oncle en levant son verre, à votre santé et à vos succès. Quant à vous, mes enfants, je bois à vos amours.

– Eh bien, Malvina, dit Fabien, tu ne bois pas? Tu as tort. C'est le meilleur porto qu'on puisse trouver.

– Malvina est sobre, dit Cécile. Une gorgée d'alcool suffit à lui mettre la tête à l'envers.

– Comme c'est dommage..., soupira Fabien. Moi, je bois sec mais je connais mes limites et je parviens à me maîtriser, comme dans tous mes plaisirs.

Il leva à son tour son verre et déclama :

– A la vie, à l'amour, à la paix, mes chéries! *Carpe diem*!

Cécile aussi buvait sec : elle avala son verre d'un trait, puis le mien, ce qui lui mit le feu aux joues.

A peine étions-nous assis, Fabien dit à son oncle :

– Je vous trouve soucieux, oncle Joseph. Vous avez des ennuis avec Karl Marx ?

– Il s'agit bien de lui ! C'est cette pauvre Madeleine qui m'inquiète. Je ne parviens pas à la dérider. Son mari est au front, elle a sa mère et trois enfants à charge, et ses allocations ne suffisent pas à les faire vivre décemment.

Elle avait travaillé quelques semaines chez Bonnaud, l'ancien propriétaire de la tannerie. Reconverti dans les fournitures aux armées, il lui donnait un salaire de misère pour confectionner des capotes militaires : un franc cinquante la pièce ! Elle s'était fait inscrire à l'ouvroir mais, comme elle était fille de bonne famille et qu'on y trouvait surtout des malheureuses, elle avait renoncé. Cédant aux sirènes de Bergerac, elle était devenue *munitionnette*, mais elle avait abandonné en raison de sa santé fragile.

– Ajoutez à cela, dit l'oncle à voix basse, la hantise dans laquelle elle vit de recevoir la visite du fonctionnaire municipal venant lui annoncer la mort de son mari. Je la surprends souvent en train de pleurer.

La conversation, comme je m'y attendais, porta sur la guerre.

J'écoutai avec attention en m'abstenant d'y prendre part, et pour cause car les causeries matinales de Mme Grumbert, après l'heure d'étude qui précédait le petit déjeuner, ne nous donnaient qu'une idée sommaire et édulcorée de la situation, mais nous les attendions avec impatience et les écoutions avec une attention soutenue.

Ces préambules constrastaient avec les cours ordinaires : Madame nous donnait souvent à méditer et à commenter une pensée ou une maxime, la plupart du temps à base de notions d'héroïsme et de sacrifice. Nous ouvrions et clôturions cet office laïque du matin par *Le Chant de l'essor* ou *La Marseillaise*. Certaines apportaient de la ferveur à ce rituel; quelques-unes somnolaient.

Cette fin du mois de mars 1918 nous avait apporté une nouvelle bouleversante.

Installé à plus de cent kilomètres de Paris, dans les parages de Montjoie, un canon allemand de taille monstrueuse faisait pleuvoir ses bombes sur la capitale. Les Parisiens l'appelaient la Grosse Bertha, du nom de la fille de Gustav Krupp, le fabricant de matériel de guerre, et les Allemands le *Pariser Canon*. Un de ces obus s'était abattu sur l'église Saint-Gervais, alors que l'on y célébrait l'office du vendredi soir et que la nef était comble.

Le grondement de la Grosse Bertha se trouva mêlé à notre entretien.

– C'est effrayant, dit M. Thibaud. Près de cent morts dans cette église, d'innombrables blessés...

– Et Ludendorff qui fonce sur Paris! ajouta Fabien.

Cécile se voulut rassurante :

– Je suis persuadée qu'il n'ira pas loin. Son offensive commence à s'essouffler. Les Allemands ont, dit-on, cent quatre-vingt-douze divisions en réserve, mais elles sont mal préparées et leurs effectifs sont réduits. Ils ont mobilisé la classe 19. Nous n'en sommes pas là. Je fais confiance à Foch : il a été appelé à coordonner les mouvements des Alliés. La guerre peut très rapidement changer de visage.

– Je souhaite que vous ayez raison, mon enfant, dit l'oncle Joseph, mais je vous rappelle que les Allemands viennent de faire près de cent mille prisonniers.

Fabien apporta un nouvel élément à l'optimisme tempéré de Cécile :

– Les *sammies* arrivent par pleins bateaux, mon oncle, et ce ne sont pas des mauviettes! Je les ai vus dans un documentaire d'actualités de la Gaumont monter à l'assaut en chantant, en bras de chemise, la cigarette aux lèvres.

Ils attaquèrent sans interrompre leurs commentaires le vol-au-vent que Madeleine venait de nous servir après le jambon et les hors-d'œuvre.

La servante était une grande femme un peu hommasse, au visage souffreteux, avec des yeux qui avaient trop pleuré. Elle passait les plats sans la moindre expression, répondant par des signes de tête aux observations de l'oncle Joseph.

La conversation parut s'exténuer. Fabien, l'œil vague, jouait à faire tinter son verre de cristal avec la pointe de son couteau. Son regard s'attardait parfois sur moi comme s'il attendait une réponse à une question non formulée. Je le surpris à sourire en constatant la gêne à laquelle il me soumettait sciemment et la rougeur qui me montait aux joues.

Je tenais rigueur à Cécile de ne plus me prêter la moindre attention, de ne prendre d'intérêt qu'à cette discussion sur la guerre et ses horreurs, sans me demander mon avis. Je me sentais seule face à Fabien, ce beau monstre qui me dévorait de son regard glauque de batracien, comme si quelque détail de mon physique eût pu dégager la moindre séduction ou le plus infime intérêt.

– Malvina..., dit-il en repoussant son assiette d'un geste machinal et en bougeant sur sa chaise.

Un frisson me parcourut de la tête aux pieds.

– Malvina, laissons ces deux-là à *leur* guerre. Ils en ont pour un bon moment. Veux-tu, puisque personne ne s'en occupe, couper ma viande. Je n'y arrive pas avec une seule main.

Au lieu de me tendre son assiette, il m'invita à contourner la table pour le rejoindre. Je m'exécutai en tremblant. Il émanait de lui une discrète odeur de tabac blond et un parfum un peu fort, âpre, qui lui allait bien.

Il prit ma main pour la guider.

– Plus petits, les morceaux, s'il te plaît. Ta main est brûlante et tu trembles. Je te fais peur ?

– Oh non ! monsieur Fabien, mais je...

– Je te remercie, dit-il d'une voix qui avait perdu sa raucité. Tu vois : je vis difficilement ma nouvelle existence d'invalide, de manchot, de *gueule cassée*, comme on dit avec élégance... Je suis une sorte de miraculé. Par moments, je pense que j'aurais mieux fait d'y rester.

– Monsieur Fabien, il ne faut pas dire ça !

Il me raconta qu'il apprenait à se servir de sa main gauche pour tous les usages de la vie courante. L'écriture notamment. Il s'obligeait à rédiger des pages et des pages, un exercice qui le laissait sur le flanc, la main ankylosée, la sueur aux tempes, les nerfs à vif. Il s'était offert une machine à écrire, comme le poète Blaise Cendrars, mutilé comme lui en se battant dans la Légion étrangère.

– Vous vous habituerez, dis-je. C'est une question de temps et de patience.

J'avais lâché cette banalité d'une traite, sans que ma voix trahît la moindre fêlure. Il sourit, fit un mouvement du menton vers Cécile et M. Thibaud.

– Écoute ces stratèges ! dit-il. A les entendre, les événements du front se bornent à un duel entre cet incapable, Nivelle, et ce vieillard, Ludendorff. Dans un moment, ils vont envisager les conditions de la capitulation des troupes allemandes.

Il me retint par la main comme je m'apprêtais à regagner ma place, et soupira :

– Ces élucubrations sont dépassées, Malvina. Des milliers d'hommes continuent à se massacrer les uns les autres, mais les événements importants, ceux qui engagent l'avenir, c'est en Russie qu'ils se déroulent. En Russie ! Cette révolution prolétarienne, ce raz de marée qui submergera le monde entier dans les années à venir, j'aimerais m'y mêler. Défiler le long de la Neva, à Saint-Pétersbourg, avec le peuple, sous les drapeaux rouges, en chantant *L'Internationale*...

Son visage s'était animé. Il lâcha ma main.

– Pardonne-moi..., dit-il. Je parle... Peut-être que je te choque ?

– Non, monsieur Fabien. J'aime vous entendre.

Je lus une lumière de malice dans son regard, comme s'il avait surpris, sous ces propos anodins, une idée que je n'osais ou ne pouvais exprimer. Il n'avait pas tort : je prenais à l'écouter un plaisir indéfinissable ; sa voix dégageait une sorte de séduction, surtout quand il s'y mêlait, comme c'était le cas, une fièvre de mots et d'idées qui le transfiguraient.

Lorsque j'eus rejoint ma place, il me dit :

– Parle-moi de toi. Tu n'es guère bavarde. Serais-tu timide ?

– Un peu, monsieur Fabien.

Il répliqua avec une pointe d'irritation :

– Cesse de m'appeler *monsieur* ! Pourquoi pas *lieutenant* tant que tu y es ? Je crois savoir que tu as des dons exceptionnels pour le français. Cela tient à quoi ?

Cécile et l'oncle Joseph avaient renoncé, semblait-il, à élaborer les préliminaires de l'armistice qui, selon leurs prévisions, était imminent. Leur attention venait de se reporter vers nous et ils nous considéraient avec un regard intéressé et vaguement malicieux.

Je n'avais à ce jour parlé longuement devant des adultes qu'au cours d'une conférence du matin, faite en présence de Madame, d'Édith Malevergne et des élèves des trois années. Je m'étais tirée honorablement de cette épreuve, peut-être parce que cet exercice périlleux se déroulait dans mon cadre habituel et en présence d'auditeurs qui m'étaient connus. Mais là, dans cette salle à manger aristocratique, en face de ces deux *bourgeois* et d'une Cécile qui paraissait se divertir de ma confusion, c'était une autre affaire.

– Eh bien, ma chérie, me lança Cécile, parle ! Nous t'écoutons.

Parler ? Mais pour dire quoi ? Je bredouillai quelques phrases où il était question d'un don inexplicable, des efforts et de la patience de Cécile pour me faire « sortir de ma coquille ». L'expression parut les amuser.

– En réalité, dis-je, j'ignore d'où cela me vient et où cela pourra me mener.

Cécile m'aiguilla brusquement vers un autre sujet.

– Raconte-nous plutôt, dit-elle, l'histoire de cette fille de l'École normale, Évelyne Landrevie je crois m'en souvenir, amoureuse d'un prisonnier de guerre allemand blessé, et qui a été révoquée...

Sur un ton de composition française, je relatai les amours contrariées de ma compagne. Peu à peu je me sentais gagnée par l'assurance ; les mots coulaient de mes lèvres avec une facilité qui me surprenait.

Fabien ne me quittait pas des yeux, mais j'évitais son regard.

– C'est une belle histoire, dit-il. Dommage qu'elle finisse d'une façon aussi malheureuse. J'aimerais dire deux mots à ce sujet à cette vieille garce de Grumbert.

– Vous auriez tort, dis-je. Elle comprendrait sans peine d'où vient cette révélation et j'aurais des comptes à lui rendre.

– Malvina a raison, dit Cécile. Fabien, garde ton indignation pour toi.

Pour complaire au maître de maison qui professait une sorte de religion pour ses vins, j'avais bu un demi-verre de sauternes et je me sentais baigner dans une aurore boréale ; des draperies floues de gestes, de paroles, de rires se déployaient autour de moi.

– Je crois bien, dit Cécile qui m'observait à la dérobée, que notre petite Malvina tient son pompon. Veux-tu te reposer, ma chérie ?

– Après le dessert ! décréta M. Joseph. Vous n'auriez pas le cœur de priver cette petite de notre île flottante ?

L'expression suscita en moi des images exotiques et me fit saliver. Ce dessert me changerait agréablement des fades brouets à la vanille de notre cuisinier.

Je savourai ce dessert avec délice et acceptai que Madeleine me resservît. J'avais mangé les hors-d'œuvre et le vol-au-vent du bout des lèvres, en *pimpignant*, comme on dit chez nous, mais ces mets délectables pesaient comme du plomb dans mon estomac où ils semblaient s'être noués. Ça ne *passait pas*. Je demandai timidement à aller aux lieux. Madeleine m'y conduisit. Je vomis dans la cuvette, furieuse de devoir restituer toutes ces bonnes choses et surtout honteuse de mon comportement.

– Tu es toute pâlotte, me dit Cécile. Tu n'es pas malade, au moins ?

Je la rassurai. Fabien me força à avaler quelques gouttes d'armagnac que j'acceptai pour lui faire plaisir.

– Tu fais de petits yeux, me dit-il. Veux-tu t'allonger un peu ?

Il me prit par la main, me conduisit jusqu'au salon imprégné d'une odeur délicate de tabac, qui prolongeait la salle à manger par l'avancée de trois côtés sur le jardin. Il me fit allonger sur le divan, me recouvrit d'une courtepointe et m'embrassa sur le front.

– Ma chérie, dit-il, tu vas te reposer une heure ou deux. Après, ça ira mieux. Nous t'avons assommée avec nos discussions d'adultes, emmerdantes et stériles.

Je bredouillai :

– Il va falloir que je parte. Je dois rentrer à cinq heures trente précises.

– N'aie crainte. Nous te réveillerons à temps.

Il m'avait dit : « Ma chérie »...

Je ne les ai pas vus monter ni redescendre, mais je sais qu'après le repas Cécile et Fabien s'étaient retirés dans la chambre du neveu. Elle était située au premier étage, en face de celle de l'oncle, dont je jugeai la complaisance coupable. Tandis que je stagnais dans un sommeil brumeux, encore baignée par mon aurore boréale qui avait pris des teintes vénéneuses, ils devaient se donner du bon temps.

Leur plaisir ou leur bonheur – je ne sais – m'agaçait... Je cachais sous des prétextes moraux fallacieux la jalousie qui commençait à me tenailler : cette immoralité me choquait et m'attristait. M'attristait surtout : je la considérais de la part de Cécile comme une trahison. Elle ne s'était pas ouverte à moi avec franchise de la nature exacte de leurs rapports. Pourquoi ? Me jugeait-elle trop jeune, trop innocente pour partager ce secret avec moi ?

Le retour à l'École fut difficile.

Je m'obstinai à m'enfermer dans mon silence, ma mauvaise humeur, et Cécile ne fit rien pour m'en extraire. Nous cheminions dans une brume de pluie qui n'incitait guère aux confidences. Mon bras avait lâché le sien, qui tenait la poignée du parapluie, comme pour marquer une distance et lui manifester ma désapprobation, qui n'était qu'une banale bouderie.

Comme nous arrivions devant le portail, elle me dit brusquement :

– Qu'est-ce qui se passe, Malvina ? C'est ta digestion difficile qui t'a rendue muette ? Eh bien, explique-toi. Cesse de faire la gueule !

Je répliquai avec une vivacité qui me surprit :

– Je ne fais pas la gueule !

Elle s'écria :

– Tu n'as pas ouvert la bouche depuis que nous sommes parties. Nous t'avons ennuyée avec nos discussions ? Tu juges que Fabien et moi nous nous sommes mal conduits ? Tu es jalouse ?

– Jalouse, moi ? Jalouse de ton... de ton invalide ? Tu plaisantes ? Il n'est même pas beau et, de plus, c'est un bolchevique !

La pluie ayant cessé, elle referma son parapluie avec un mince sourire et proféra d'une voix aigre :

– J'ai compris ! Fabien t'a troublée. J'aurais dû m'en douter. Et lui, lui, ce grand dadais...

– Que veux-tu dire ?

– Rien. C'est sans importance.

– Tu viens me chercher dimanche prochain ?

– Peut-être. Je n'en sais rien. J'ai à faire en Corrèze. Salut !

Elle s'éloigna sans m'embrasser. Je restai quelques instants immobile, à la regarder, droite et vive dans sa jupe noire à raies blanches, son gilet de piqué blanc, coiffée d'un canotier de paille à rubans noirs, ses bottines vernies découvertes par le joli mouvement de la jupe.

J'avais conscience que quelque chose venait de se briser entre nous et j'en conçus une telle affliction que les larmes me montèrent aux yeux.

Journal de Malvina

3 avril

Quoi qu'il puisse m'arriver de fâcheux, je m'en moque. Ce journal, je le poursuivrai coûte que coûte, mais avec des précautions supplémentaires.

Pour écrire, je dois me réfugier dans les cabinets.

Je me souviens des stages que nous faisions au fort de l'été, mon amie Alice Bernède et moi, l'année du certificat, dans la cahute de bois, bourdonnante de mouches vertes et de guêpes. C'étaient, entre deux devoirs, des moments d'innocente solitude à deux que nous passions à faire nos petites commissions, à papoter, à lire des fragments coupés dans La Dépêche, *à nous raconter des histoires abracadabrantes. Ceux de l'École normale sont froids, inodores, tapissés de céramique blanche, et je n'y séjourne jamais sans nécessité.*

J'ai renoncé à écrire sur un cahier : trop repérable aux yeux de cette mouche *d'Annie Bordes. Depuis quelque temps, peut-être parce que notre promotion s'est révélée* difficile, *elle nous espionne. Chaque soir, elle confie à Madame ses observations de la journée, consignées sur un registre spécial. Lorsque nous la croisons, nous faisons : « Tzzz... Tzzz... » Cette manie l'exaspère : « Eh bien, quoi ? Vous êtes folles ? » Nous répondons avec un air innocent : « Ce n'est rien, mademoiselle : une mouche... »*

J'écris sur un calepin acheté à Germaine Peyronnie contre deux barres de chocolat de mon goûter. Il porte la marque « Eyboulet, Ussel » sur la couverture. Je le porte en permanence sur moi, et ne le sors jamais, sauf lorsque je suis seule, ce qui m'arrive rarement – dans cette prison, la solitude est un luxe...

Au cours de notre leçon d'histoire naturelle, j'ai répondu sur un ton agressif à notre professeur, Mme Doriot, ce qui m'a valu un avertissement et peut-être une privation de sortie. Ça m'est égal.

Je n'aime pas cette femme au visage étrange, comme pas achevé, dont les divers éléments semblent à l'état d'ébauche : petits yeux, nez minuscule, bouche mince, front bas et menton bilobé. Elle m'agace par sa manie de dire bédame *à tout bout de champ.*

– Malvina, m'a-t-elle demandé, quel est le nom latin de la citrouille ? Dans quelle espèce la classez-vous, bédame *?*

J'ai claironné avec un air de défi :

– Cucurbita Pepo, *madame. L'espèce ? Ça, alors, j'ai oublié, mais je m'en moque : j'aime pas la citrouille !*

Mme Doriot s'est adossée au tableau noir, blême comme si je venais de souffler sur elle une tornade. Elle a jeté une note sur une feuille et a poursuivi en faisant mine de m'ignorer.

– Qu'est-ce qui t'a pris ? m'a demandé cette innocentoune de Nannie Peyre. Je sais que tu connais la réponse. Alors ?

Je lui ai répondu :

– Alors, rien. Fiche-moi la paix !

Et je lui ai tourné le dos.

Je m'ennuie. J'attends des nouvelles de Cécile qui m'écrit habituellement en début de semaine. Presque toutes mes compagnes reçoivent du courrier, soit par la poste, soit clandestinement, par des externes qui jouent les messagères.

Moi, rien. Suis-je encore de ce monde ?

4 avril

Les vacances de Pâques approchent. A la fin de la semaine, je serai tranquille : cette grande maison sera quasi déserte, sans personne ou presque pour m'importuner, me proposer une partie de cartes ou de dames, me demander de l'aider dans ses devoirs.

La paix. Enfin.

La mère Grumbert m'a fait appeler ce matin, surprise que je ne parte pas en vacances, posant des questions indiscrètes :

– Vous ne vous entendez pas avec votre mère ? C'est la présence de ce prisonnier allemand que vous acceptez mal ? Qu'allez-vous faire, pratiquement seule dans cette grande baraque *?*

Le mot m'a fait sursauter puis sourire : c'est celui qui m'est venu ce matin en écoutant un groupe de perruches jacasser en évoquant leurs projets de vacances.

– Je ne sais pas, madame. Je me reposerai. Je réviserai mon programme du trimestre.

– Un peu de repos vous fera du bien. Vous avez beaucoup changé depuis quelque temps. Le surmenage, sans doute. Vous êtes irritable, vous répondez mal à vos professeurs, à cette pauvre Mme Doriot notamment, et vous avez dit une grossièreté à votre surveillante.

Une grossièreté? Je ne m'en souvenais pas. Annie m'agaçait avec ses mines doucereuses; elle nous caressait pour nous arracher des confidences qu'elle mentionnait dans son rapport quotidien.

– Alors, Malvina, m'avait-elle dit avec son sourire de Joconde constipée, tu prépares tes vacances? Tu pourras à ton aise rédiger ton journal intime.

Je lui avais répondu – je m'en souviens à présent:

– Annie, je vous emmerde!

Par correction elle n'a pas consigné cette expression dans son rapport, se contentant sans doute de mentionner: « Insolence ».

– Tu lui as cloué le bec à la mouche, *m'a dit Marguerite Gimel.*

5 avril

Je ne sais ce que j'ai, ces temps-ci. La moindre contrariété m'exaspère et provoque des remous autour de moi.

Hier soir, j'ai été prise d'un accès de fureur en entendant ces bruits pourtant familiers: la porte principale du dortoir qui claque, la lourde clé d'Annie grinçant dans la serrure, la chantonnement de notre surveillante gagnant sa cellule de toile, son avertissement:

– Au lit, mes mignonnes! Le marchand de sable va passer. Faites de beaux rêves! Personne dans les toilettes, s'il vous plaît!

Jamais ces bruits et ces propos stupides ne m'ont paru aussi révélateurs de notre condition de recluses. J'ai lancé à Annie:

– Bonsoir, Madame la Mère supérieure!

Elle n'a pas relevé mon insolence.

– Tu n'y coupes pas du rapport, m'a dit ma copine Emma.

C'est bien le moindre de mes soucis.

J'ai exploré les moyens de tromper la vigilance de notre garde-chiourme et, par là même, de l'humilier. Il doit être possible, à l'aide d'une corde (je sais où en trouver une : dans le hangar de Jeanrot), de faire le mur et d'aller me balader de nuit dans le parc en passant par la fenêtre. Certaines filles de deuxième année ne s'en privent pas et n'ont jamais été inquiétées. Elles prétendent connaître des issues secrètes pour sortir du parc, descendre en ville et aller au cinéma Eden où l'on fait des rencontres si l'on n'est pas trop bégueules. Elles ajoutent même qu'il n'est pas nécessaire d'être très fortiches pour une telle évasion.

Ça m'amuserait. Peut-être, pendant ces vacances...

Cela n'a pas réussi à un élève interne de l'École de garçons. Pour ses fugues nocturnes, il empruntait la fenêtre du dortoir, suivait la corniche jusqu'à l'angle du mur, s'aidait de la gouttière verticale pour descendre dans la cour. Ensuite ce n'était qu'un jeu pour escalader le mur d'enceinte. Une nuit, alors qu'il se trouvait sur la corniche, il a fait une chute et s'est rompu le cou.

La corde. C'est plus sûr.

Jenny Mason m'agace avec ses nightingales. Tous les soirs elle bade à la fenêtre, se pâme dès que les rossignols entament leurs vocalises, leurs scherzi et leurs pizzicati.

Elle a recueilli dans le parc un grillon et lui a construit une petite cage d'herbe. Cette gourde lui donne à manger des brins de salade. Chaque nuit, c'est le même récital et, comme Jenny couche dans le lit qui fait face au mien, je suis aux loges.

La nuit passée, alors que ce maudit insecte paraissait très en verve et que je ne parvenais pas à m'endormir, j'ai dérobé la cage, l'ai écrasée sous mon talon et l'ai jetée dans la cour, le plus loin possible.

Je n'en ai pas mieux dormi pour autant, mais c'est le remords qui me tenait éveillée, ainsi que les conséquences éventuelles de mon geste.

Le matin, Jenny a cherché la cage au grillon. Je lui ai expliqué qu'au printemps il leur pousse des ailes et qu'il a dû s'envoler par la fenêtre avec la cage.

Elle m'a dit en reniflant ses larmes :

– J'en trouverai un autre, et j'attacherai la cage au pied de mon lit.

Toujours rien de Cécile au courrier de ce matin. Elle a dû m'oublier. Personne ne se soucie de moi. Pas même F..., mais j'ai cru comprendre qu'il devait faire un voyage à Paris.

Je flotte dans du néant. Je ne suis rien.

Maux de tête, toute la journée.

6 avril

Un moment de plaisir, ce matin, à la bibliothèque.

J'ai trouvé, sur la table qui me sert de guichet et de bureau, un paquet enveloppé de papier glacé de couleur verte, attaché par du raphia. Un colis de livres. C'est chaque fois la même émotion : je coupe la ficelle, j'ouvre lentement, comme si j'allais découvrir un merveilleux cadeau d'anniversaire.

Il y avait ce matin dans le colis une dizaine de romans commandés à la librairie par Madame : Paul Bourget, bien entendu, Max du Veuzit, Georges Ohnet, mais aussi, heureusement, Émile Zola (Au bonheur des dames), *Anatole France* (La Rôtisserie de la reine Pédauque), *Alphonse Daudet* (Le Petit Chose)...

Ils étaient beaux comme des boîtes de dragées, ils sentaient bon l'encre et le papier (cette odeur aussi enivrante que celle du printemps), et je savourais d'avance ce petit plaisir, préliminaire à la lecture : couper les pages. Zola en premier, avec une pensée pour Otto Fontaine, le prisonnier qui a fait respirer à Évelyne Landrevie les prémices de l'amour.

Branle-bas ce matin, au cours de la récré : Florence Marcoulet (le « chiendent ») a été appelée par la directrice. Elle est revenue en larmes. « On » l'avait surprise en ville en train d'embrasser un jeune homme – le fils de ses correspondants – et les mouches se sont mises à tourner autour de cet événement. Nous avons eu du mal à lui faire expliquer les motifs de cette convocation.

– Alors, lui a demandé Camille Jeury, tu as un amoureux ?

– C'est pas mon amoureux, a gémi Florence. C'est mon cousin.

– Ça change rien. Il t'a embrassée, et en pleine rue encore !

– Oui, mais sur la joue, pour me dire au revoir.

Un mois de privation de sorties dominicales, passé les vacances de Pâques.

Le printemps est là. Sa chaleur me déprime, me donne des langueurs et des maux de tête de plus en plus violents. Il paraît qu'on assiste à une recrudescence de la grippe espagnole et qu'on a enregistré en ville plusieurs décès dus à cette terrible maladie. Avec le surmenage de début de troisième trimestre, la nourriture spartiate, le confinement, les portes de l'école risquent de s'ouvrir aux miasmes.

La grosse Eugénie Farges vient de se dépouiller comme un oignon du matelas de vieux journaux dont elle a doublé depuis le début de l'hiver sa blouse noire. Lorsqu'elle marchait ou faisait des exercices de gymnastique, elle craquait de toutes parts comme un mannequin de papier.

Elle a fait de même pour ses couvertures. Elle ne souffre pas de la faim, les colis familiaux continuant à lui être adressés malgré les remontrances d'Annie et de Madame, mais elle est d'une frilosité obsessionnelle et s'offre parfois, contre une friandise, les faveurs de Nannie Peyre qui lui chauffe les pieds sous sa jupe.

Mes compagnes semblent transfigurées par la proximité des vacances. On voit s'échouer dans le dortoir les valises et les malles descendues du grenier par Jeanrot. Ma malle à roulettes y restera.

Leurs joyeux conciliabules m'exaspèrent : elles vont retrouver leur famille, leur chambre de jeune fille, leur amoureux ; elles iront se balader dans la campagne, librement, passeront des soirées au bal, assisteront à des séances de cinématographe. Grand bien leur fasse !

Toujours pas de lettre de Cécile. Je lui ai écrit ce matin, puis j'ai déchiré la lettre. Ah ! Cécile... Cécile... J'aimerais t'injurier, te punir pour ton abandon, te serrer dans mes bras, t'embrasser dans le cou. Si tu savais à quel point tu me manques, tu me reviendrais vite !

7 avril

Brouhaha des grands départs. Impression de vide. Trois de mes compagnes de promotion seulement sont venues m'embrasser. Leur air de compassion m'a irritée. Comme si j'allais périr d'ennui dans cette caserne déserte !

Est-ce l'impression déprimante que j'éprouve au spectacle de cette décale de deux semaines ou le rhume que je traîne depuis quelques jours ? Je ne me sens pas bien : maux de tête fréquents, douleurs aux articulations, fièvre... Il est vrai qu'à Saint-Roch j'étais affligée de maux identiques plusieurs fois chaque hiver, suite à mes vagabondages, aux mauvais vêtements qui ne me protégeaient guère des intempéries, à mes socques de frêne fendus et qui prenaient l'eau.

Parmi nos compagnes, trois élèves maîtresses seulement, toutes de ma promotion, resteront à l'école : Marguerite Gimel, toujours très affectée par la mort de son frère et qui ne tient pas à se retrouver confrontée au chagrin familial ; Élodie Marcou, qui préfère rester pour rattraper le temps perdu à rêvasser ; Noémie Labrune, qui n'a pu réunir l'argent du voyage par le train...

Je suis restée au lit toute la matinée, à faire la lure comme on dit chez nous des paresseux. J'ai commencé à lire Au bonheur des dames, mais ma tête est ailleurs. Je peine pour finir une page et ma vue se brouille. Il se passe d'étranges phénomènes dans ma caboche.

Annie s'est inquiétée de ma santé. Elle m'a embrassée sur le front et m'a dit :

– Tu vas rester au lit aujourd'hui. J'ai prévenu Madame. Elle te rendra visite en fin de matinée. Cesse de lire : ça ne fait que te fatiguer davantage.

Madame n'a pas tardé à venir, l'inquiétude à fleur de peau. Elle a posé sa main sur mon front, tâté mon pouls comme le bon docteur Boulègue le fait à chacune de ses visites.

– Ma petite, ça me semble sérieux. Vous n'allez pas nous faire une grippe espagnole ?

Cette maladie court le pays comme la foudre depuis des mois. De temps en temps elle marque une trêve puis, sans que l'on puisse savoir comment ni pourquoi, elle reprend sa course fulgurante. On parle de milliers de morts : le deuxième fléau après la guerre.

– Je vais faire appeler le docteur Boulègue, a ajouté Madame. Si c'est ce que je pense, nous vous ferons hospi-

taliser en ville. Heureusement ce sont les vacances, sinon vous auriez risqué de contaminer vos compagnes.

Ma tête danse, balayée par des vertiges. La fièvre me met dans l'esprit des idées folles et, je ne sais pourquoi, des images d'Espagne accompagnées de musiques puissamment rythmées me fracassent le crâne. Je me suis surprise plusieurs fois à délirer, à rire bêtement, à parler à Cécile comme si elle se trouvait à mon chevet.

Ma main tremble en écrivant, au point que j'aurai du mal à me relire. Des camions pleins de soldats riant et chantant me passent à travers le crâne; Madame est au volant et me fait un signe amical de la main; Annie va d'un soldat à l'autre et les embrasse à pleine bouche.

Il était fameux, ce sauternes de Joseph Trabaud ou Tribaud, je ne sais plus. Je...

La porte du dortoir

s'est ouverte

mon carnet!

J'ai le temps de le glisser dans mon réticule. Madame se dresse devant moi, dans une sorte de brouillard. Puis une silhouette d'homme se penche sur moi. Une barbe qui sent le tabac effleure ma gorge et ma poitrine.

Impression absurde, soudain : je suis devenue un personnage important[1].

1. Ces dernières lignes ont été écrites postérieurement.

J'eus du mal à le reconnaître. Tout était flou autour de moi au point qu'il m'eût été impossible de mettre un nom sur le visage de l'infirmière. J'avais perdu jusqu'à la notion du temps : les jours et les nuits se déroulaient sur un rythme anarchique; je tanguais dans un inconscient qui altérait les moindres de mes perceptions, gommait mes souvenirs comme de la buée sur une vitre.

Ma mère et Hugo étaient venus me rendre visite. C'est ce que me dit l'infirmière en me montrant la bouteille de vin paillé et la tarte aux pommes que la Maïré avait déposées à mon chevet. Je n'en ai gardé aucun souvenir.

Étais-je seulement encore en vie ? Et si c'était cela, la mort : ces murs blancs ou crème, cette clarté diffuse, ce plafond balayé par des ombres en éventail, cette qualité de silence bourdonnant à mes oreilles comme un sommeil de chat ? Pour en finir avec cette équivoque, je décidai que j'étais morte, que j'allais figurer, que je figurais peut-être déjà, sur l'interminable martyrologe de la grippe espagnole.

Une voix venue des limbes dit près de moi :

– Elle a toujours de la fièvre mais la température est en

train de baisser. Hier encore, elle avait quarante et son cœur s'affolait. On a bien cru que...

J'eus envie de répliquer que j'étais bel et bien morte et qu'on me fiche la paix, mais aucun son ne sortait de ma gorge et ma langue gonflée me paraissait occuper tout l'espace de ma bouche, installée là comme un gros crapaud. Pouah...

– Ne restez pas trop longtemps, dit l'infirmière. Ça pourrait être dangereux. Elle est encore contagieuse.

Mon corps m'était devenu étranger : il souffrait en dehors de moi, dans une zone de douleur qui ne m'était sensible, pour ainsi dire, que de l'extérieur. Un catarrhe obstiné me brûlait les muqueuses nasales et les yeux, avec des écoulements gluants. Je respirais si difficilement que j'avais l'impression que mes poumons étaient bloqués et ne réagissaient plus. J'étais allongée derrière un rideau, mais mon corps était de l'autre côté, comme dans un phénomène de dédoublement.

– La pauvre enfant, ajouta l'infirmière, si elle s'en tire elle pourra dire qu'elle revient de loin. Elle a, heureusement, une robuste constitution.

– Vous avez bon espoir qu'elle survivra ? dit une voix d'homme.

– Nous ne pourrons nous prononcer avec certitude que d'ici quelques jours. Il faudrait que la fièvre continue de tomber.

Elle ajouta sur un ton sinistre :

– Nous avons eu trois morts depuis une semaine.

– Je reviendrai demain, dit la voix d'homme.

Il est revenu tous les jours.

Ce n'est qu'à sa cinquième visite que je l'ai reconnu : ces mèches de cheveux raides, pendant de chaque côté du visage, cette cicatrice en forme de cratère à la pommette, ce bras mort, ce regard lourd et chaud... J'essayai de prononcer son nom. Il glissa comme un souffle entre mes lèvres de bois, et c'est le crapaud que j'avais dans la bouche qui murmura :

– Fa... Fa... bien...

– Tu m'as reconnu ! dit-il. C'est donc que tu vas beaucoup mieux.

Il ajouta en posant sa main sur la mienne :

– Tu es guérie, Malvina, tu entends ? Nous avons été très inquiets à ton sujet. Tu vas entrer en convalescence mais tu resteras très affaiblie durant quelques semaines. Est-ce que tu comprends ce que je te dis ? Si tu comprends, lève la main.

Je levai la main en murmurant :

– Cé... Cécile...

– Elle n'a pas pu venir te rendre visite. Je crois qu'elle est encore à Brive, chez sa mère. J'ai bien essayé de la prévenir, je lui ai même écrit, sans résultat. Rassure-toi : dès qu'elle apprendra que tu as été malade, elle viendra.

Je n'en étais pas certaine. Durant ma maladie, j'avais traversé une zone de conflits d'une grande violence avec mon amie et cela ne m'avait pas donné envie de la revoir. Qui sait quelle aurait été sa réaction si elle était arrivée à l'apogée d'une de ces crises, de ces mouvements de rejet ? Mais comment attacher la moindre signification aux rêves et aux délires nés de la fièvre ?

Que Cécile vînt ou pas m'était indifférent. Seule m'importait la présence de ce grand garçon qui me parlait d'une voix douce en me tenant la main, me couvait des yeux. Au sortir d'une aire de non-être je me trouvais aux portes du paradis.

Durant les premiers jours de ma convalescence, je hasardai quelques pas dans la grande salle. Les lits, au nombre d'une dizaine, tous occupés, étaient séparés les uns des autres par des rideaux qui en faisaient des scènes où, le soir, dansaient comme sur des écrans des ombres chinoises.

Un matin, Fabien s'assit à mon chevet et, avec un sourire mystérieux, sortit de sa poche un petit paquet noué d'un lien rose.

– Pour toi, dit-il. Un cadeau...

Il m'aida, de sa main valide, à défaire le paquet : il contenait un curieux objet longiforme, en métal noir, avec des cercles et une agrafe en or.

– Un bijou ? dis-je.

– Non, Malvina : un stylo.

Il m'expliqua que cet instrument me serait utile pour écrire mon journal. Il me montra la manière de remplir d'encre son réservoir, précisa que la plume était en or et qu'on n'en changeait pour ainsi dire jamais.

J'étais éblouie.

– Un stylo... Comme Mme Grumbert. Oh ! Fabien...

Quelques jours avant, ma conscience étant revenue, je m'étais informée de l'endroit où se trouvait mon journal. L'infirmière me tendit mon réticule : le carnet se trouvait encore dans la pochette où je l'avais placé le jour de mon hospitalisation. J'étais parvenue à lire la dernière phrase : « *La porte du dortoir... s'est ouverte... mon carnet...* » Le feuillet portait la date du 7 avril et nous étions le 20. J'avais vécu près de deux semaines au royaume de la fièvre, et je sentais flotter encore dans ma tête des filaments de folie.

– Tu veux l'étrenner ? me dit Fabien.

Je sortis mon carnet du réticule, inscrivis sur une feuille vierge la date du 25 avril. La plume était si douce, le stylo si parfaitement adapté à ma main, que je me sentis prête à écrire des pages et des pages.

– Écris quelques mots, me dit Fabien. Quelque chose d'important...

Écrire ? mais quoi ? Machinalement, je cherchai l'encrier pour y tremper ma plume – la force de l'habitude. Je réfléchis quelques instants avant d'écrire :

Je suis guérie. La grippe espagnole est une maladie terrible. J'aurais pu en mourir. Fabien est venu me voir. Il revient tous les jours ou presque. Aujourd'hui il m'a fait un cadeau : un styleau. *Il est gentil, et je crois que sans lui...*

– Stylo, avec un « o », dit doucement Fabien. Bravo. Continue.

– Je suis trop fatiguée. Il me semble que ma tête est vide. J'écris comme avant le certificat. C'est bête...

– Ça reviendra. Le médecin me l'a affirmé.

Comme s'il avait entendu ces derniers mots, le docteur Boulègue entra dans la salle, visita quelques malades encore en situation de fièvre grippale, avant de s'arrêter devant mon lit. Il porta ses lorgnons à ses yeux et eut un sourire en consultant la feuille de température.

– Mais c'est très bien ! dit-il. Trente-sept neuf. Voyons le pouls...

Il me fit tirer la langue, ausculta ma poitrine et mon dos, me fit tousser, répéter « trente-trois », appela l'infirmière.

– Gardez-la encore trois ou quatre jours, dit-il. Vous pouvez commencer à l'alimenter : potage de légumes matin et soir, viande en petite quantité, pain grillé...

Il ajouta en se tournant vers Fabien :

– Vous êtes sans doute de la famille, jeune homme ? Son frère, peut-être ?

– C'est cela, répondit Fabien. Je suis son frère.

– Vous pourrez venir la chercher, disons... samedi. Il

faut qu'elle se repose. La convalescence est assez longue. Laissez-la manger selon son appétit, mais des aliments légers. Vous venez de Saint-Roch ? C'est en basse Corrèze, je crois. L'air y est bon. Elle pourra reprendre ses cours à l'École normale dans une quinzaine.

Vieux médecin qui remplaçait le jeune, parti aux armées, le docteur Boulègue s'était arraché péniblement et sans enthousiasme à sa retraite, ayant considéré comme de son devoir de reprendre du service. Il y passait ses journées et une partie de ses nuits. La France n'était soignée que par de vieilles momies fatiguées.

A peine eut-il tourné les talons, je proclamai que j'avais faim.

– Voilà qui fait plaisir à entendre ! dit Fabien. La tarte aux pommes de ta mère doit être un peu rassie mais encore consommable. Nous allons l'entamer ensemble, si madame l'infirmière y consent.

– Vous la trouverez dans le tiroir de la table de nuit, dit-elle. Vous pouvez lui en faire manger une petite tranche. Ce soir elle aura du potage et du jambon.

– Avec du pain ?

– Oui, mademoiselle. Du pain blanc et sans tickets.

Fabien coupa une tranche de tarte et me la fit manger en plaisantant : un morceau pour moi, un morceau pour lui... Il riait en la glissant entre mes lèvres gercées. La pâte avait durci et les pommes avaient séché, mais je reconnaissais avec délices ce goût de dimanche et de fête qui m'était familier. Je préférais le pain blanc : un régal qui, pour moi, petite paysanne, valait toutes les pâtisseries de mon amie Évelyne Landrevie.

Je racontai à Fabien qu'au cours des vagabondages de mon enfance je pénétrais parfois chez la boulangère, Noémie Farge, en me glissant dans la boutique sur le pas des clientes. Je restais debout dans un coin, les mains dans le dos, attendant poliment qu'elle eût fini de servir sa pratique. Lorsque la boutique était déserte, je m'avançais timidement. Elle me disait de sa voix haut perchée : « Ah, te voilà, la *baraquaine* [1] ! Tiens, attrape ! » Elle me lançait un morceau de pain comme à un chien ; je me retirai en murmurant un timide « merci ». Un jour je lui volai un pain aux raisins ; son goût est resté dans mon souvenir avec celui, aussi inoubliable, des plaisirs clandestins.

Le pain de Jules Bernède, le *moulinier* devenu boulanger... Il modelait pour sa fille, mon amie Alice, des boules de pâte grosses comme le poing qu'il faisait cuire avec la fournée. Une heure ou deux après la cuisson, alors qu'il était encore chaud, nous mangions ce pain avec des *grillons.* Ils fondaient sur la mie onctueuse, l'imprégnaient, la parfumaient. C'était un pain de franchise et d'amitié alors que celui de l'École est une trahison contre le goût.

– Je sais où l'on trouve encore de ce pain, dit Fabien. Dans une auberge proche de la ville, en pleine forêt des Essarts. Je t'y conduirai en voiture quand tu seras tout à fait rétablie et revenue de chez ta mère.

Je répliquai d'un air buté :

– Je ne retournerai pas chez ma mère.

– A cause de l'Allemand ?

Je secouai la tête. L'Allemand... ce pauvre Hugo... Il m'était difficile d'expliquer à Fabien les raisons de cette réticence, mais je me lançai, difficilement, avec l'impression, à chaque inspiration, de soulever avec ma poitrine un quintal de briques.

Je parlai de cette indifférence que m'avait toujours vouée la Maïré, de son refus initial à me laisser poursuivre mes études. Elle était persuadée que je n'étais bonne qu'à « écraser les crapauds », autrement dit à tenir les mancherons de la charrue. Cécile, Mlle Emma, Joffre étaient venus non sans mal à bout de son obstination, mais

1. Bohémienne.

la Maïré avait gardé envers moi une rancune tenace. Depuis qu'elle avait confié la direction de la ferme à Hugo Brenner, elle me considérait comme une étrangère.

– C'est pourtant ta mère, me dit Fabien, qui t'a porté cette tarte et cette bouteille de vin paillé.

– Elle est venue, c'est vrai, mais elle ne reviendra pas. Elle ne demande plus de mes nouvelles. Je pourrais crever...

– Tu exagères. Il faudra bien que tu retournes à Saint-Roch. Comment faire autrement ? Demander à mon oncle de t'héberger ? Le pauvre homme ne pourrait refuser, mais ça ferait jaser. Tu ne peux non plus passer cette convalescence à l'école. Quant à Cécile, étant donné vos rapports...

J'appris un peu plus tard que, le croyant amoureux de moi, elle était partie un matin en claquant la porte. Elle l'avait laissé sans nouvelles lui aussi, mais il n'avait pas pris cette réaction au tragique.

– J'ai l'habitude, me dit-il, de ses humeurs fantasques, des scènes de jalousie qu'elle déclenche pour des riens, de ses fausses ruptures, de ses interminables bouderies...

Derrière ce que j'avais subodoré de leurs relations amoureuses, je n'avais pas eu de peine à imaginer, connaissant mon amie, les remous et les éclats que suscitait un tempérament porté à l'exclusive. Que se passerait-il lorsque je tomberais amoureuse à mon tour, ce qui, après tout, était dans l'ordre des choses ?

Fabien me troublait comme peut-être (mais pouvais-je y croire ?) je l'avais moi-même troublé. Comment expliquer autrement les mouvements de tendresse qu'il m'avait manifestés, le dimanche de notre première entrevue, chez l'oncle Joseph, à moi, pauvre godiche qui savait à peine se tenir convenablement à table, qui n'osait ni ne pouvait prononcer trois phrases cohérentes et originales ? Je soupçonnais, derrière ce comportement insolite, les confidences que Cécile avait dû lui faire à mon sujet.

Je ne devais pas tarder à comprendre que j'étais amoureuse de Fabien.

Ce garçon séduisant m'avait intriguée puis séduite d'emblée, non seulement par sa beauté oblitérée pathétiquement par les griffes de la guerre, par le charme aristocratique émanant de sa personne, mais encore et surtout par l'aura de rébellion qui émanait de lui. Fabien, ange de la révolte et de la subversion... Fabien, inscrit au « Carnet B » comme « aventurier dangereux »...

Il n'était guère plus âgé que moi : quatre ou cinq ans tout au plus : l'âge de Cécile – mais la guerre l'avait mûri précocement ; les années de plomb et d'acier passées dans les tranchées pesaient sur lui, si bien qu'il présentait le physique, la mentalité, le comportement d'un homme de trente ans.

Il me prit la main, l'embrassa, me dit de cette voix un peu rauque que j'aimais :

– Je me charge de te ramener à Saint-Roch, ma chérie. Dans ma voiture. Cela me fera plaisir de découvrir ton village et ta campagne. Je reviendrai te chercher quand le moment sera venu. Entre-temps, nous pourrons nous écrire.

Je ne pus me retenir de lui dire :

– Fabien, pourquoi faites-vous tout ça pour moi ? Après tout, je ne suis rien pour vous...

Il posa un doigt sur ma bouche et me dit simplement :

– Mystère...

Malvina est venue seule cette fois-ci, abritée sous son vaste parapluie d'escouade à rayures bleues et jaunes, que le vent chargé de pluie fait tanguer.

Je l'observe de l'auvent de ma terrasse où je brûle mon dernier tabac du soir. Elle avance lentement, pas à pas, avec des gestes vers les balsamines en pleine floraison. La pluie a fait sortir les escargots et les limaces de leurs nids de pierres. Elle renverse son parapluie en arrière, me fait un signe de la main et un sourire sous ses lunettes de lémurien.

– Je ne te dérange pas, au moins, Jésus ?

Elle sait bien qu'elle ne me dérange jamais. Ni elle ni Cécile. Nous vivons en si bonne intelligence que j'ai renoncé à vendre cette maison qui aurait besoin d'une sérieuse – et coûteuse – réhabilitation, comme on dit de nos jours. Sans elles, sans leur présence légère, discrète, fidèle, nous serions retournés définitivement, ma femme et moi, dans notre pavillon de banlieue, à Brive.

Je lui montre le siège à bascule, identique à celui que Cécile avait acheté lors de son séjour à l'école primaire de Saint-Roch et qui amusait tant les gens du village quand ils la voyaient s'y balancer, un livre à une main, une cigarette dans l'autre.

Malvina s'y laisse tomber avec un soupir après avoir replié son parapluie et suspendu son chapeau de paille au dossier. Je sais qu'elle m'apporte de nouveaux feuillets de souvenirs et que j'aurai encore des heures, des jours, des nuits à plancher sur cet ours. *Ils dépassent de la poche de son « devantier » où, à la saison, elle enfouit les pommes et les noix qu'elle rapine sur les talus.*

– Cécile..., dis-je. Pourquoi n'est-elle pas montée avec toi ?

Silence.

– Elle est fatiguée ? Malade ?

Questions superflues : si Cécile était souffrante, Malvina serait venue me prévenir, m'envoyer chercher des remèdes à la pharmacie Puyjalon.

Nouveau silence.

– Vous vous êtes querellées ?

Malvina ne semble pas avoir entendu ou compris ma question. Le paysage, le même que celui dont elles peuvent jouir de leur maison, semble la fasciner.

– Ce pays..., dit-elle soudain. Comme il est beau ! Plus beau encore par temps de pluie.

Elle me parle de ces profondes perspectives qui se développent en direction de l'Auvergne dont, par temps clair, les matins d'hiver notamment, on peut voir, comme dans une vitrine, un étalage de sorbets et de meringues. Des coulées de soleil nappent les lointaines collines du pays meyssacois, dégagent de la brume des hameaux et des villages de pierre rouge qui semblent nés d'un exhaussement de la terre au pléistocène. Le château de La Coste, où vit et travaille un céramiste célèbre, pointe ses tours dans une écharpe de brume.

– Et ces odeurs ! ajoute Malvina.

Elle n'est tout de même pas venue jusqu'à moi pour me

parler de la pluie et du beau temps. Peut-être de Gasparde, la grosse crapaude familière écrasée il y a quelques jours par la charrette de Caze, ou de la mort récente, à la maison de retraite de Tulle, de leur vieille amie Félicie Parquet, qui vivait non loin de chez nous, dans une chartreuse où elle s'était enfermée depuis sa retraite avec ses souvenirs d'enseignante et de militante laïque.

Elle se trémousse sur son siège, se balance avant de poursuivre :

– Nous nous sommes querellées. Et tu sais pourquoi ? Parce que, dans ma dernière « livraison » : celle que je t'apporte ce soir, il est question de ce qu'elle appelle mon idylle *avec Fabien Thibaud.*

Je proteste, non sans véhémence :

– Il y a de quoi, tu ne trouves pas ? Tu révèles des secrets qui doivent, malgré le temps, lui être douloureux. Qu'en était-il exactement de tes rapports avec Fabien ?

Elle part d'un petit rire de gorge un peu forcé.

– Tu verras, Jésus ! Tu verras ! Je t'ai apporté la suite : une trentaine de pages. Ce que tu as lu t'a intéressé ?

– Certes, mais...

– Mais quoi ?

Elle se redresse, m'interroge d'un regard soudain chargé d'inquiétude. J'ajoute :

– Tu écris trop vite. Ton texte est bourré d'incorrections, d'impropriétés, de coquilles, de fautes...

– Que veux-tu, soupire-t-elle, je me fais vieille et ma mémoire me joue des tours, pour l'orthographe surtout. Jadis, j'étais imbattable, et j'aurais triomphé dans les dictées de Pivot.

– Autrement dit, Cécile boude ?

– Cela fait trois jours que nous ne nous parlons plus. Mais tu la connais : très soupe au lait. Elle a même menacé de se réfugier à la maison de retraite de Meyssac. Tu la vois au milieu de ces vieillards, elle ? C'est bien son genre...

Elle se balance avec vivacité, au point que je redoute de la voir basculer.

– Et puis... Et puis elle vieillit elle aussi, et elle est patraque. Tu sais qu'elle a déjà eu deux alertes cardiaques. De plus, elle si active jadis, elle s'ennuie à ne rien faire. Le docteur Farges lui a interdit de s'occuper du jardin.

Je me demande si la bouderie de Cécile n'est pas motivée aussi par la jalousie : ces souvenirs, elle aurait peut-être aimé les raconter elle-même ou du moins les partager d'une façon plus équitable avec son amie. Au début, elle l'aidait, comme elle l'avait fait pour L'Orange de Noël; maintenant elle se contente de lire ce qu'écrit Malvina et, parfois, de la contester.

– Pourquoi m'en veut-elle? poursuit Malvina. Dans ces souvenirs je lui donne la partie belle.

– Pas toujours!

– Hum... C'est vrai, mais tout ce que je raconte est exact. C'est du vécu, comme on dit.

Elle poursuit en essuyant ses lunettes :

– Je vais donc te remettre mon avant-dernière livraison. Lorsque j'aurai rédigé la dernière, d'ici une quinzaine, il ne me restera plus qu'à mourir.

– Allons donc!

– Je ne suis pas éternelle, tu sais! Ce matin, j'ai eu un vertige. Je peine à me déplacer. Je m'essouffle, je buffe pour monter jusque chez toi. L'angine de poitrine me guette. Ta pauvre petite Malvina s'éteindra une nuit comme une bougie qu'on souffle.

Elle me parle de cette petite bonne qu'elles envisagent d'employer quelques heures par semaine pour le ménage et le jardin, mais elles redoutent les indiscrétions. Leur petit univers est si parfaitement organisé, chaque chose à *sa place, qu'elles appréhendent l'intervention d'une présence étrangère.*

– Je demanderai à la boulangère, dis-je, de mettre une petite annonce sur sa balance.

– Bonne idée, Jésus, mais rien ne presse. Sauf si Cécile me fait un infarctus. Comment voudrais-tu que je m'en tire ?

Je lui propose un porto pour lui redonner le moral ; elle refuse poliment : à sa dernière visite, elle en a abusé et son sommeil en a été troublé, surtout avec le petit havane qu'elle n'a d'ailleurs fumé qu'à moitié.

– Alors, un Coca-Cola !

– Tu veux m'empoisonner ? Merci ! Tiens, voilà de la lecture. Prends ton temps...

Et le sempiternel refrain :

– Et ton roman à toi, il avance ?

Mon sang se glaça lorsque, quelques jours avant ma sortie de l'hôpital, je vis paraître Mme Grumbert.

Elle surgissait comme une image vivante de l'École, suant l'ennui avec son visage de garde-chiourme, sanglée dans sa robe noire à tournure qui lui faisait une croupe de pouliche, sa capeline de dentelle, le parapluie humide qu'elle brandissait comme une baguette en parlant avec l'infirmière.

– Vous avez une visite ! me dit joyeusement l'infirmière en me secouant l'épaule. Mme Grumbert vient prendre de vos nouvelles.

Une vague de terreur me submergea en songeant que mon calepin était resté posé bien en évidence sur la table de nuit. Qui pouvait savoir si, la curiosité la poussant, Madame n'aurait pas l'indiscrétion de le feuilleter ?

Elle s'assit à mon chevet dans un remugle de pluie et d'étoffe fatiguée, après m'avoir effleuré le front d'un baiser furtif. Elle déposa sur la table de nuit, près de mon carnet, un petit paquet enveloppé de papier rose et noué de bolduc.

– Quelques gâteries de chez Landrevie, dit-elle. Veillez à ne pas tout manger en une seule fois !

– Merci, madame. Vous êtes bien aimable.

– Je viens d'apprendre avec plaisir que vous êtes quasiment sortie d'affaire. Vous nous avez fait peur...

Elle m'apprit qu'une élève de deuxième année, une certaine Huguette Delmas, n'avait pas eu ma chance : elle était morte de la grippe espagnole, la semaine passée, durant ses vacances, chez elle. Une délégation des élèves avait suivi le cortège funèbre derrière Madame.

– Cette grippe espagnole, soupira Mme Grumbert, quel fléau ! Chaque époque a le sien : peste noire, choléra, variole... Si j'étais croyante, je verrais dans ces maux un châtiment du Ciel.

Passé les vacances, les cours venaient de reprendre dans la tristesse, soit que la maladie eût frappé dans des familles d'élèves, soit que la guerre leur eût enlevé un être cher. Un triste printemps pesait sur l'école, et Mme Grumbert semblait en être l'émanation. J'eus l'impression que ses traits s'étaient affaissés. Plus tard, j'appris qu'elle avait dû se séparer de son mari : ce « pauvre Hubert » s'était retiré à la maison de cure pour tuberculeux, à Sainte-Feyre, en Creuse, réservée aux membres de l'enseignement.

Madame poursuivit avec un sourire :

– Certaines de vos compagnes de promotion ont manifesté le désir de vous rendre visite. C'est la preuve qu'elles vous aiment bien. J'ai dû m'y opposer. Cette maladie fait encore des ravages et elle est si contagieuse...

Elle avait rencontré dans la cour de l'hôpital le docteur Boulègue ; il lui avait affirmé que ma guérison totale n'était qu'une question de jours.

– Le temps de convalescence qui vous reste, dit-elle, il faudra vous résoudre à le passer dans votre famille. Je vous ferai accompagner jusqu'à la gare par Mlle Annie.

– C'est inutile, madame. On doit me conduire chez moi en voiture.

– Qui donc ? Ce jeune invalide qui se fait passer pour votre frère ? Comment s'appelle-t-il déjà ?

– Fabien, madame. Fabien Thibaud.

Elle sursauta, frappa le parquet de la pointe de son parapluie.

– Le fils de M. Joseph Thibaud ?

– Son neveu, madame. Ma correspondante, Cécile Brunie, me l'a fait rencontrer durant les vacances.

Elle se mit à bouger avec une telle vivacité sur sa chaise que je crus qu'elle allait s'effondrer sous elle. Elle frappa de nouveau le parquet à plusieurs reprises, comme si cette nouvelle l'avait privée de parole.

– Vous connaissez sans doute, Malvina, la réputation détestable de cet ancien normalien ? Sinon, apprenez que c'est un rebelle, un anarchiste, peut-être même un bolchevique ! S'il n'avait pas été blessé et renvoyé dans ses foyers, il aurait sûrement été de ces mutins que nos généraux ont fait fusiller l'année passée. Il collabore à des journaux pacifistes et participe à des réunions clandestines. On dit même qu'il a des contacts avec des écrivains et des journalistes allemands pacifistes comme lui. Vous n'étiez pas au courant, je présume ?

– Si, madame.

– Et malgré tout vous acceptez de le recevoir, de monter dans sa voiture ! S'il n'était le neveu de cette sommité universitaire qu'est M. Joseph Thibaud, je lui aurais dit deux mots. Malvina, je vous en conjure : s'il se présente de nouveau, refusez de le recevoir !

– Non, madame : ce n'est pas possible.

– Et pourquoi donc, s'il vous plaît ?

J'aurais dû, avant de répondre, mesurer les conséquences de ma réplique, tourner trois fois ma langue dans ma bouche, mais le trait partit de lui-même :

– Parce que je l'aime et qu'il m'aime, madame.

Elle se leva si brusquement que son voile retomba sur ses yeux et que la chaise se renversa avec bruit. Sous la résille, son visage avait un air si terrible qu'il me rappela le vers de Racine, dans *Athalie* : « *Ma mère Jézabel devant moi s'est montrée...* » Je compris que cette image ne me quitterait pas, que Mme Grumbert m'apparaîtrait désormais sous les traits de l'épouse du roi d'Israël.

Madame soupira d'un air dramatique :

– Ma pauvre fille, je veux bien croire que cette maladie s'est portée à votre cerveau et vous a fait perdre le sens commun. Dites-moi que ce n'est pas sérieux !

– Si, madame, c'est très sérieux, au contraire.

Elle se mit à crier :

– Cette fille est folle ! Folle à lier !

Sa voix était si impétueuse que l'infirmière jugea bon d'intervenir et de lui demander raison de cet esclandre.

– Rassurez-vous, lui jeta Mme Grumbert, l'incident est clos ! Je m'en vais, mais je vous préviens : cette fille a perdu l'esprit. Elle me tient des propos... des propos...

Elle se retira, se ravisa, revint sur ses pas, rafla d'un geste furibond sa boîte de *gâteries* et disparut sans me jeter un dernier regard.

Je renonce à recopier les pages de mon carnet relatives aux jours qui ont suivi cette algarade, tant le style en est confus et l'écriture déplorable. J'avais du mal à mettre de l'ordre dans mes idées ; elles se bousculaient par foucades, s'envolaient alors que je tentais de les fixer et rien ne venait sous la plume de mon stylo que des banalités ou des outrances.

C'est à peine si je parvenais à donner toute mon attention au *Bonheur des dames*. Je repris ma lecture au troisième chapitre, celui qui commence par cette phrase : « *Chaque samedi, de quatre à six, Mme Desforges...* »

Qui était cette Mme Desforges ? Elle n'apparaissait même pas dans ma mémoire avec la transparence d'un fantôme. Je dus reprendre le roman à son début : « *Denise était venue à pied de la gare Saint-Lazare...* » Je l'avais oubliée elle aussi, cette Denise. Envolée dans la tourmente ! Fil à fil, je tressai de nouveau la trame de l'intrigue, recomposai l'image d'un Paris inconnu, aussi mystérieux que la capitale d'un autre continent.

Une lettre de Fabien m'apprit qu'il se trouvait à Tulle pour quelques jours.

Il avait retrouvé dans ce chef-lieu un ami, ancien collègue d'École normale : Marcel Champeix [1]. Ce « rebelle », comme lui socialiste et pacifiste, passait le plus clair de son temps libre à la rédaction d'un journal très surveillé par la censure.

Il m'annonçait qu'il serait de retour le surlendemain et tiendrait sa promesse de me ramener à Saint-Roch en voiture.

Et Cécile ?

Il en avait eu des nouvelles indirectement par une de ses collègues de Tulle : elle avait assisté à un congrès d'enseignants à Clermont-Ferrand durant une partie des vacances de Pâques. C'était une de ces *amicales*, caricatures de syndicalisme, qui ronronnaient sous le regard hostile des autorités, en attendant des lendemains de liberté.

Fabien m'écrivait :

Prépare-toi pour le grand voyage. Si le temps est beau nous roulerons décapotés, comme de nouveaux mariés pour leur lune de miel...

1. Devenu sénateur de la Corrèze et ministre. Décédé en 1993.

Ces dernières lignes, presque illisibles (il peinait toujours à écrire de la main gauche), me plongèrent dans le ravissement. Plaisantait-il ? Était-il sérieux ? J'osai une hypothèse hardie : et s'il allait me demander en mariage à la Maïré ?

Pour éprouver ma résistance, dans l'attente du départ, je demandai à l'infirmière l'autorisation de descendre une heure ou deux dans le jardin.

Elle m'y conduisit elle-même, me fit faire une courte promenade et m'installa sur un banc, enveloppée d'une couverture, au soleil, en compagnie de mon Zola. Le temps était doux et chaud comme le plumage des poules que j'attrapais aux Bories-Hautes pour que la Maïré les saignât, le matin des dimanches. Je meublais ma déréliction brumeuse d'impressions et de sensations qui me paraissaient nouvelles; je me recomposais un univers qui n'était plus tout à fait le mien mais où j'avais envie de nidifier pour une durée indéterminée. Peut-être pour toujours.

J'avais commencé le quatrième chapitre d'*Au bonheur des dames*, ce matin-là, lorsque j'entendis derrière moi un bruit de pas sur le gravier. Une main se posa sur mes yeux, une odeur de tabac me flatta les narines, tandis qu'une bouche m'effleurait le cou en murmurant :

– Devine qui est là ?

Fabien s'accroupit devant moi, son canotier rejeté sur la nuque. Il me demanda des nouvelles de ma santé, se réjouit de me savoir en bonne condition.

– Le carrosse de Cendrillon est avancé, me dit-il en se levant. J'arrive du bureau de la direction. Tu peux sortir dès maintenant. Aujourd'hui si tu veux. J'ai rempli le formulaire.

– Alors, aujourd'hui.

Il m'aida à préparer mes bagages, à m'habiller. Après avoir glissé un billet dans la poche de l'infirmière, il me dit :

– Nous déjeunerons dans une auberge que je connais. Nous serons chez toi vers... vers quatre heures en roulant sans faire de vitesse. J'ai eu quelque difficulté pour obtenir du carburant, mais on ne peut rien refuser à un invalide de guerre, à un *valeureux-défenseur-de-la-patrie*...

– Comment fais-tu pour conduire d'une seule main ?

– Ça n'était pas facile, au début, mais j'ai appris. Tu ne risques rien. Il n'y a que pour écrire que cette infirmité me gêne, mais je me débrouille avec ma machine.

Je n'avais eu que rarement l'occasion de voyager. La dernière fois, hormis mon trajet entre Saint-Roch et M..., avait été l'excursion au bord de la Dordogne, avec Cécile et Joffre. Ce serait ma première promenade en automobile.

Fabien tourna autour de sa voiture et me dit :

– C'est un cabriolet Hispano-Suiza, fabriqué en Espagne. Je l'ai acheté à un industriel parisien, ami de mon père. Il date de 1913. Je n'aime pas cette couleur rouge, trop voyante à mon gré, mais je n'avais pas le choix. Je crois que j'ai fait une bonne affaire. Elle a très peu roulé et le moteur est impeccable.

J'embrassai l'infirmière en lui promettant de lui rendre visite à mon retour mais j'ai oublié cette promesse, et même le nom de cette personne. Fabien chargea mon bagage, coiffa une casquette jusqu'aux yeux, emmitoufla mon visage d'un épais foulard de laine comme si nous allions affronter les solitudes glacées du Spitzberg. Nous démarrâmes au milieu des groupes de curieux, salués comme des altesses par le directeur de l'hôpital et l'infirmière.

Fabien consulta sa montre-bracelet et s'écria :

– En route, Cendrillon ! Le conte de fées commence.

Il fallait compter environ cent cinquante kilomètres de M... à Saint-Roch en passant par Tulle, mais le voyage me parut rapide. Trop rapide. La vitesse m'indisposait mais Fabien ne paraissait pas s'en apercevoir.

De temps en temps, il me lançait :

– Regarde le compteur ! Nous sommes à près de soixante-dix, mais rassure-toi, nous ne risquons rien : cette voiture colle à la route. Écoute le moteur. Il ronronne comme une fille qui fait l'amour. Une chanson que j'adore.

Les premiers cinquante kilomètres furent les plus pénibles. Loin de me griser, la vitesse faisait monter en moi une angoisse que je parvenais mal à maîtriser. Mes notions familières du temps et de l'espace éclataient, me projetaient au cœur d'un monde qui n'était pas le mien, que je redoutais comme si le gouffre qui risquait de s'ouvrir en haut d'une côte, à un tournant de la route, allait nous engloutir. Mes repères ordinaires s'étaient volatilisés.

Fabien, lui, paraissait parfaitement à l'aise : il ne cessait de chantonner et de plaisanter. Pour changer de vitesse, il s'appuyait de l'estomac contre le volant ; la voiture grondait comme dans un spasme puis, domptée, s'apaisait et se remettait à ronronner.

L'auberge dressait au bord de la route sa façade ancienne envahie par un manteau d'ampélopsis d'un vert tendre sous le soleil printanier.

– As-tu faim ? me demanda Fabien.

Depuis plusieurs jours l'appétit m'était revenu. Le repas était solide, savoureux, et je lui fis honneur ; j'acceptai de boire un demi-verre de bordeaux pur qui paracheva mon euphorie.

Fabien m'avoua qu'il avait passé dans cette auberge plusieurs week-ends avec Cécile.

– Des week-ends ?

– Des fins de semaine, si tu préfères. Nous arrivions le samedi soir pour ne repartir que le dimanche après-midi. Les chambres sont rustiques mais agréables, avec de belles vues sur la vallée.

Je concevais que ce n'était pas pour contempler le paysage que Cécile et Fabien avaient choisi cet endroit, mais je repoussais les images poignantes qui se dessinaient dans ma tête : Cécile nue dans la chaleur de l'été, allongée sur le lit, près de Fabien. Comme cet autre été, avec moi, près de la Dordogne...

– Eh bien, me dit-il en prenant ma main par-dessus la table. Qu'as-tu ? On dirait qu'un nuage vient de passer entre nous.

Il éclata de rire.

– Je comprends ! C'est parce que Cécile et moi... J'ai été maladroit. Il faut m'excuser. Je parle... Je parle... Tu sais : c'est fini entre elle et moi. Alors, tous ces souvenirs, aussi agréables soient-ils, c'est du vent.

Il ajouta, soudain grave :

– Il faudra apprendre à te méfier de la sensiblerie, ma

chérie. Les souvenirs gâtent parfois la vie. Si tu savais ce que j'ai vécu... là-haut... tu comprendrais. J'ai décidé de ranger au placard mes vieilles défroques sentimentales. Elles n'en sortiront pas de sitôt. Sans doute jamais.

Je ne pus retenir mes larmes. Il me prit par le poignet comme je me levais, plaisanta :

– Allons, reste ! Tu vois bien que j'ai besoin de toi pour couper ma viande !

Comme je m'exécutais en reniflant mes larmes, il ajouta avec émotion :

– Je crois avoir compris ce que tu ressens. Moi, en revanche, je suis incapable d'analyser les sentiments que j'éprouve pour toi. Tu m'as troublé : cela, c'est certain.

– Vraiment ?

– Vraiment.

– Je me demande ce qui a bien pu te troubler en moi. Je ne suis rien. Pas même jolie ! Et ne me dis pas que mes qualités intellectuelles t'ont séduit ! Je crois deviner tes intentions : tu veux t'amuser. Eh bien, je ne suis pas un jouet ! D'ailleurs tu ne te préoccupes guère de savoir ce que moi j'éprouve pour toi.

Il soupira en piquant un morceau de viande du bout de sa fourchette.

– J'en ai une vague idée, dit-il. C'est pourquoi je te mets en garde contre la sentimentalité, qui est une maladie de petite fille. Je ne vais pas m'engager dans une palinodie, revenir sur ce que j'ai dit et qui est *ma* vérité. Mais enfin, Malvina, nous nous connaissons à peine. Tu n'aimes pas ma compagnie ? Si ? Alors restons amis.

Il lâcha sa fourchette, reprit ma main d'un geste qui lui était familier, et me dit :

– Peut-être un peu plus qu'amis, si tu y consens. Veux-tu que je te dise ce qui, d'emblée, m'a plu chez toi ? D'abord tu n'es pas laide, loin de là. Certes, tu t'habilles mal, mais c'est sans importance. Je me fous que tu sois ou non intelligente, mais je sais que tu l'es. Tu es comme un oiseau au bord du nid, qui craint de se lancer pour un premier vol. Tu es... une page blanche où j'ai envie d'écrire. Quoi ? Je l'ignore, mais ça me tente. Je suis incapable de te dire que je t'aime parce que ça m'écorcherait la langue, mais je suis bien, là, près de toi.

Je lâchai imprudemment :

– Mme Grumbert est venue me rendre visite à l'hôpital. Elle m'a parlé de toi dans de mauvais termes. Elle te déteste. Et moi... je lui ai dit que je t'aimais.

– Tu as fait ça ? Nom de Dieu !

Je lui racontai toute la scène, ajoutant :

– Je crains qu'elle ne refuse que je revienne à l'école. Alors, qu'est-ce que je vais devenir ? J'irai travailler comme mes frères aux munitions, à Tulle ou à Bergerac, plutôt que de rester à Saint-Roch à « écraser les crapauds », comme dit ma mère.

– La Grumbert te reprendra, je t'en fiche mon billet ! Sinon ça bardera pour son matricule. Ma parole, elle se prend pour un tyran, cette vieille carne !

Après avoir bu deux cafés et un verre de cognac, Fabien était un peu gris quand nous sommes repartis. Il était excité au point qu'il faisait regimber la mécanique. Des manœuvres abusives et brutales faillirent nous jeter dans le fossé. Dans un virage, en descendant vers Tulle, il évita de justesse une vache qui traversait tranquillement la route.

Il entra dans Tulle en trombe, enfoui dans des pensées qui devaient être moroses. Le cabriolet s'arrêta peu avant Seilhac, au bord d'un étang. Il en descendit, souleva le capot pour « laisser respirer la mécanique », me pria de descendre à mon tour et me prit par la main.

– Une petite promenade à pied me calmera et nous fera du bien à tous deux. Je commençais à m'ankyloser.

Je sentais dans ma tête un bourdonnement de ruche en folie lorsqu'il m'entraîna vers la berge de l'étang, mais je le suivis sans réticence. Le sous-bois était tapissé d'herbe fine, de pervenches et de jacinthes sauvages.

– Asseyons-nous un moment, dit-il.

Il s'allongea dans l'herbe, sa casquette sur les yeux, sa manche vide entre lui et moi. Sous le soleil, au-delà d'une colonie de nénuphars, l'étang pétillait comme si des bancs de poissons en frisaient la surface. De l'autre côté, une forêt de conifères dressait une muraille impénétrable qui contrastait avec le friselis de l'eau.

Je crus que Fabien s'était endormi, quand il se tourna vers moi et me dit :

– Malvina, j'ai envie de t'embrasser.

Je n'osai me dérober, d'autant que la solitude, le silence, la chaleur me mettaient du vif aux joues et des élans au cœur. C'était la première fois qu'un homme m'embrassait. Il y mit beaucoup de délicatesse et d'application, ce qui me parut le signe d'une longue pratique de cet exercice de séduction. Je respirai sur ses lèvres l'odeur du cigare qu'il avait fumé à la fin du repas, mêlée à celle du cognac. Lorsque sa langue écarta mes lèvres, fouilla ma bouche, j'eus un recul, mais sa main se posa sur ma nuque et me retint. Je me sentais soudain comme à une frontière, en train de pénétrer dans un domaine étrange, délicieux, qui m'ouvrait des espaces de bonheur. Sa main caressait mes seins, ma taille, mes cuisses. Lorsqu'il tenta de la glisser sous ma robe, je le repoussai.

– Non, Fabien, laisse-moi. Il faut repartir.

Je redoutais ses protestations, ses sarcasmes peut-être. Il dit simplement :

– Tu as raison, ma chérie. Si nous voulons arriver à l'heure...

Le cabriolet se comporta vaillamment, et même avec une certaine allégresse sur les routes tortueuses du bas pays corrézien qui s'ouvrait devant nous comme un coupon de soie sous le ciseau, dans le feulement de la vitesse.

Fabien tint à faire un détour par Meyssac pour voir l'école où j'avais passé mon examen de certificat d'études, et par Collonges, pour admirer les castelets de pierre rouge sous leurs écharpes de treilles.

Il s'écria, comme nous abordions un carrefour :

– Saint-Roch : dix kilomètres ! Nous y serons dans dix minutes.

Je n'étais pas revenue au pays depuis les dernières grandes vacances, au cours desquelles je n'avais guère eu le loisir de me promener, occupée que j'étais par les travaux des champs, auxquels je ne pouvais décemment me soustraire.

Le pays avait changé : quatre années de guerre avaient développé des jachères là où jadis s'étendaient des champs et des pacages. Les arbres fruitiers que l'on négligeait d'entretenir n'étaient riches que de verdure. Certaines vignes étaient à l'abandon. Pourtant, Dieu sait que le vin de nos collines est apprécié.

– Les Bories-Hautes, dis-je, c'est cette ferme, là-haut.

Nous arrivions au bas du bourg. Sur la crête de la colline les arêtes du château paraissaient peigner les nuages. Comme nous entamions la côte abrupte, je me disais que j'aurais aimé revoir la fille des châtelains, Isabelle de Bonneuil. L'année du certificat, elle m'avait ouvert, avec celle de son château, la porte de son amitié. J'étais sans nouvelles depuis plus de trois ans.

La Maïré eut du mal à me reconnaître.

Elle se tenait sur le seuil, bien mise, ma foi, avec son *devantal* tout propre sur sa jupe noire, son bonnet blanc qui laissait à peine dépasser une chevelure poivre et sel. Le chien l'avait alertée : un corniaud trouvé sur une route, abandonné par des fermiers partis pour la ville ; il remplaçait le vieux chien dont Hugo avait fait éclater la cervelle d'un coup de fusil parce qu'il était devenu inutile.

– *Chen* ! lança ma mère. *Taisas te*[1] !

J'étais curieuse de connaître sa réaction. Elle m'avait rendu visite à l'hôpital par convenance, poussée sans doute par Hugo. Je baignais alors dans la fièvre et l'inconscience. Elle n'était pas revenue et n'avait pas daigné prendre de mes nouvelles.

Je n'attendais pas de démonstration d'affection, de larmes de joie. Elle resta debout sur le seuil, déhanchée, garnissant de sa corpulence l'espace de la porte, les mains dans le dos, le visage figé.

– *E diable* ! fit-elle. *Ques tu* ? *Que fas ati*[2] ?

J'effleurai du bout des lèvres sa joue froide.

– Je suis guérie, mère, et je viens vous demander la permission de passer quelques jours de convalescence près de vous, si ça ne doit pas vous déranger.

– Tu es ici chez toi, me dit-elle.

Elle lança un regard soupçonneux à Fabien qui se tenait appuyé à l'automobile en fumant la pipe, qu'il faisait alterner avec le cigare.

– *Qui co es quel ome*[3] ? dit-elle.

Je faillis répondre que Fabien était mon *fiancé*, mais je préférai lui dire la vérité :

– Un ami de Cécile, un ancien de l'École normale. Il est invalide de guerre. Il s'appelle Fabien Thibaud.

Elle parut soudain se prendre d'intérêt pour ce *monsieur* et claironna de cette voix suraiguë dont elle use pour appeler les bestiaux :

1. Chien ! Tais-toi !
2. Eh, diable ! C'est toi ? Que fais-tu ici ?
3. C'est qui, cet homme ?

– Finissez d'entrer, monsieur Fabien. Vous prendrez bien quelque chose...

Je retrouvai sans plaisir l'odeur aigre de la suie, celle des *cabécous* qui séchaient, suspendus au-dessus de la table, dans un garde-manger, à cause des mouches. La présence de Hugo avait imposé à cet intérieur des notions d'ordre et de propreté étrangères à ma famille d'aussi loin qu'il m'en souvienne. La Maïré avait même placé dans un coin du *cantou*, en face du coffre à sel, une sinistre cuisinière de fonte noire, insolite dans ce cadre. Le sol, déserté par le chien, les poules et les cochons qui, naguère, s'y promenaient et déféquaient en toute liberté, était propre, les dalles de pierre qui le composaient brillantes comme du marbre. La grande table de chêne était recouverte d'une toile cirée à fleurs, propre mais hideuse, et je regrettais que l'on eût occulté les graffitis que j'y gravais de la pointe de mon couteau et les trous qui servaient à casser les noix lors des séances d'énoisage de la veillée.

– Vous allez me goûter ça, monsieur Fabien! glapit la Maïré en ouvrant le buffet qui, nettoyé de sa crasse, brillait comme un meuble d'antiquaire.

Je redoutai qu'elle lui servît de notre vin qui, en cette saison avancée, devait avoir l'apparence brumeuse et le goût acide du *traulhadis*, cette piquette de pauvre; il se conservait mal, notre vin, peu riche en alcool qu'il était, mon père et Pierre n'ayant ni goût ni compétence pour la vigne.

Elle posa sur la table une bouteille de liqueur de genièvre, proclama :

– C'est de ma composition! Le genièvre vient du Puy-Faure, là-bas, en face. Je l'ai préparée avec notre moût. Tous les soirs, j'en bois un petit verre. C'est bon pour la santé et ça aide à dormir.

Je demandai où se trouvait Hugo. Il sarclait les patates.

– Ne le dérangez pas, dit Fabien.

– Si... si..., dit ma mère. Il serait fâché de ne pas vous avoir vu.

Elle reprit sa voix de trompette pour l'appeler depuis le seuil. Hugo rappliqua avec nonchalance, l'échine basse, son bigot sur l'épaule. Si la Maïré avait grossi, lui semblait encore plus maigre et plus sec qu'avant. Il salua poliment la compagnie et alla se laver les mains à la *couade* [1], dans la bassière, avant d'ôter son béret, de serrer la main de Fabien et de m'embrasser. Il n'eût pas été déplacé dans un groupe de paysans corréziens, n'était son accent : il était vêtu des défroques du pauvre Pierre, dans lesquelles il paraissait flotter.

Je fus surprise de les entendre parler, lui et Fabien, en allemand. Il était question de *Kartoffeln*, de pommes de terre, et de la façon de les cultiver.

– Bois, toi aussi, me dit la Maïré, ça peut pas te faire du mal. Alors, te voilà tirée d'affaire. Depuis la dernière fois que je t'ai vue, à l'hôpital, tu t'es bien *remplumée*. Je crois bien que je t'aurais pas reconnue.

– Et vous, mère, vous avez un peu grossi, il me semble, mais ça vous va bien.

– Pauvre... c'est pourtant pas ce que je mange. Je crois que c'est l'âge. Il faut dire aussi que je me la coule douce depuis que le *Prusco* est arrivé. Sans lui je vendais ma ferme, mes bêtes, et je me faisais bonne chez le curé.

– Vous êtes contente de Hugo ?

– Pour ça, oui ! Une perle... Et pas *feignasse* comme d'autres que je connais. Il me gagne des sous. C'est pas le Pérou, mais on est à l'aise.

Je demandai des nouvelles de mes frères. Ils travaillaient aux munitions, l'un à Tulle, l'autre à Bergerac, et

1. Godet de bois ou de métal, avec un bec, qui sert à se laver les mains ou à boire. On le plaçait sur le bord du seau, dans la bassière voûtée où se trouvait l'évier.

s'étaient fait exempter du service militaire, plus utiles là où ils étaient qu'au front, où ils auraient fait de piètres soldats. Ils n'étaient pas dans le besoin : ils gagnaient entre vingt et vingt-cinq francs par jour. Pas de quoi faire bombance tous les jours, mais l'aisance et la sécurité assurées.

La Maïré ajouta avec une grimace :

– L'André est venu dimanche nous présenter sa fiancée, une jeunesse. Ils viennent régulièrement, lui et son frère. Ils mangent et repartent avec des provisions qui leur coûtent pas cher. On peut dire qu'ils s'en font pas, ces deux-là ! La belle vie, pendant que d'autres, comme mon Pierre, se font trouer la peau.

Pierre... Sa photo trônait dans un cadre de bois blanc, sur la traverse de la cheminée : le calot sur l'oreille, un sourire sous les moustaches de poilu qu'il s'était laissé pousser pour se conformer à une mode qui n'avait pas duré.

La Maïré essuya une larme avec le bas de son *devantal* et me dit tout bas :

– Il revient de la guerre, *ton* Fabien ? C'est là qu'il a perdu son bras ou c'est de naissance ?

– A la guerre. C'est un grand blessé, un héros.

Elle hocha gravement la tête, impressionnée, répondit :

– Il paraît bien honnête et il doit avoir *de quoi*. Cette automobile... ce costume...

– Il est pensionné de guerre et son père est fonctionnaire à la retraite. Lui, il était à l'École normale, dans la banlieue parisienne, en troisième année, quand il a été mobilisé.

– Foutre... Un Parisien...

Elle se tourna vers Fabien, lui lança d'une voix puissante :

– Dites, monsieur Fabien, vous resterez bien manger un morceau avec nous, ce soir ?

– Ça ne serait pas de refus, madame Delpeuch, mais la nuit tombe vite en cette saison et, le temps de trouver un hôtel...

– Un hôtel ? dans le pays ? Il y avait celui d'Abouly et Sol, à Meyssac : l'hôtel du Midi, mais il est fermé depuis le début de la guerre. Vous faudrait aller à Beaulieu, à Brive ou à Tulle, mais ça fait loin. Alors, si vous voulez rester coucher... Ce sera à la bonne franquette. Le *Prusco* vous préparera un lit.

J'aidai le *Prusco* à mettre draps et couverture sur le lit où je couchais jadis avec mes frères, où j'étais née sans doute, Flavie se contentant d'une paillasse. Flavie... Je revins vers la Maïré pour lui demander des nouvelles de ma sœur.

– La Flavie ? Pauvre, je la vois plus ! s'écria-t-elle. Elle est toujours lingère chez les sœurs, à Meyssac. Elle se ferait nonne que ça m'étonnerait pas. Rien, je te dis ! Pas même un mot d'écrit pour le 1er janvier.

A moi non plus, Flavie n'écrivait pas, ce qui m'épargnait la corvée de lui répondre, et pour lui dire quoi ? La petite couturière souffreteuse qui toussait sur ses travaux d'aiguille, dans des fermes perdues, m'avait à diverses reprises manifesté son affection, mais c'était de ces sentiments de façade qui naissent et se défont comme des toiles d'araignée. Nous vivions dans deux mondes si différents que toute velléité de rapprochement eût été inutile et dérisoire. J'en gardais néanmoins une sorte de remords. Pour le Nouvel An, je lui avais adressé une carte de vœux en couleurs, avec de la dentelle de papier ; elle n'y avait pas répondu.

Hugo avait badigeonné la chambre au lait de chaux, décapé les poutres, nettoyé la commode et l'armoire.

Je fis signe à Fabien de me rejoindre. En ouvrant le

tiroir de la commode, je venais de retrouver la boîte de pastilles Valda contenant d'humbles trésors d'écureuil : quelques glands et un marron d'Inde racornis, un collier de petites pierres bleues : un *tessenou* porte-bonheur, deux ou trois bons points et...

– Regarde, Fabien.

– C'est quoi, ces épluchures ?

– Ce qui reste du cadeau le plus extraordinaire que j'aie jamais reçu : une orange, une orange de Noël.

Les fragments d'écorce avaient conservé un peu de leur odeur acide, après plus de quatre ans. Si l'envie m'avait prise de retrouver les pistes secrètes qui menaient à ma cachette, dans la partie ruinée du château des Bonneuil, qui peut dire si je n'aurais pas découvert d'autres trésors ?

Fabien remisa le cabriolet dans la grange.

Avant le repas que nous préparait la Maïré, nous nous promenâmes à travers champs et dans le bourg où personne ne parut me reconnaître, sauf la Noémie Farges qui me salua de derrière sa vitrine ; elle avait pris des cheveux blancs et son mari était revenu de la guerre avec une jambe en moins.

Fabien tint à voir nos vignes. Hugo nous accompagna. Elles étaient parfaitement entretenues. Le chien, qu'il appelait Kaiser, nous tint compagnie et, en notre honneur, compissa chaque pied de vigne en bordure.

Le repas du soir, pris à la chandelle (on ne trouvait plus de pétrole lampant depuis des mois), se borna à une conversation, tantôt en français, tantôt en allemand, entre Fabien et le *Prusco*. Hugo avait fait des progrès : il parlait un français presque correct qu'il améliorait constamment ; il allait boire l'apéro le dimanche chez la Jeanne et passait des heures, l'après-midi de ce même jour, à jouer aux quilles sur la place avec les paysans devenus ses amis.

Fabien coucha dans le lit Louis-Philippe et moi sur la paillasse de Flavie près de la cuisinière car, malgré la canicule précoce qui avait succédé aux gelées de printemps (les *traluz*), les nuits étaient fraîches et j'étais encore fragile.

Fabien repartit dans la matinée, après avoir résisté aux instances de la Maïré qui aurait aimé garder deux ou trois jours de plus un *monsieur* de sa qualité, qui lui faisait honneur.

Il me serra contre lui, m'embrassa sur les lèvres et me dit dans un souffle :

– Depuis que nous sommes arrivés, j'ai l'impression de mieux te connaître. Cette maison, ce paysage, c'est un peu de toi, et, à présent, c'est aussi un peu de moi. Lorsque je penserai à nous, je te verrai devant ta maison des Bories-Hautes, comme une photo dans son cadre.

Un frisson me parcourut : il parlait comme si nous ne devions jamais nous revoir. Je m'enquis de ses projets.

– Que vas-tu faire à présent ? Revenir chez ton oncle ? Aller retrouver Cécile et reprendre tes relations avec elle ?

Il sursauta, répondit :

– Cécile ? Tu plaisantes. Je vais aller passer quelques jours chez mon père, en Bregagne, à Saint-Michel-en-Grèves, dans les Côtes-du-Nord. Il a une maison au bord de la mer, en haut d'une falaise. Si j'arrive à trouver du carburant pour mon cabriolet ! Je resterai absent une quinzaine environ, mais je t'écrirai.

– Souviens-toi que tu ne peux pas m'écrire à l'École. Tes lettres seraient interceptées et ouvertes par la directrice. Elle ne badine pas avec la correspondance clandestine.

– Mes premières lettres te parviendront ici, ensuite chez mon oncle, qui trouvera un moyen de te les faire parvenir. Si la mère Grumbert te crée des ennuis, confie-toi à mon oncle. Il sait comment la prendre, ta *Jézabel* !

Il me parla de Hugo :

– Je crois qu'il ne repartira pas. Sa nouvelle existence lui convient.

Chez lui, en Bavière, ses parents et sa femme le traitaient comme un esclave, et il n'était guère plus heureux dans sa fabrique de la banlieue munichoise. Aux Bories-Hautes, il était son maître.

Il tendit vers moi son bras valide, me demanda d'enlever sa montre-bracelet, sans doute pour la mettre à l'heure ou la remonter comme je l'avais fait la veille.

– C'est pour toi, dit-il. Garde-la.

– Mais, Fabien, je...

Il secoua la tête.

– J'ai dans mes bagages ma vieille montre : celle de ma mère. Elle me suffira.

Un stylo avec une plume en or... Une montre... C'étaient presque des cadeaux de fiançailles. Ou d'adieu. Fabien ne paraissait pourtant pas affecté outre mesure par cette séparation. Moins que moi en tout cas.

Je lui rendis son baiser en lui disant :

– Fabien... Es-tu certain que nous nous reverrons ?

Il éclata de rire, me fit tourner sur place comme pour amorcer un mouvement de valse, puis, me fixant d'un regard intense, me jeta :

– Pourquoi cette question ? Douterais-tu de ma parole ?

– Tu as simplement dit que tu m'écrirais. Pas que nous nous reverrions.

– Je t'écrirai pour te dire la date de mon retour. Est-ce que ça te va ?

– Quinze jours... Ça va me paraître bien long.

– Peut-être plus long que tu ne penses. Au retour de Saint-Michel, je m'arrêterai à Paris pour tâcher de trouver une situation dans la presse. Je ne peux tout de même pas vivre de mes rentes, à mon âge et avec mes principes...

Je m'étais fait une obligation de rendre visite au maire. Je m'y rendis le lendemain du départ de Fabien, en compagnie de Kaiser, qui s'était pris d'affection pour moi et quémandait sans se lasser les caresses dont la Maïré et Hugo devaient le sevrer.

Je trouvai le père Joffre à la mairie, qui n'avait pas encore trouvé place dans les nouveaux locaux de l'école communale, entre la classe des filles et celle des garçons. Il était assis à son bureau : quelques planches sur des tréteaux.

– Je ne vous dérange pas, monsieur le maire ?

– Entre, petite ! Tu sais que tu ne me déranges jamais et que je suis toujours content de ta visite. J'ai appris que tu avais eu la grippe espagnole et je constate que tu t'en est bien tirée. La garce ! Elle a fait trois morts dans la commune : la mémé Bernède, du Moulin, le Babeu qui était l'idiot du village (tu te souviens ?), Valette, le bedeau-tisserand... Ils s'ajoutent aux soldats morts sur le front : une dizaine déjà, et ça menace de continuer. Saloperie de guerre !

Il avait, depuis quelques mois, pris un coup de vieux,

comme on dit. Il suait l'accablement par tous ses pores. Il me désigna l'unique chaise destinée aux visiteurs, me demanda si ma maladie ne m'avait pas trop retardée dans mes études. Je le rassurai : d'ici une semaine, deux tout au plus, j'aurais regagné l'École normale. D'ailleurs j'avais emporté livres et cahiers et me proposais de travailler plusieurs heures par jour.

Il toussa lourdement, boutonna le col de sa chemise et se mit à rouler une cigarette.

– Je devrais pas, dit-il. Le tabac... à mon âge et avec mon emphysème... Si tu entendais les scènes que me fait ma femme... C'est seulement ici que je peux fumer tranquillement. C'est pas du fameux tabac. Du caporal pour la troupe...

Secoué par une quinte de toux, il cracha dans la corbeille à papier, alluma sa cigarette au briquet de cuivre fait à partir d'une balle, et me dit, en éparpillant des feulements d'emphysème autour de lui, que, depuis le début de l'année scolaire, ses activités s'étaient allégées.

L'institutrice, qui s'appelait Irène Rivaud, était une jeunesse, guère plus âgée que Cécile quand elle avait occupé ce premier poste. Elle avait deux frères à la guerre et s'était érigée en symbole de l'arrière conscient et actif.

Elle avait accepté, sans se faire prier, d'annoncer aux familles les décès au champ d'honneur des soldats de la commune, et procédait à cette corvée avec une aisance d'employée des pompes funèbres.

– Ça me tire une belle épine du pied, me dit Joffre. Et puis c'est mieux que ce soit une femme qui s'en occupe.

Cette Irène Rivaud était une perle rare : le factotum rêvé pour un premier magistrat rural.

Bécharel ayant été mobilisé, Irène n'avait pas rechigné à passer le tambour pour les annonces du dimanche, au sortir de la grand-messe. Elle n'avait pas la force nécessaire, sinon elle aurait repris les tournées de nuit du garde-chasse destinées à surprendre les braconniers, ou aurait préparé la popote des hommes qui surveillaient les voies. Et naturellement, car cette fonction était une priorité, elle tenait le secrétariat de la mairie. Elle aurait fait office de facteur si Jeanne, la cabaretière, ne s'en était chargée.

Joffre ajouta en riant :

– Si je la laissais faire, cette bougresse, elle présiderait à ma place les réunions du conseil municipal. Je dois freiner son zèle, mais elle se moque de mes remontrances. Le vétérinaire de Meyssac l'a trouvée en train de faire vêler une vache, le bras jusqu'au coude dans la matrice. Quand le médecin tarde à venir, c'est elle qu'on vient chercher, souvent en pleine nuit. Elle me rappelle, pour l'énergie, ton institutrice à toi. Elle s'appelait...

– Cécile Brunie.

– Cécile... Fallait voir comment elle tenait tête au curé Brissaud ! Au fait, tu sais qu'il est mort ? Personne ne le regrette, sauf peut-être quelques *menettes*. C'était un vilain monsieur.

– Et Mlle Perrier, cette sainte fille : la directrice de l'école congréganiste ?

– Elle a été déplacée, et elle est bien près de prendre sa retraite. L'an dernier, elle n'avait plus que cinq élèves. Ça suffisait pas à faire vivre l'école. D'ailleurs, avec Irène, elle avait affaire à forte partie. Devant elle, notre jeune curé a dû baisser pavillon. Depuis, plus d'histoire avec les horaires du catéchisme, comme dans le temps. C'est Irène qui dicte sa loi. Un véritable petit soldat de la laïque...

Cette *pasionaria*, il me tardait de la connaître, mais je décidai de patienter, car j'avais encore beaucoup à apprendre de ma commune. Joffre m'en informa.

– Tu as dû trouver bien du changement, me dit-il, depuis des mois que tu n'es pas revenue à Saint-Roch. Moi-même j'en découvre presque chaque jour. L'exode que nous avons connu en 14 continue et même s'accélère. Les hommes, n'en parlons pas : tous à la riflette ! Il ne reste que des vieux, des malades, des bons à rien qui pourraient même pas servir dans l'intendance, des enfants et des femmes. Les femmes... La plupart d'entre elles, les jeunes, sont devenues des *munitionnettes*, comme on dit. La plupart travaillent à Tulle ou à la poudrerie de Bergerac. Payées comme des fonctionnaires !

La désertification de nos campagnes m'avait attristée : propriétés à l'abandon, troupeaux réduits à quelques têtes, silence poignant... Tous les propriétaires n'avaient pas eu, comme la Maïré, la chance de tomber sur un travailleur infatigable, consciencieux et honnête comme Hugo.

– Les femmes..., répéta Joffre. Que veux-tu ? Elles sont trop bien payées à l'usine pour retourner à la terre. Elles mènent la belle vie, vont au restaurant et au cinématographe. Résultat : on ne manque pas de munitions, mais la production agricole a chuté presque de moitié. On manque de blé, de viande, de vin, de sucre, de combustible. De tout... Ce qui m'inquiète, petite, c'est lorsque la guerre sera terminée et qu'elles devront reprendre le manche de la charrue, après les mauvaises habitudes qu'elles auront prises en ville. Je devrais pas te le dire, mais certaines, les garces ! ont des amants. Qu'elles tombent enceintes et tu vois le drame...

Ceux et celles qui avaient choisi de rester à la terre n'étaient pas dans la misère : leurs produits avaient renchéri et, si le prix du matériel nécessaire à la production et les articles de la vie courante étaient montés en flèche, les bénéfices avaient suivi.

– J'en connais pas loin d'ici, dit Joffre, qui ont un bas de laine bien rempli. Le marché noir, petite... Une mine d'or ! Qui pourrait le leur reprocher ? Eux, du moins, ils travaillent, alors que tant d'autres amassent des millions sur le dos du pauvre monde.

Les gens de Tulle et de Bergerac, responsables des fabriques, mettaient les campagnes en coupe réglée. Ils placardaient dans toutes les communes des affiches demandant de la main-d'œuvre, assorties de promesses mirifiques. Avec l'assentiment du maire, Irène Rivaud les arrachait au fur et à mesure.

– Ma petite, si nous les écoutions, ces négriers, il n'y aurait plus personne de valide à Saint-Roch et nous crèverions de faim.

Je me levai pour prendre congé. Joffre resta assis, comme incrusté à son fauteuil, masse gélatineuse et grisâtre de fatalité, d'amertume et de fatigue. Il eut un sourire pour me dire :

– Eh bien, petite, tu en as une belle montre-bracelet. Elle ressemble à celle que les officiers portent dans les tranchées. C'est ton galant qui t'en a fait cadeau ?

Il était déjà au courant, le bougre.

J'arrivai à l'école primaire de Saint-Roch dans le tumulte de la récréation.

On avait bitumé la route, drainé et asséché le marécage qui s'étendait derrière l'école et d'où, le soir, montaient les chœurs amoureux des grenouilles et des crapauds. La façade avait été recrépie peu après mon départ, mais déjà les gouttières mal ajustées y avaient laissé des coulées grises. Mon tilleul était toujours debout, mais, à travers la verdure neuve d'avril, je ne voyais plus trace du nid de planches d'où j'observais Cécile, nouvelle venue à Saint-Roch, porteuse d'un mystère redoutable de fille de la ville, et les petits paysans au crâne ras auxquels je n'allais pas tarder à me mêler.

Il me semblait encore, alors que je traversais la route, entendre la voix de Cécile : « Eh bien, Marie, vas-tu laisser Rachel en paix ? » « Eugène, tu sais que j'ai interdit qu'on joue avec son couteau pendant la récréation ! »

Irène Rivaud mit sous son bras le livre qu'elle était en train de lire, une expression de surprise sur le visage. C'était une fille longue et mince, avec une face ingrate, au nez lourd, aux paupières épaisses, à la bouche en lame de couteau.

Alors que les élèves venaient, en me voyant paraître, d'interrompre leurs jeux, elle cria machinalement, d'une voix de vieille girouette :

– Silence, les enfants ! Découvrez-vous !

Les enfants, garçons et filles, restèrent figés dans leur mouvement, comme dans le jeu des statues où l'on doit, sur un signe, garder l'immobilité.

– Bonjour, mademoiselle, dit Irène Rivaud. Que puis-je pour vous ?

La voix était sèche. Je constatai que ce que j'avais pris pour un livre était en réalité un dossier administratif. Je me présentai ; elle me dit qu'elle avait entendu parler de moi.

– Malvina... Malvina Delpeuch... Ainsi c'est vous, le petit phénomène d'il y a trois ou quatre ans. La « miraculée » ! Je suis heureuse de vous rencontrer. Faisons quelques pas, voulez-vous ?

– Si je ne vous importune pas...

– Pas le moins du monde. Au contraire !

Ce pas de promenade, il est le même dans toutes les écoles : du portail aux latrines aller et retour, avec parfois des arrêts de quelques secondes pour permettre de donner plus de relief à un épisode de la conversation ou pour mieux réfléchir. Irène Rivaud scandait notre promenade, qui outrepassa le temps imparti à la récréation, d'injonctions péremptoires : « Louis, cesse de tirer les nattes de Denise ! » « Antoine, tu es resté bien longtemps aux cabinets ! » Rien ne lui échappait.

– Il faut les avoir constamment à l'œil, ces petits brigands, dit-elle.

– M. Joffre m'a parlé de vous, dis-je. Il ne tarit pas d'éloges sur votre activité. Vous avez, semble-t-il, une sorte de don d'ubiquité. Comment faites-vous ?

Elle secoua la tête d'un air de commisération, le dossier administratif serré à deux bras sur sa maigre poitrine.

– Ce pauvre Joffre, dit-elle à voix basse. Un fossile... Il ne sait que gémir et ne s'occupe plus de rien. Zéro !

Elle lui jetait une note avec la même autorité qu'en présence de sa classe.

– Voyez-vous, dit-elle, il a fait son temps, ce pauvre homme. Il se noie dans un verre d'eau et, s'il devait compter sur son adjoint et ses conseillers, rien ne se ferait. Alors c'est sur moi, le factotum, que tout retombe. Je ne m'en plains pas trop. J'aurais aimé faire carrière dans l'administration. La corvée, c'est lorsqu'il faut aller prévenir les familles qu'on a reçu un télégramme officiel les concernant. Mais, que voulez-vous, il faut bien s'en accommoder...

Elle alla tirer l'oreille d'un garnement, revint vers moi, ajusta son pas au mien et poursuivit :

– Je mène la guerre à ma manière, en faisant face, en réglant les problèmes que les hommes compétents ne sont plus là pour résoudre, je m'occupe des nouvelles générations. Les enfants... Regardez-les : ils jouent à la guerre, et tous veulent être du côté des Français, des Anglais et des Américains, jamais des Boches !

Une vague déferlante de cris m'apprit que les Américains venaient de prendre un nid de mitrailleuses ennemies. J'entendais hurler : « Ta... ta... ta... A l'assaut ! Boum... Boum... Tu es mort ! Non, c'est toi ! »

Irène souffla dans le sifflet à roulette qu'elle portait en sautoir sur sa blouse noire.

– Suffit, les enfants ! cria-t-elle. Rassemblement ! Les garçons à droite, les filles à gauche ! Et en silence, je vous prie ! Nous allons chanter *Les Enfants de la Corrèze* en l'honneur de Mlle Malvina Delpeuch qui vous a précédés dans cette école et qui sera bientôt une institutrice de la République.

Elle ajouta à mon intention :

– C'est un hymne que j'ai écrit, musique et paroles. Attention : une... deux...

Nous, les enfants de la Corrèze
Nous répondrons avec ardeur
De notre cœur plein d'allégresse
A l'appel du clairon vainqueur...

A la fin du dernier couplet *(Nous sommes enfants de la guerre / Nous sommes enfants de l'espoir...)*, je ne pus faire moins que d'applaudir et de complimenter l'auteur, avec une nuance d'ironie qui lui échappa. Elle me confia que l'orphéon municipal de Beaulieu avait mis cet hymne à son répertoire et me glissa à l'oreille :

– Certains, certaines surtout, dans cette commune, jugent que je fais du zèle, mais si la guerre dure encore longtemps, ce qu'à Dieu ne plaise, ces enfants y seront préparés. Qu'en dites-vous, Malvina ?

Sa question me prenait de court. Je répliquai par une hypocrite banalité :

– Si, avant 14, on s'était inspiré des méthodes que vous appliquez, la guerre serait peut-être finie depuis longtemps.

Elle me regarda avec un sourire étiré aux limites de l'émotion, m'embrassa, me jeta :

– Vous, au moins, vous me comprenez ! Revenez me voir, nous parlerons...

La première lettre de Fabien me parvint au début de la semaine qui suivit.

Il avait pu, en exhibant ses états de service et ses blessures, obtenir le carburant nécessaire pour son voyage en Bretagne. Il resterait une semaine à Saint-Michel, auprès de son père qui ne supportait plus l'ambiance du Paris de la guerre : ses fêtes, ses défilés, son égoïsme outrancier. La villa dominait le golfe du haut d'une falaise rongée par la mer.

La lettre disait :

Je me suis baigné hier à marée haute. La mer était froide mais je l'aime ainsi. Elle est pour moi comme une présence, comme l'approche d'une femme qui murmure avant l'amour. Elle arrive vague après vague, gronde sur les rochers de Beg-am-Form, se retire. Dès le matin, je me poste devant ma fenêtre et j'attends qu'elle revienne. Cette mer présente à tous nos rendez-vous me parle de toi. Parfois il me semble qu'elle emprunte ta voix et ta présence. Je me plonge nu en elle comme dans une petite mort. Mais mourir ainsi, loin de toi, je m'y refuse...

Il fallait en convenir : c'était bel et bien une lettre d'amour. Il y en avait trois pages, tapées à la machine, sur papier bleu. Cela m'impressionna et me ravit, autant sinon plus que le contenu, qui était prétentieux et ne me touchait guère : c'était la première fois que je recevais une lettre avec mon nom tapé à la machine sur l'enveloppe et répété dans le texte.

– Encore une lettre! me jeta la Maïré. Dis donc, il pense à toi, ton galant. C'est pour quand, le mariage? J'espère que nous allons bientôt *manger noces*!

Je répondis froidement :

– Il n'y aura pas de mariage.

– Ce serait dommage. Un si beau parti... Pourquoi?

– J'ai mes raisons.

Elle dut se contenter de cette réponse sibylline. J'étais bien décidée à mettre un terme à cette conversation qui me replongeait dans mes doutes et m'exaspérait, mais j'ajoutai, la voyant peinée :

– Fabien est adversaire du mariage. Il veut préserver sa liberté.

La Maïré se mit à tournicoter autour de moi, s'appuyant au bord de la table, en un mouvement qui avait la forme d'un point d'interrogation. Pour éviter un nouvel assaut je me retirai dans ma chambre où Hugo, avec une vieille porte et deux tréteaux, avait dressé une table sur laquelle j'avais rangé livres et cahiers.

J'étais mécontente de moi. Qu'étais-je allée raconter à ma mère ? Qu'est-ce qui pouvait me laisser aller à affirmer avec une telle assurance que Fabien était soucieux de garder sa liberté au point de renoncer au mariage ? Qu'irait-elle s'imaginer ? Sans doute que nous étions amants. Cela me vaudrait sûrement une scène.

Elle se produisit le soir même, à la chandelle, autour de la grosse soupe de seigle et le *chabrol* auquel Hugo s'était converti de bonne grâce.

– Si vous voulez pas vous marier, dit ma mère, pourquoi qu'il t'écrit, *ton* Fabien ? Vous couchez ensemble, pas vrai ? Comme le Jules Ponchet et la Marie Puyjalon, la fille de la postière ?

J'avais eu vent de cette affaire avant mon départ de Saint-Roch, l'année passée : elle avait fait scandale dans le clan des menettes, et le couple illicite avait, sans autre forme de procès, été mis au ban de la société. De telles turpitudes, au nez et à la barbe du nouveau curé ! C'eût été l'abbé Brissaud, il eût tonné en chaire, foudroyé les coupables. La mesure avait passé les bornes lorsque l'on avait appris que la Marie était enceinte.

Je protestai avec une sourde véhémence :

– Eh bien, quoi ? S'ils sont heureux ensemble...

– C'est pas *propre* ! C'est tout ce que j'ai à dire.

Je décochai avec un mince sourire la flèche du Parthe :

– Tu connais l'histoire de la paille et de la poutre ? Tu vois la paille qui est dans l'œil de ton voisin, mais pas la poutre qui est dans le tien.

Elle fronça les sourcils, laissa tomber sa cuillère dans sa soupe, se tourna vers Hugo qui courbait la tête en lampant avec bruit, et elle murmura :

– Qu'est-ce qu'elle veut dire, cette *bestiasse* ?

La moutarde me monta au nez.

– Je veux dire que toi et Hugo, vous vous moquez bien de ce genre de conventions morales. Vous n'êtes pas mariés et vous couchez ensemble, non ? La femme de Hugo, si elle l'apprenait, tu crois que ça lui plairait ?

J'attendais l'orage. Il éclata :

– *Milladiou de milladiou* ! Tu te permets de faire la morale à ta mère ? Hugo ! Tu te rends compte ? Elle couche sous mon toit, elle mange mon pain et elle vient me donner des leçons ! C'est ça qu'on t'apprend à l'École normale ? A pas respecter ta famille ? Je vais écrire à ta directrice, lui dire ce que je pense !

Pauvre femme, qui savait à peine signer de son nom...

– Malvina a raison, dit Hugo. *Ach* ! on peut pas reprocher aux autres ce qu'on fait soi-même.

L'orage se déplaça sur la tête du domestique qui, pour le coup, repoussa son assiette et renonça au *chabrol*.

– Tu prends son parti, toi que je nourris ? Si tu veux revenir casser les cailloux sur les routes, faut le dire ! Tu prends ton barda et tu fous le camp ! Je saurai bien me débrouiller toute seule.

C'en était trop. Je me levai, jetai ma serviette sur la table.

– *Ente vas* ? glapit la Maïré. Te coucher ? Finis au moins ta soupe !

– Je n'ai pas faim. Il faut que je prépare mon barda, comme tu dis.

– Tu nous quittes déjà ? dit Hugo.

– Si je vous quitte, c'est qu'on ne veut plus de moi dans cette maison.

J'étais occupée à ranger livres et cahiers dans mon cartable quand la Maïré entra dans ma chambre. Non comme une tornade mais comme un vent coulis. Elle resta quelques secondes plantée devant moi, adossée au chambranle.

– Si c'est pour la vaisselle, dis-je, je m'en occuperai, comme d'habitude.

– S'agit bien de la vaisselle ! Je voulais... je voulais te dire de rester. Tu me connais. Je parle... Je m'emballe... Faut pas m'en vouloir, c'est dans mon caractère. Si Hugo était aussi susceptible que toi, il y a longtemps qu'il aurait foutu le camp.

Elle s'approcha de moi, tenta de me prendre dans ses bras, ce qui lui était arrivé à de si rares occasions que je ne m'en souvenais pas. Elle n'était pas, comme on dit chez nous, *poutounaïre* [1] de nature. Je fis mine de me refuser à cette marque d'affection puis résolus de la laisser s'épancher dans mon cou, avec une chaleur de larmes contre ma peau. Elle dit en pleurnichant :

– Je n'ai plus que toi, tu comprends ? Tes deux *drôlards* de frères sont bons qu'à venir manger mon bien. Moi, tu comprends, je veux que ton bonheur.

Elle se dégagea lentement et me dit en ravalant ses larmes :

– Alors, tu restes ?

– Je dois repartir bientôt, mère. Je ne suis plus d'ici, tu le sais bien. Pour revenir aux Bories-Hautes, il faudrait que je sois renvoyée de l'École normale. D'ailleurs je n'ai

1. Qui aime câliner.

jamais eu beaucoup de goût pour le travail de la terre et je refuse d'être nourrie à ne rien faire.

Ces arguments lui furent sensibles : je parlais son langage. Si j'avais osé joindre à mes propos quelques termes en patois, elle eût été au comble du bonheur, mais les professeurs de l'EPS nous avaient soumises, nous, les filles de la campagne, à une telle répression concernant cette langue jugée barbare que j'en avais malgré moi gardé quelque prévention.

Le terme de ma convalescence approchait et, comme je me sentais pleinement apte à reprendre le cours de mes études, il ne me venait pas à l'idée de prolonger ces vacances, malgré le plaisir que me donnait ma campagne, avec ses silences ponctués de chants d'oiseaux, sa chaleur pénétrante, ses arbres fruitiers fleuris de rose et de blanc comme des boîtes de dragées.

Fabien semblait avoir oublié sa promesse de me ramener en voiture à M... et je ne lui en tenais pas rigueur. Dans ses lettres, il ne me parlait que du quotidien de sa vie, de ses lectures (il venait de découvrir Nietzsche !), de ses projets (il avait posé sa candidature pour un poste de reporter dans un journal parisien), de la pluie et du beau temps... La tendresse qui imprégnait ses premières lettres avait fait place à une affection tiédasse qui semblait préluder à la fin de cette aventure qui avait à peine débuté. Avait-il renoué avec Cécile ? S'était-il entiché, dans sa Bretagne, d'une Bécassine ? Jugeait-il qu'il avait trouvé en moi un terrain impropre à développer une vraie passion ? Il « pensait à moi » ; il y pensait même « beaucoup et souvent » ; il « regrettait de me savoir si loin »... Il brassait des sentiments équivoques comme le vent brasse un cerisier dont il détache les fleurs fanées.

Chacune de ses lettres l'éloignait de moi.

L'absence de Cécile, paradoxalement, me rapprochait d'elle de jour en jour.

J'étais la proie d'un double sentiment. Estimant qu'elle devait se morfondre en attendant les nouvelles que je refusais de lui faire parvenir, je prenais cette mesure par défi. En fait, c'est moi qui me morfondais, guettant le facteur, rêvant qu'elle allait débarquer sans crier gare aux Bories-Hautes. J'écrivais son nom sur mon cahier comme pour susciter sa présence. Je lui parlais avant de m'endormir pour l'inciter à peupler mes nuits, à en chasser des fantômes sans consistance et sans attrait, à s'y substituer à Fabien.

Un matin, je me laissai aller à lui écrire, avec le beau stylo à plume d'or qui me faisait une écriture de ministre et ne crachait pas son encre comme les plumes Sergent-Major ou Blanzy-Poure. « Ma chérie, tu me manques... » Je n'allai pas au-delà, surprise par la vague d'émotions qui soudain s'agitaient et se bousculaient dans ma tête. J'étais incapable de poursuivre, de faire un choix, d'autant que je tenais à ce que cette lettre fût d'une forme soignée et fît naître en elle un sentiment de regret ou de remords.

Non! je n'allais pas lui écrire une lettre d'amour, comme j'aurais pu le faire pour Fabien! Je déchirai les feuilles de cahier au fur et à mesure que j'avançais dans cette forêt vierge et m'enlisais dans ce marécage de sentimentalité. Je finis par jeter mes essais dans la cheminée.

– Tu as changé depuis quelques jours, me dit Hugo. *Ach*! tu ne retomberais pas malade, des fois?

Je lui affirmai, en m'efforçant à rire, que tout allait pour le mieux. Il secoua la tête avec un air sceptique.

– Je sens bien que non. C'est ton ami Fabien qui te manque ?

– Fabien ? Si tu savais... Il n'y a rien eu entre nous, contrairement à ce que croit la Maïré.

Il sourit, ajouta que c'était difficile à croire. Je le rembarrai sans ménagement.

– Vous pouvez croire ce que vous voulez, elle et toi. Je n'ai pas de comptes à vous rendre. Est-ce que je te demande à toi des confidences sur tes amours avec ma mère ?

Il parut tellement affecté par cette réaction que je lui demandai aussitôt de me pardonner. Sa glotte qui montait et descendait dans son cou de dindon traduisait son émotion. Il me confia qu'il allait faire des démarches pour rester en France, la guerre finie, et qu'il songeait à vivre auprès de ma mère.

– Elle est d'accord ? Tu lui en as parlé ?

– Comme ça... Ce qui l'embêterait, je crois, si nous décidions de nous marier, ce serait de s'appeler Caroline Brenner. Que diraient les gens du village ?

– Oh, les gens... Ce n'est pas leur opinion qui doit vous retenir. Faites comme vous l'entendrez. Vous avez d'avance ma bénédiction.

– Merci, Malvina. Si tu pouvais lui en parler...

Je lui en parlai le soir même alors qu'elle buvait son tilleul sur le banc, près du seuil, en regardant les nuages du printemps composer leur pyrotechnie derrière le Puy-Faure dont le triple calvaire se détachait nettement sur l'horizon.

– Marier le *Prusco* ? En voilà une idée ! répondit-elle. Plus personne me parlerait dans le village. On est bien comme on est.

– Tu ne serais pas la première à épouser un Allemand. Il peut divorcer, et toi tu es veuve. Bientôt nos deux pays feront la paix. Attendez l'armistice. Ça ne devrait pas trop tarder, car ça barde en Allemagne. Mais gare ! Si tu refuses de l'épouser, il partira.

– Tais-toi, *bestiassoune* ! Tu dis des sottises.

Je sus que la partie était gagnée, moins du fait des propos qu'elle me tenait que par le ton de sa voix, traversée par de petits rires mal comprimés. Elle ajouta en achevant son tilleul :

– Tu te rends compte : si ton pauvre père nous entendait...

La dernière lettre de Fabien ne laissait place à aucun espoir de le voir revenir et me ramener en voiture à l'école, pas plus qu'elle ne manifestait le moindre souci de retourner à M... Sans trop de regret, j'en fis mon deuil. En fait un demi-deuil : celui de mes illusions.

Je devrais désormais me concentrer sur un seul objectif : la reconquête de Cécile.

Je mis tant de cœur et d'assiduité à rattraper le temps perdu que je renouai sans peine avec le cours de ma scolarité. Cela m'était d'autant plus facile que mes camarades de première année avaient passé la quinzaine des vacances de Pâques à savourer de vrais congés, alors que moi, j'avais travaillé plusieurs heures chaque jour sur notre programme.

Délivrée du souci que me donnait Fabien qui avait renoncé à m'écrire (et pour cause!) depuis que j'étais retournée à l'École normale, je me livrai à mes études avec une ardeur accrue. Mes résultats étonnaient mes professeurs, surtout Mlle Thureau, devant laquelle, au tableau noir, je parvins à résoudre un problème sur lequel plusieurs de mes compagnes avaient baissé pavillon : *Démontrer que si deux nombres sont premiers entre eux, leur somme et leur différence ne peuvent avoir d'autres diviseurs communs que deux ou l'unité.* Enfantin...

Mlle Thureau, ébahie, me demanda si, durant ma convalescence, j'avais pris des leçons particulières. Je m'étais simplement concentrée farouchement sur les leçons d'arithmétique de mon manuel. Je les avais ingurgitées comme une potion. De ces incursions dans ce domaine hostile, je gardais un goût d'amertume. J'avais conclu avec ces disciplines rébarbatives un armistice qui n'était pas la paix. Il en allait de même pour la géométrie et les sciences, mais avec une moindre répulsion. Je me sentais gonflée d'orgueil, prête à conquérir les premières places, à mériter les compliments de la directrice et du conseil d'administration. Je pouvais mieux faire, disait-on de moi ; je m'attachai à faire beaucoup mieux.

Mme Grumbert me convoqua dans son bureau. Tout miel, tout sucre, sourire épanoui sur ses lèvres grasses, regard tendre par-dessus ses lorgnons...

– Je ne vous cache pas, me confia-t-elle, l'inquiétude que vous m'avez occasionnée. Passons sur votre maladie : vous l'avez vaincue et je m'en réjouis, mais je craignais que vous ne puissiez, après ce choc terrible, suivre le rythme des cours. Là encore, vous avez gagné. Je vous en félicite. Vos professeurs m'ont parlé de vos progrès. Non seulement vous avez rattrapé le temps perdu mais vous devancez nos meilleurs sujets dans votre promotion. Malvina, que s'est-il passé ?

– J'ai beaucoup travaillé durant ma convalescence, madame.

– Est-ce tout ?

Je sentis venir le vent ; il ne tarda pas à souffler à mes oreilles :

– Je garde, me dit-elle, un mauvais souvenir de ma visite à l'hôpital. Vous paraissiez tellement éprise de ce garçon : le lieutenant Thibaud, je crois. Auriez-vous rompu avec lui ?

– Il n'y a jamais rien eu entre nous, madame, et je n'ai pas de nouvelles de lui.

– Vraiment ?

Elle se renversa dans son fauteuil, radieuse.

– Mon enfant, vous m'en voyez ravie. Vous étiez bien jeune pour une aventure sentimentale avec cet agitateur. Dieu soit loué, le danger est passé. Il faut désormais ne penser qu'à vos études. Vous y êtes préparée, à ce qu'il semble. Je souhaite que vous nous surpreniez comme vous l'avez fait en passant votre certificat d'études.

Avant de me congédier, elle alla fouiller dans son armoire bretonne, en retira un paquet qu'elle me tendit. Je reconnus la boîte de *gâteries* qu'elle avait déposée puis reprise sur ma table de nuit, à l'hôpital.

– Vous avez *oublié* ce cadeau, mon enfant, dit-elle avec un sourire complice. Reprenez-le.

Elle ajouta en m'embrassant :

– Mon maître, Félix Pécaut, serait fier de vous. Il me disait...

La boîte de chocolats fit le tour du dortoir des premières et me revint vide. C'était une denrée rare à cette époque de restrictions, mais je ne souffrais guère d'en être privée car cela aurait eu du mal à passer. Je ne parvenais pas à éprouver la moindre affection pour Madame, mais cette réserve ne pesait pas à ma conscience.

Au cours de la soirée qui suivit mon retour à l'école, alors que toutes les élèves se trouvaient réunies pour la petite fête ordinaire du samedi, Madame déborda à mon égard de prévenances dont je me serais bien passée.

Alors que la soirée languissait et que le père Jeanrot venait d'entonner son morceau favori, *La Chanson des blés d'or*, Madame me demanda de raconter une histoire en langue limousine, ce patois honni de toutes les branches de l'enseignement, depuis Jules Ferry, comme une tare culturelle.

– Mais, madame, je...

– Allons ! Allons ! ne vous faites pas prier, ma petite ! Je sais que vous avez du talent pour raconter des histoires drôles. N'est-ce pas, mademoiselle Annie ?

Je lançai un regard menaçant à la surveillante. Elle m'avait surprise à plusieurs reprises en train de raconter une de ces *gnorles* dont mon frère Pierre possédait tout un répertoire.

– Raconte-nous, me lança Germaine Peyronnie, le conte de la Mariette dont le mari a pondu un œuf.

– Est-ce bien convenable ? demanda Madame d'un air soupçonneux.

– Un peu... leste, dit Annie Bordes. En revanche Malvina connaît des contes inspirés du *Roman de Renart*, qui sont beaucoup plus *comme il faut.*

– Eh bien, dit Madame, nous vous écoutons.

Je me tirai avec honneur de cette épreuve. Certaines élèves maîtresses d'origine rurale comprenaient ma langue natale, ce patois tant décrié ; les autres riaient de confiance ; Madame avait beau se concentrer, elle se sentait exclue de cette fête de mots.

– Je n'ai pas compris grand-chose à cette histoire, avoua-t-elle, et même rien du tout. Pouvez-vous faire une traduction de ce conte ?

Je m'attachai à résumer ce fabliau que l'on racontait depuis des générations dans les *cantous* de nos provinces en égrenant le maïs, en écalant les châtaignes, en énoisant à la veillée. Madame était aux anges ; elle trouvait « fascinante » cette culture populaire qui avait résisté à la misère, à la guerre, aux révolutions.

– Et maintenant, mesdemoiselles, dit-elle en se retirant, vous pouvez danser. A votre âge, il faut bien se donner un peu de bon temps, mais attention : pas de danses lascives ni de chansons qui racontent des histoires d'amour. Mademoiselle Annie, vous veillerez à faire respecter le règlement.

Mlle Grappin s'installa au piano et toutes les élèves, sauf celles qui avaient éprouvé un deuil et qui firent tapisserie, se lancèrent sur la piste. Valses, polkas, mazurkas se succédèrent.

Il faisait un temps lourd. Les fenêtres étaient fermées à cause du bruit qui aurait pu importuner les élèves restées dans les dortoirs. Nous transpirions tant dans nos blouses noires que la salle s'emplit bientôt d'effluves âcres. Entre chaque danse, nous buvions des boissons à base de fruits, fades et tiédasses.

Une élève de troisième année se proposa pour remplacer Mlle Grappin qui, fatiguée, regagnait sa chambre. Profitant de l'absence de Madame, et malgré les exhortations et les mises en garde d'Annie, elle entama les premières notes de cette danse à l'index : le tango.

– Vous êtes folles ! s'écria la surveillante des troisièmes. Où vous croyez-vous ? Dans un bouge ? Pas de tango !

Ses invectives se perdirent dans un joyeux brouhaha. Nous étions déjà en piste, langoureusement enlacées, le regard chaviré, au bord de l'extase. Les yeux clos, j'imaginais l'étreinte de Fabien dans laquelle je ployais, son bras serrant ma taille comme pour un prélude à la possession. Je le chassais de mes pensées ; il revenait, plus pressant, et j'entendais sa voix un peu rauque dominer les rires hystériques de ma cavalière, Louise Gombert.

Notre pianiste possédait tout un répertoire de tangos argentins. Prétextant la fatigue, je m'abstins de retourner sur la piste. Je ne tenais pas à voir ressurgir dans mes pensées, dans mon cœur, jusque dans mon ventre, ce fantôme récalcitrant : Fabien.

Fabien Thibaud me manquait, mais moins que Cécile. Je ne parvenais que difficilement à l'exclure de mes préoccupations, mais je sentais bien que cette aventure s'était effilochée comme une vieille dentelle en me laissant le goût amer d'un bonheur manqué. Malgré la volonté d'oubli qui me possédait, j'avais peine à croire que tout était fini entre nous.

J'avais tort.

Journal de Malvina

24 avril

J'en viens à penser que c'est, en plus d'une évidente complicité, une fatalité qui m'attache à ce journal. Le moindre événement de notre vie de recluses sécrète en moi des commentaires que, le soir venu, je confie à ce carnet.

Je m'entoure des mêmes précautions qu'avant ma maladie. La nuit exceptée, ce carnet reste constamment sur moi, dans la poche intérieure de ma blouse, et je fais en sorte de n'être pas surprise en train d'écrire, ce qui n'est pas facile. Une trop longue présence aux lieux nous vaut un rappel péremptoire d'Annie.

Il nous est interdit de nous isoler sans motif. La solitude, nous dit-on, incite aux mauvaises pensées, au vice, aux idées subversives. Madame, qui vit seule depuis le départ de son mari pour le sanatorium de Sainte-Feyre, traque férocement ce penchant néfaste.

Hier, jeudi, j'ai eu l'occasion de me féliciter de ma prudence. Madame avait décrété une perquisition générale dans les dortoirs, sauf chez les filles de troisième année qui eussent mal accepté cette vexation.

Elle se présenta, flanquée d'Annie, comme nous revenions des lavabos, notre serviette autour du cou, chahutant un peu, comme d'habitude.

– Mesdemoiselles, dit-elle, nous allons procéder à une inspection, comme le règlement nous y autorise. Vous allez vous habiller et rester debout au pied de votre lit.

Elle tenait une règle dont elle frappait avec régularité, comme un métronome, la paume de sa main gauche.

– Et en silence, je vous prie! La première que je surprends à parler aura un avertissement.

La rumeur s'éteignit sur-le-champ. Emma Perrot avait eu le temps de me glisser à l'oreille :

– C'est la chasse aux illustrés qui commence...

Qui donc – cette langue de vipère d'Agathe Laborie ou Annie Bordes ? – avait révélé à la directrice le trafic de journaux illustrés qui s'opérait clandestinement parmi les élèves des deux premières promotions ? Des filles qui habitaient la ville en achetaient au kiosque à journaux et les revendaient ou les échangeaient contre de la nourriture, du chocolat de préférence. Ces publications, aujourd'hui, sembleraient inoffensives mais, en ce temps-là, Le Rire *ou* La Vie parisienne *frisaient la pornographie*[1]*. Fort heureusement je n'avais jamais été tentée de m'approprier ces recueils de dessins graveleux et de mauvaise littérature, et l'inspection de Madame, si elle choquait mon sens de la dignité, me laissait sereine.*

Je me demandais ce qui pouvait justifier la présence de cette règle entre les mains de Madame, quand je la vis passer de l'une à l'autre de mes compagnes afin de mesurer si la distance réglementaire entre le bas de la robe et le sol était respectée : douze centimètres.

---

1. Ajouté postérieurement par Malvina.

L'inspection se révéla d'emblée assez brutale. Guidée par Madame, Annie ouvrait les armoires, fouillait sous les lits et les matelas, sondait les cartables.

– Du nerf! criait la directrice. Ne faites pas semblant! Qu'y a-t-il derrière cette pile de linge? Ouvrez cette boîte! Tiens... tiens... Mademoiselle Farges, qui est le beau garçon qui figure sur cette photo? Un parent sans doute. Votre frère peut-être?

– Non, madame, mon cousin.

– Nous vérifierons. A vous, mademoiselle Peyronnie. D'où tenez-vous cet argent? Il y a au moins cent francs – comptez, Annie! Que vouliez-vous en faire? Vous acheter de la lingerie fine, des serviettes hygiéniques en dentelle de Bruges?

La pauvre Germaine Peyronnie, que notre surveillante avait surprise, quelques mois auparavant, en train de faire sécher son linge intime à la fenêtre du dortoir, resta muette de stupeur.

– Je confisque cet argent, dit Madame. Il vous sera restitué à votre sortie. Ici, vous n'en avez nul besoin.

Elle allait de découverte en découverte et semblait prendre un plaisir agressif chaque fois qu'elle tombait sur ce qu'elle appela à plusieurs reprises le « pot aux roses ».

– Eh bien, mademoiselle Jeury, vous en avez, de la lecture! Trois numéros du Rire*! Cinq, six, sept numéros de* La Vie parisienne*! Ces filles dénudées ont donc tant de charme pour vous que vous les collectionniez? Confisqué! Annie, vous jetterez ces ordures à la poubelle!*

Je sentais un malaise me gagner alors que mon tour approchait, bien que rien de ce que je possédais ne pût susciter l'ironie ou les réprimandes de la directrice. Sauf ce carnet, bien sûr, mais je n'aurais pas toléré qu'Annie me fouillât.

Elle découvrit un paquet de cigarettes américaines dans l'armoire d'Élodie Marcou, du sentbon *et un poudrier dans celle de Nannie Peyre. Des articles prohibés. Confisqués! Les sanctions adéquates seraient notifiées sans retard aux coupables et aux familles.*

La grosse Eugénie Farges baissa la tête sous une volée de sarcasmes.

– Comptez-vous soutenir un siège, mademoiselle Gargamelle? Cette réserve de vivres est une insulte à notre économe, M. Blanchard, qui s'évertue à vous procurer une nourriture substantielle et de qualité. Je devrais sévir, mais je vous considère comme une malade, une boulimique, un Caliban en jupon!

Madame ne trouva rien de répréhensible dans l'armoire d'Agathe Laborie, pensionnaire modèle et, comme nous disions, lèche-cul. Rien non plus dans celle de cette timorée d'Emma Perrot, sinon...

– Tiens... tiens... le pot aux roses! Que contient ce flacon? Du parfum? L'élixir destiné à donner de l'intelligence aux cancres?

Elle déboucha le flacon, huma le contenu, s'écria:

– Mais c'est de l'alcool!

La voix brisée d'Emma tenta d'expliquer qu'elle souffrait de maux d'estomac et qu'elle prenait chaque soir une goutte de gnôle sur un morceau de sucre afin de mieux digérer. Elle y parvint si mal que je pris sa défense, malgré la terreur qui me séchait la gorge.

– Mademoiselle Emma, dit Madame avec un sourire sardonique, je constate que vous avez une excellente avocate. Je conclus donc à un non-lieu. Passons à vous, mademoiselle Malvina!

Annie fouilla mollement mon armoire, glissa une main lasse sous mon matelas où, naguère, elle avait découvert, en fait de pot aux roses, mon journal intime.

– Je n'ai rien trouvé, Madame, dit-elle.

– Bien... bien... passons à la suivante!

La perquisition s'était révélée peu fructueuse, ce qui n'empêcha pas Madame de triompher et de proclamer:

– Nous allons régler nos comptes, mes petites! Vous serez convoquées dans mon bureau à partir de demain. Veillez, je vous prie, à rectifier la hauteur de votre robe ou de votre blouse : douze centimètres du sol, je vous le rappelle!

A la récréation qui suivit, nous nous tenions groupées autour de notre surveillante, décidées à lui demander raison du mouchardage qui avait déclenché cette opération digne d'un pénitencier. Elle protesta avec vigueur :

– Si c'est moi que vous soupçonnez, vous vous trompez, mes petites! L'idée a pu venir à Madame sans que quiconque la lui suggère. Ce n'est pas la première fois qu'une fouille se produit dans l'établissement. D'ailleurs vous auriez tort de vous plaindre de moi. Si j'avais fait preuve de zèle, si j'avais fouillé à fond vos affaires comme j'en avais reçu l'ordre, c'est l'exclusion qui aurait suivi pour certaines d'entre vous! Ces photos d'hommes et de femmes nus, ces lettres de vos amoureux, ces paquets de cigarettes, ces boîtes de maquillage... Vous devriez me remercier!

Annie me prit à part, me dit à voix basse :

– Toi-même, Malvina, tu l'as échappé belle, grâce à moi. Tu es moins irréprochable que tu le crois. Ce magnifique stylo, cette montre-bracelet de l'armée... Si j'avais révélé leur présence à Madame, elle t'aurait demandé des comptes et elle aurait vite compris que ce n'est pas ta mère qui aurait pu t'offrir ces cadeaux.

Nous avons accueilli une nouvelle, à titre d'auditrice libre. Judith Goldsberg est d'origine juive. Elle est gentille, discrète, intelligente. Nous l'appelons entre nous, sans ironie, la Dreyfusette.

25 avril

L'ambiance n'est pas forcément au beau fixe parmi le personnel enseignant.

Il existe entre Mlle Thureau, notre professeur d'arithmétique, et Mme Doriot, professeur de sciences, une animosité dont nous ignorons l'origine, mais qui se traduit par des frictions qui nous divertissent, sauf lorsque nous y sommes impliquées.

Mlle Thureau est d'un naturel frileux. Malgré les premières chaleurs du printemps, elle exige qu'on place sous son bureau une chaufferette, ce que nous faisons à tour de rôle. Ce matin, c'était mon tour de l'installer, puis de la retirer le cours terminé, avant l'arrivée du professeur suivant.

Ce matin, c'est Mme Doriot qui prenait la suite. A peine assise, elle s'écria :

– Qu'est-ce que je vois ? La chaufferette de Mlle Thureau ! Qui l'a placée là ?

Je me dénonçai, expliquant que, par étourderie, j'avais omis de la retirer.

– Vous êtes une sotte, mademoiselle ! glapit Mme Doriot. Je me plaindrai à Madame. Peut-être l'avez-vous fait exprès, pour m'humilier ? Enlevez cette horreur, et vite !

27 avril

Hier, qui était un dimanche, Louise Gombert est allée à la messe, chaperonnée par Mme Jeanrot. Elle est revenue scandalisée.

– C'est l'hostie qui est passée de travers ? ironisa Eugénie Farges, son adversaire.

– Imbécile! s'écria Louise. Il s'agit bien de ça!

Elle avait constaté que, lors de la distribution des pains bénis par le bedeau, les élèves de l'école congréganiste avaient eu droit à de la brioche et les autres, les enfants de la laïque, à du pain rassis. A juste raison elle jugeait choquante cette discrimination.

Pour avoir longtemps pratiqué l'abbé Brissaud, l'ancien curé de Saint-Roch, je n'ai pas été autrement surprise de cette mesure. Je sais, depuis que je suis en état de comprendre les choses, que l'Église enferme ses ouailles dans des catégories arbitraires, qu'elle frappe volontiers d'ostracisme ceux qui relèvent de catégories jugées inférieures.

Promenade en colonne par deux, hier, à travers les rues de la ville et dans la proche campagne, sous un ciel bas et lourd. Les arbres en fleur sur un fond d'orage composaient un tableau impressionniste.

Sur un talus, en marge de la grande forêt qui borde la ville au nord, les lézards *semblaient nous attendre, lisant, somnolant ou fumant. Ces quelques élèves maîtres de troisième année, ceux que le service militaire ne concerne pas encore, se montrent moins agressifs et vulgaires! Ils se contentent de petits saluts de la main.*

Il m'arrive de songer à l'élève maître de première année qui est mon « mari » en vertu de la coutume et que je croise au cours de nos promenades sans le connaître. Peut-être lui aussi s'interroge-t-il sur cette mystérieuse « épouse » que le hasard lui a donnée?

Ce soir, je suis restée longtemps dans le parc, avant que sonne la cloche du couvre-feu, à un endroit d'où l'on découvre la Dombelle dans sa splendeur de vif-argent, et la gare illuminée.

Un convoi militaire a stationné quelques minutes. Des

recrues en sont descendues pour aller boire un canon ou puiser de l'eau à la fontaine, dans leur bidon. Ils ont déambulé par groupes le long de la voie, lentement, comme pour se dégourdir les jambes. La guerre réclame toujours plus de jeunes hommes, certains tout juste sortis de l'adolescence et déjà livrés à Moloch. Combien reviendront de l'enfer ? Un sur deux ? Un sur trois ?

Un petit nuage chargé de pluie me les a cachés. Ils sont remontés au coup de sifflet de la locomotive, en chantant L'Internationale.

28 avril

Des phrases échappées aux lettres que je n'écrirai pas à Cécile tournent dans ma tête. De véritables lettres d'amour et de désespoir. Fabien absent, perdu pour moi, Cécile lointaine et muette, je ne suis plus rien qu'une machine à absorber une culture qu'il me faudra restituer l'an prochain, lors du redoutable examen du brevet supérieur.

Si Cécile m'aimait autant que je l'aime, elle aurait fait les premiers pas et m'aurait écrit. Du plus profond de mon amertume, je ne puis admettre qu'elle ait volontairement décidé de m'oublier.

Son absence se double d'un regret ; je ne conserve pas le moindre souvenir d'elle : un objet, une vraie lettre qui puissent susciter une présence.

La paire de bottines qu'elle m'a offerte à la rentrée et que je range soigneusement, avant de me coucher, sur un embauchoir, j'ai dû me résoudre à les jeter, la semelle étant usée au point que Jeanrot, qui fait office de cordonnier, s'est déclaré impuissant à les ressemeler. Il me reste une paire d'escarpins, en plus des pantoufles que je porte durant les cours et les récréations, mais ils ne tiendront pas longtemps.

Madame nous a fait, ce matin, un cours sur l'habitus.

Nous avons échangé des sourires amusés, comme si elle avait décidé de nous parler des mœurs sexuelles des libellules.

– Je vous vois sourire, mesdemoiselles, nous dit-elle. C'est pourtant un sujet des plus sérieux et qui vous concerne toutes.

Elle s'est retournée vers le tableau noir pour montrer de la pointe de sa baguette le mot HABITUS qu'elle avait écrit en grosses capitales et encadré à la craie bleue. Elle balaya la classe d'un regard empreint de gravité, avant de poursuivre, comme si elle récitait un texte appris par cœur :

– L'habitus, mesdemoiselles, c'est la sédimentation des actes du moi qui, par-delà le flux du vécu..., prenez cela en note, je vous prie..., par-delà le flux du vécu, assure au sujet, donc à vous, mesdemoiselles, un style constant, un caractère personnel, un « moi-personne » permanent.

Elle a pointé sa baguette vers moi et m'a lancé :

– Vous souriez, Malvina. Auriez-vous déjà un commentaire à exprimer ?

Je me suis levée dans un concert assourdi de gloussements.

– Madame, je... je crois que...

– Eh bien, quoi ?

– Je crois que c'est une formule bien alambiquée pour nous expliquer ce que nous savions déjà : notre personnalité est la résultante de nos actes.

– Explication sommaire mais juste, convint Madame. Vous allez développer le thème de l'habitus sous la forme alambiquée, pour reprendre l'expression de votre compagne, et sous la forme simplifiée qu'elle nous a présentée.

Elle a ajouté que l'habitus magistral est une notion

empruntée à la scolastique et à la phénoménologie d'Edmund Husserl, mais ces dernières paroles se sont perdues dans la rumeur d'interrogations montant de la classe.

En fin d'après-midi, alors que je tenais la bibliothèque, j'ai été assaillie de requêtes de la part de mes compagnes, relatives à cet Edmund Husserl dont j'ai entendu parler ce jour-là pour la première fois. Comme je ne pouvais leur proposer aucune œuvre de ce philosophe allemand contemporain, elles se sont ruées comme une volée de moineaux sur les dictionnaires.

Judith Goldsberg m'a dit d'un ton narquois :

– Ma vie a changé depuis que j'ai appris que je suis habitée par un habitus. *Pourvu qu'il ne prenne pas trop de place et ne m'empêche pas de manger ! Je suis si gourmande...*

29 avril

Ce matin, changement d'ambiance.

En pénétrant dans la salle de conférences, Madame avait son visage des mauvais jours. Elle s'est assise, a gardé le silence un long moment avec des signes de nervosité qui ne trompaient personne.

– Mesdemoiselles, a-t-elle dit d'une voix brouillée par l'émotion, j'ai de pénibles nouvelles à vous communiquer.

L'idée m'a traversée qu'elle venait de perdre son Hubert, cet oiseau malade que nous voyions, avant son départ, promener son mal de poitrine et ses regards égarés dans le soleil du parc. Il s'agissait bien de cela...

– Je viens d'apprendre, a-t-elle ajouté, les dernières nouvelles du front. Elles sont catastrophiques !

Un murmure s'est répandu dans la salle comme une vague, toutes promotions confondues, sans que la direc-

trice fasse un geste pour l'apaiser, repliée qu'elle était sur sa peine.

Elle a fini par nous donner le détail du dernier communiqué : les Alliés avaient perdu la bataille du mont Kemmel, une taupinière de la Flandre occidentale, près d'Ypres, sur le territoire de la Belgique. Deux armées allemandes avaient attaqué de front sur une quarantaine de kilomètres, pour venger l'échec subi à Montdidier.

– Nos troupes, dit Madame, ont résisté aux bombardements et aux gaz toxiques durant sept heures. C'est une des batailles les plus meurtrières que nous ayons connues. Ludendorff a fait près de cinq mille prisonniers et la division Madelin a été pour ainsi dire anéantie. Dunkerque est menacée...

La baguette s'est promenée en tremblant sur un point de la carte proche de la mer du Nord.

– C'est un grand malheur, mes enfants. Ludendorff avait des réserves que nous ne soupçonnions pas. Heureusement les sammies *continuent à débarquer par milliers. Ils sont nombreux et courageux, mais suffiront-ils à nous éviter une défaite générale ?*

Elle a ajouté en se levant et en s'épongeant les yeux :

– Que cela ne vous empêche pas de travailler, au contraire. Nous allons chanter La Marseillaise, *comme d'habitude, mais avec plus de cœur encore, comme si nos soldats nous entendaient.*

A peine avions-nous entamé le premier couplet, elle s'est retirée en sanglotant, et nos voix se sont éteintes, comme un disque sur un gramophone qu'on aurait oublié de remonter.

Jour de deuil à l'école. Nous parlons bas, évitons de rire. Certaines se cachent pour pleurer. Celles qui portent le deuil ont des visages de marbre.

Nous avons fait taire cette sotte de Jenny qui fredon-

nait It's a long way to Tipperary, *la chanson de marche des* tommies.

Ce sont nos alliés anglais qui auraient dû se trouver à la place des nôtres pour défendre le mont Kemmel.

Les victimes de la perquisition ont reçu notification de leurs châtiments : privation de sorties pour la plupart, blâmes pour les autres. Nous sommes quatre seulement dans ma promotion à avoir échappé aux punitions. Ces brimades, s'ajoutant à la peine que nous avons éprouvée à l'annonce de la défaite du mont Kemmel, sont stupides et indécentes.

Par solidarité, nous avons décidé à l'unanimité, moins ce lèche-cul *d'Agathe Laborie, de nous abstenir de sorties le dimanche et le jeudi suivants. Une sorte de grève, comme dans les usines et les mines.*

Cette décision m'a émue aux larmes lorsque j'ai appris que les élèves maîtresses des deux autres promotions s'étaient jointes à notre mouvement de protestation.

Une surprise de taille m'attendait le dimanche suivant.

L'oncle de Fabien, M. Joseph Thibaud, se présenta à l'école dans l'intention de me faire sortir. Il se heurta au refus de la directrice.

– Je ne vois pas votre nom, monsieur, sur la fiche de correspondants de Mlle Malvina Delpeuch.

– Alors inscrivez-moi, je vous prie.

– Je le ferai lorsque j'aurai reçu l'accord des parents. C'est la règle, et ce n'est pas moi qui l'ai édictée. De toute manière, aucune élève de notre établissement, à une ou deux exceptions près, ne sortira aujourd'hui. C'est la décision qu'elles ont prise.

– Pour quelle raison ?

– Cela, monsieur, touche aux affaires intérieures de l'École et je ne suis pas autorisée à les divulguer.

Ce bref entretien, ce n'est pas Madame qui m'en informa, mais Fabien. Il se trouvait ce dimanche-là chez son oncle pour un séjour d'une semaine et tenait à me rencontrer pour me donner les raisons de son absence et de son silence.

Comme il avait de la suite dans les idées et ne cédait pas volontiers à l'adversité, il attendit le jeudi suivant pour tenter à son tour de me faire sortir.

Il revêtit son uniforme de lieutenant, y accrocha ses décorations et prit ses gants dans sa main gauche.

Jeanrot fit des manières pour lui ouvrir le portail : il n'avait pas reçu de consignes le concernant. Fabien le prit de haut, s'écria :

– Allez-vous ouvrir ce foutu portail, nom de Dieu ?

Le concierge obtempéra en maugréant : il devait prévenir Mme la directrice de cette visite imprévue.

– Inutile ! lui jeta Fabien.

Son arrivée ne passa pas inaperçue des élèves qui se promenaient en lisière du parc ou tricotaient dans un rayon de soleil. Occupée que j'étais à ranger des ouvrages dans la bibliothèque, je ne le vis pas. C'est à la surveillante de deuxième année qu'il demanda à rencontrer Mme Grumbert. Elle se trouvait dans son appartement ; il s'y fit conduire. Madame s'était mise en négligé pour préparer son déjeuner. En voyant surgir ce beau lieutenant elle eut un hoquet de surprise et déclara par la porte entrebâillée :

– Les heures de réception sont passées. Revenez demain matin, lieutenant.

– C'est aujourd'hui que je veux vous voir, madame.

– Est-ce urgent ?

– Ça l'est, madame.

Elle le fit entrer dans son salon, lui demanda quelques secondes de patience, le temps de se montrer présentable.

– Je vous écoute, lieutenant, dit-elle. Lieutenant...

– Fabien Thibaud. Vous ne me connaissez pas, mais moi, je vous connais, madame Rose Grumbert.

– Par exemple ! Vous me surprenez.

– Je crains de vous surprendre encore davantage, mais j'ai d'abord un souhait à formuler : que vous donniez congé pour cet après-midi à Mlle Malvina Delpeuch.

– C'est impossible. J'ai déjà refusé dimanche à votre oncle. Malvina ne sortira pas, pour deux raisons : primo parce que le règlement le lui interdit en l'absence d'un correspondant attitré ; secundo parce que je suis en butte à une sorte de fronde : ces demoiselles ont décidé, par solidarité avec des élèves punies, de refuser toute sortie durant une semaine.

– Je suppose qu'elles ne se sont pas décidées de gaieté de cœur à se priver de sorties. Votre sévérité est bien connue, madame Rose Grumbert. Mon oncle, un universitaire éminent, ancien de Saint-Cloud, est au courant de certains de vos agissements qui ont laissé de tristes souvenirs dans l'École normale que vous avez dirigée il y a quatre ou cinq ans.

– Que voulez-vous insinuer ?

– Ne me forcez pas à préciser le sens de mes propos, je vous prie. Cela me gênerait.

En proie à une vive agitation, Mme Grumbert blêmit, se leva, tourna dans la pièce, se rassit. Ce que Fabien n'osa lui rappeler mais qu'il me confia, c'est le séjour de Madame dans une École normale de l'Est où elle faisait étalage de son zèle autoritaire. Une élève injustement punie pour une prétendue affaire de mœurs avait tenté de se suicider. Mme Grumbert avait été déplacée d'office sans que cet incident lui servît de leçon.

Elle prit un *masque de furie* (Fabien *dixit*) pour lancer dans une succession de trémolos :

– Lieutenant, avec tout le respect que je vous dois, je vous soupçonne de faire du chantage !

– Ainsi, madame, nous nous affrontons à armes égales. Maintenez-vous votre refus ?

– Ma décision est irrévocable.

– Soit ! Alors vous en pâtirez. J'ai de bons amis au gouvernement et dans la grande presse. Vos méthodes d'éducation et vos antécédents leur seront révélés. Le recteur sera le premier informé, cela va de soi. Il se trouve que nous nous connaissons.

Elle chancela, se rassit.

– Vous n'oseriez pas!

– Sans le moindre scrupule! Savez-vous que vous risquez la révocation pure et simple. Il y a récidive...

Elle avait gémi :

– Lieutenant, vous êtes... vous êtes...

– Ignoble? Sans doute. Nous sommes faits pour nous comprendre.

Il se leva pour prendre congé; elle le retint.

– Attendez, lieutenant : j'ai suffisamment de tracas pour en ajouter. Mon mari est très malade. Je suis seule et la nouvelle promotion m'occasionne beaucoup de soucis. Les promotions de guerre sont souvent les pires sur le plan de la discipline et je suis obligée de sévir, parfois à mon corps défendant. Que souhaitez-vous au juste?

– C'est simple : que vous ajoutiez sur la fiche des correspondants le nom de mon oncle et le mien.

– C'est un passe-droit. Cela pourrait m'attirer des ennuis. De toute manière votre protégée n'acceptera pas de sortir aujourd'hui.

– Pourrais-je au moins lui parler?

– C'est facile : le concierge vous conduira au parloir et préviendra Mlle Delpeuch. Bonne chance, lieutenant!

Fabien m'attendait, assis sur l'une des deux chaises qui constituaient, avec une petite table, le seul mobilier de cette cellule. Je restai une seconde immobile sur le seuil, figée de stupeur, les jambes comme paralysées.

– Eh bien, dit-il, *achève d'entrer*, comme on dit dans tes campagnes. On dirait que tu ne me reconnais pas.

Je bredouillai :

– Ça fait si longtemps...

– Tu exagères ! Quelques semaines... Je t'expliquerai.

Autant que sa présence, ce qui me fascinait c'était cet uniforme que je ne lui avais jamais vu porter : bottes noires, képi, gants de peau, décorations... Je me disais que j'étais en présence d'un héros et que ce héros allait se lever, m'embrasser peut-être. Ce qu'il fit : un rapide baiser sur les lèvres, sa main sur ma nuque.

Il me demanda de m'asseoir près de lui, rapprocha son siège du mien, me dit :

– Je te trouve pâlotte. Es-tu de nouveau souffrante ?

– Le travail, dis-je. Je dois rattraper le temps perdu. J'y suis parvenue, non sans fatigue.

Il prit ma main, la posa sur son genou.

– Malvina, ma chérie, tu m'en veux ?

Je répondis avec désinvolture :

– T'en vouloir ? Et de quoi ?

Il soupira d'un air irrité :

– Tu le sais bien ! De t'avoir laissée sans nouvelles. Peut-être ai-je eu tort de te le cacher, mais j'ai dû être opéré pour la troisième fois : des éclats d'obus qui se baladaient dans mes tripes. Cela m'a donné l'occasion de réfléchir. A nous. A nos rapports. Je ne savais plus où j'en étais avec toi, mais ce dont je suis certain, c'est que tu ne m'es pas indifférente. Je me disais, à la fin de mon séjour en Bretagne et à quelques jours de cette opération : à quoi bon lui donner des espoirs si je dois laisser ma peau sur le billard ? Tu me comprends ?

Je le comprenais. Il ajouta :

– Il fallait que nous parlions. C'est important. J'ai des choses graves à te dire, mais pas dans ce parloir de pénitencier. Chez mon oncle. Dimanche prochain.

– C'est impossible. Seule Cécile...

– C'est arrangé. Je viens de voir la directrice. Elle est d'accord pour nous inscrire sur la fiche, mon oncle et moi.

Je m'écriai :

– C'est un miracle! Comment t'y es-tu pris?

– Ma séduction naturelle! dit-il en riant. Et quelques arguments en plus...

C'est alors qu'il me raconta par le menu son entrevue avec la directrice. Pour ce faire, malgré ma réticence, il m'entraîna dans le parc. Notre couple fit sensation. Cette Malvina, cette godiche, se promenant bras dessus bras dessous avec un beau lieutenant couvert de décorations... Je me dis que j'aurais à faire preuve d'imagination lorsqu'il me faudrait, à l'heure du déjeuner, justifier cette visite insolite. Je m'inventerais un cousin...

– As-tu des nouvelles de Cécile? me demanda-t-il.

Elle ne m'avait toujours pas donné le moindre signe de vie, à croire qu'elle avait fait une croix sur notre vieille amitié. Il me dit d'un air pénétré :

– Elle est jalouse de nos relations, et elle n'a pas tort. Elle t'en veut autant qu'à moi, plus peut-être, mais le temps arrange souvent les choses. Il ne faut pas désespérer. Je suis persuadé que vous finirez par vous retrouver.

J'eus envie de lui demander par quel miracle Cécile pourrait passer l'éponge sur ses rancœurs, sortir de sa coquille de silence et d'oubli, me revenir comme avant, mais je ne m'y hasardai pas, de crainte de l'entendre me dire que ce miracle se produirait à condition qu'il renonçât à moi. Placée devant ce choix cornélien, quelle pourrait être ma décision? Je n'osais y penser. Ces temps derniers avaient été marqués par une double attente déchirante. Je les avais vécus dans un intense sentiment de marasme... Un choix délibéré était-il le remède idéal? Choisirait-on pour moi?

En sortant de l'école, Fabien croisa un groupe d'élèves qui ne le quittaient pas de l'œil. Il salua militairement, avec un sourire, et leur jeta :

– Salut, les grévistes!

Le dimanche suivant, le cabriolet m'attendait en fin de matinée devant le portail.

– Une petite promenade dans les environs avant le déjeuner, me dit Fabien, ça te plairait ?

Le temps, après une période de pluie, s'était remis au beau. La campagne, autour de la ville, gonflait ses verdures dont les verts acides prenaient des teintes sombres. Nous suivîmes à petite vitesse l'ancien chemin de halage qui longe la Dombelle, sous les platanes et les peupliers : un itinéraire que nous empruntions parfois lors de nos promenades en groupe, mais qui me sembla nouveau. Une présence amie ou aimée à nos côtés change l'apparence des choses, comme par un complexe jeu d'optique ou de sentiment.

Peut-être parce qu'il avait trop à dire et ne savait par où commencer, Fabien ne se montra guère loquace. Tout en conduisant, il fumait son cigare *mata fuego*, doté d'un dispositif astucieux qui permettait de résister aux courants d'air. L'odeur du tabac flattait mes narines dans les chaudes bouffées de vent.

Il me demanda de prendre la boîte de pilules placée

dans la poche de sa veste et de lui en glisser une dans la bouche.

– C'est de l'éther, dit-il. Je n'en prends pas par plaisir ou par vice, comme tant de drogués, mais pour m'aider à supporter la douleur. Mes dernières opérations se sont bien passées, mais je souffre encore, et parfois atrocement.

Il ajouta ces mots qui me firent mal :

– Je ne suis qu'une guenille entre vie et mort. Qu'un éclat de shrapnell me remonte au cœur et c'est le grand saut. Cela peut se produire aujourd'hui, demain ou jamais. Je suis en sursis.

– Tais-toi !

Il arrêta la voiture, chercha mes lèvres que je lui abandonnai. Les siennes avaient gardé l'odeur de l'éther mêlée à celle du tabac.

– Il faut rentrer, dit-il. Mon oncle a beaucoup de travail avec son étude sur Marx. Il a pu faire venir de Paris les cinquante-cinq tomes du *Capital* et il est aux anges.

Il ajouta :

– Madeleine nous a préparé un confit de canard aux cèpes.

Ils prirent tous trois plaisir à me voir dévorer. De tous les mets, le confit de canard est celui que je préfère.

– Eh bien, dit la gouvernante, il ne faut pas lui en promettre à votre protégée ! Mademoiselle Malvina, vous reprendrez bien un peu de confit ? Sans façons...

Des façons, je n'en faisais guère. Je me sentais un peu chez moi dans cette maison, malgré l'absence de Cécile, en compagnie de ces deux hommes en bras de chemise, qui avaient laissé au placard leurs airs aristocratiques en même temps que leur veston. Il faisait chaud dans la salle à manger, malgré les fenêtres ouvertes par lesquelles entraient des bouffées de senteurs venues du jardin et les roulades amoureuses des merles en amour. Je bus la valeur d'un verre de cahors pur et, au dessert, un demi-verre de monbazillac un peu trop sucré à mon goût mais qui s'accordait avec le dessert.

Fabien s'assit sur un divan du salon pour boire son café et son armagnac. Il me fit signe de prendre place près de lui.

– Veux-tu m'allumer un petit cigare ? me demanda-t-il.

Je m'exécutai en toussant, ce qui le fit rire.

– Je suis content de toi, me dit-il. Tu parais beaucoup plus à l'aise avec nous que lors de ta première visite. Tu as beaucoup parlé, et fort bien. Je crois que tu as fait la conquête de mon oncle : il a beaucoup apprécié le récit que tu as fait de la perquisition opérée par la mère Grumbert.

M. Thibaud vint s'asseoir en face de nous et demanda d'un air malicieux si sa présence ne nous importunait pas. En savourant son café, il nous entretint de son séjour à l'École normale supérieure de Saint-Cloud, qui restait vivace dans son souvenir : l'ambiance de séminaire laïque, la discipline légère acceptée, le splendide parc dessiné par Le Nôtre, les locaux vétustes mais superbes, du moins ce qui en restait après l'incendie de 1870...

– Nous retrouvions là les filles de l'École de Sèvres, les *sévriennes*, les collègues des normaliennes de Fontenay-aux-Roses. Nous donnions de petites fêtes et nous badinions avec elles. Des unions se sont dessinées là. Moi-même...

J'aperçus un éclat de larmes dans ses yeux ; l'une d'elles coula sur sa joue ; il l'essuya d'une main irritée.

– Mon enfant, me dit-il en retrouvant son air réjoui, j'aimerais que vous entriez à Sèvres ou à Fontenay. Vous avez l'étoffe d'une normalienne supérieure. Y avez-vous songé ?

– Non, monsieur. Ce serait une ambition exagérée. Ma mère n'a pas les moyens de me *pousser*. Je serai sans doute institutrice de campagne, comme...

J'allais dire : comme Cécile, mais me retins à temps.

– ... comme toutes mes compagnes sans doute, qui sont pour la plupart filles de paysans, d'artisans ou de petits commerçants, sans beaucoup de moyens ni d'ambition.

– C'est dommage..., dit rêveusement M. Thibaud.

Il ajouta :

– Si Fabien avait voulu continuer ses études, il serait aujourd'hui élève de Saint-Cloud, *cloutier*, comme on dit. Mais la guerre et d'autres sirènes...

– Je vous en prie, mon oncle, riposta Fabien, ne revenons pas sur ce sujet. Vous connaissez les raisons de mon refus. Je veux être journaliste et je le serai, si j'ai le talent et la chance nécessaires.

M. Joseph entreprit de nous raconter les progrès de son étude sur Marx : un « génie », un « géant », mais quelle déconvenue !

– Plus j'avance dans ce travail et dans son œuvre, plus je m'y enlise. J'ai l'impression de pénétrer dans une forêt vierge de l'Amazonie, parsemée de marécages. Cela me donne des maux de tête et des insomnies, mais je refuse de mourir avant d'avoir achevé mon travail.

Il se détendit, ses longues jambes maigres allongées sous le guéridon, puis se tut.

– Laissons-le, me souffla Fabien. C'est l'heure de sa sacro-sainte sieste. Il en a pour une bonne heure. Après quoi il se retirera dans son bureau : un capharnaüm, si tu voyais...

Il me prit la main et me dit en se levant :

– Viens. Nous serons mieux là-haut pour parler.

Sa chambre, située au premier étage, ouvrait de deux côtés sur le jardin. Elle sentait la vieille étoffe, les meubles fatigués, les livres qui tapissaient toute une cloison, les autres étant occupées par des gravures et des portraits découpés dans des magazines : Victor Hugo... Louise Michel... Gambetta... Un modeste bureau encombré de dossiers occupait un angle, près d'une fenêtre. Le lit étroit, sans montants, se situait sous les rayons de livres.

– Assieds-toi, dit Fabien d'une voix contractée, à la fois grave et autoritaire. Nous allons faire l'amour.

Il avait prononcé cette dernière phrase comme s'il avait dit : « Nous allons prendre une liqueur. » Un peu d'ivresse, un peu de surprise, je sentis un vertige me monter à la tête. Je me dis que lui-même avait trop bu. Il ajouta, sur le même ton :

– Je pense que, pour toi, ce sera la première fois.

Il commença à se déshabiller, m'invita à l'imiter, passa dans le cabinet de toilette. Quand il en ressortit, il n'avait gardé que son caleçon long. Je poussai un cri.

– Eh bien, quoi ? fit-il. Je te fais peur ?

Deux impressions, aussi redoutables l'une que l'autre, se superposaient en moi : c'était la première fois que je voyais un homme dans cette tenue ; son torse et son ventre étaient couturés de toutes parts de plaies rosâtres et de petits cratères comme celui qu'il portait au visage. Il ne restait de son bras droit qu'un moignon ridicule et qui bougeait étrangement.

– J'avais une maîtresse redoutable, dit-il en souriant. La guerre. Durant des mois, elle ne m'a pas épargné, mordant ici et là, faisant de moi cette loque que tu vois.

Il ajouta, du même ton détendu :

– Eh bien, qu'attends-tu ? Veux-tu que je t'aide ?

– Il faut que je rentre, dis-je d'une voix altérée.

– Nous avons largement le temps. Tu ne dois rejoindre l'École que dans deux heures. Je te ramènerai en voiture.

– Je ne peux pas. Je ne veux pas.

– Allons, ne fais pas ta mijaurée ! Je sais que tu as autant que moi envie de faire l'amour. Sinon tu aurais refusé de me suivre dans ma chambre.

Tandis qu'il défaisait mon corsage d'une main malhabile, je sentais son sexe dur contre mon dos et son haleine sur ma nuque.

Je ne pouvais me défendre d'un sentiment d'impuissance, de lâcheté, mêlé à une impression de défaite, à l'issue du combat contre moi-même que j'avais mené sans conviction, certaine même, à l'instant où Fabien m'avait demandé de le suivre, de succomber au premier assaut. J'étais novice, mais avec quelque lumière sur ce qui m'attendrait le jour où je déciderais de céder à un homme.

Certaines de mes compagnes, surtout de la promotion de deuxième année, avaient déjà franchi le pas ou du moins s'en vantaient. Cela se passait en général durant les vacances ; elles évoquaient cette aventure à voix basse, avec dans l'œil une lumière de concupiscence rétrospective. Elles n'étaient pas chiches de détails qui semblaient tantôt conforter la réalité de leurs révélations et tantôt sentaient l'invention. Nous les incitions à aller jusqu'au bout de leurs confidences et elles ne se faisaient pas prier. On souffrait un peu, la première fois, disaient-elles, mais ensuite, c'était... c'était... merveilleux ! Un passage difficile, en quelque sorte, mais qui ouvrait sur le paradis. Une ombre au tableau cependant : le plaisir que l'on prenait n'était pas sans conséquence – on risquait de « tomber enceinte » et là commençaient des ennuis qui pouvaient marquer toute une existence.

Il me souffla à l'oreille :

– Tu ne dis rien, ma chérie. Pourquoi ? Que ressens-tu en ce moment précis ? Dis-moi...

Je n'aimais pas ces questions : elles me donnaient l'impression d'être observée à la loupe par un entomologiste penché sur un couple de mantes religieuses en train de copuler.

Il ajouta en cessant de bouger dans mon dos :

– Dis-toi que c'est un moment important de ta vie.

Tout va basculer. Tu es encore une enfant et dans un moment tu seras une femme. Je t'en prie, dis-moi ce que tu éprouves.

En toute autre circonstance, cette voix insistante, presque plaintive, m'aurait exaspérée, mais je l'entendais indistinctement à travers le tourbillon de sensations qu'il aurait tant aimé connaître : elles passaient et repassaient dans ma tête, soulevant comme des feuilles mortes mes angoisses, brassant mon plaisir comme les arbres du printemps.

La seule voix que je percevais distinctement venait du fond de ma mémoire : celle de ce *chiendent* de Florence Marcoulet. Elle disait : « Depuis que j'ai fait l'amour, aux dernières vacances, je me sens libérée. Ma virginité a cessé de me peser. Je peux désormais faire l'amour quand j'en ai envie. De toute manière, un jour ou l'autre il faut " y passer ". Et nous avons l'âge.... »

Elle avait l'âge, largement, cette grande fille aux hanches épanouies, au ventre de paysanne; elle semblait préparée à la fois pour l'amour et la maternité. Une superbe Junon de dix-huit ans. Mon âge, à quelques mois près.

J'avais un peu honte de mes dessous – des « reliques » offertes par Cécile – autant parce qu'ils n'étaient pas à la mode que parce que Cécile avait, avant moi, à cette même place, sur ce même lit, cédé à Fabien. Le désir me chauffait le ventre mais la honte me glaçait les tempes.

Fabien s'était dépouillé de son caleçon. Dans mon dos, son ventre et son sexe reprenaient leur étrange va-et-vient, tandis que sa voix, de plus en plus basse et rauque, murmurait dans ma nuque la même litanie :

– Dis-moi, ma chérie... Dis-moi ce que tu ressens... Je t'en prie... parle-moi...

Je criai un peu lorsque, m'ayant retournée, il me pénétra avec une violence telle qu'il me sembla que ma chair éclatait. Le chaud du sang sur mes cuisses, l'odeur de sueur de ce corps qui s'agitait en gémissant au-dessus de moi, l'impression d'être fouillée à vif au plus intime de ma personne comme par une arme blanche, et puis, soudain, ce petit bourgeon de plaisir au bout de ma douleur...

– Parle, Malvina... Parle...

Je comprenais mal ce qui le poussait à vouloir entendre ma voix en ce moment précis. Peut-être souhaitait-il ajouter au plaisir des sens une jouissance plus intime, une manière de sublimation de l'acte qu'il avait perpétré comme un attentat, comme un viol.

Parler ? Je n'en éprouvais pas l'envie, tendue que j'étais dans l'attente de cette jouissance dont mes compagnes m'avaient parlé comme d'une plongée dans le nirvana. Et parler pour dire quoi ? Que j'étais heureuse ? L'étais-je vraiment ? Que j'avais mal ? Je n'avais pas éprouvé de souffrance insupportable. Que j'avais atteint l'orgasme ? Il tardait à venir et je n'en eus qu'une fugitive appréhension : le bourgeon n'avait pas éclos.

Cabré sur son bras, son moignon battant comme une nageoire, son torse luisant d'une sueur qui semblait suinter de ses plaies comme la salive d'une bouche, il cria qu'il allait jouir. Il retomba sur le côté, un jet blanchâtre jaillissant de son sexe par à-coups violents.

– Le cabinet de toilette..., dit-il d'une voix haletante. Tu peux y aller. Tu trouveras une serviette, du savon.

J'emportai mon linge et mes vêtements. Lorsque je revins dans la chambre, rhabillée, l'équilibre de mon chignon rétabli, je lui répétai que je ne voulais pas arriver en retard à l'école et qu'il était temps de partir. Il me tournait le dos, dormait ou faisait semblant. Je retournai au cabinet de toilette, pris une serviette que je trempai sous le robinet pour lui nettoyer le ventre et les cuisses du sang et du sperme qui les maculaient. Il ne broncha pas.

Après avoir consulté ma montre-bracelet, je m'allongeai près de lui. Nous avions encore une heure à peu près. La tête contre le dos de Fabien, les mains plaquées contre mon ventre encore douloureux et gonflé de désir, je me sentais parfaitement en accord avec moi-même, comme si quelque sentiment profond avait fait une belle flambée de mes angoisses, de mes doutes, de ma honte. Je me laissai pénétrer par un bien-être qui était peut-être ce plaisir d'amour sur lequel je rêvais dans mon lit de recluse. Une petite voix, lointaine et acide, bourdonnait dans ma tête et me disait :

– Malvina, tu as connu un homme... Malvina, tu es une femme à présent.

Je le réveillai à cinq heures, après la vague de somnolence béate qui avait prolongé mon état euphorique. Il peina à ouvrir les yeux et à se lever, grognant que j'étais « toujours pressée ».

Lui qui, en faisant l'amour, avait réclamé de moi ce que je peux bien appeler des « commentaires » ne dit pas un mot durant le trajet entre la maison de son oncle et l'école. Il embrassa ma joue furtivement, me laissa descendre seule, alors que d'ordinaire, avec des sourires faussement obséquieux de chauffeur de grande maison, il venait m'ouvrir la portière.

J'attendais qu'il m'annonçât un nouveau rendez-vous pour le dimanche suivant. Il se contenta de me saluer de la main, sans quitter son siège. Je le regardai démarrer en trombe, comme s'il avait hâte de se retrouver seul.

Dans les heures et les jours qui suivirent, je me dis que je l'avais peut-être déçu, sans parvenir à déceler ce que j'avais pu faire – ou ne pas faire – qui pût contrarier son plaisir. Un peu choquée de son comportement, je me disais qu'après tout c'était à lui de me guider dans mon noviciat sexuel, car il avait connu de nombreuses aventures.

L'idée m'effleura qu'il avait peut-être connu une expérience nouvelle, qu'il n'avait jamais défloré une vierge et qu'il gardait un remords de mon sacrifice.

Le dimanche suivant, personne ne vint se proposer pour me faire sortir de l'école. Je me contentai de suivre mes compagnes, aussi infortunées que moi, dans notre promenade habituelle, qui ne me parut jamais aussi triste et aussi longue.

Je restai une semaine à attendre une lettre, un signe de vie, me répétant que je les avais perdus tous les deux, Cécile et Fabien, et que ma solitude était irrémédiable.

Dans les premiers jours de mai, la directrice me remit une lettre de Fabien. Elle venait de Paris. Il me disait :

J'ai dû repartir en hâte pour la capitale. Le directeur du Figaro *me propose une place dans sa rédaction, comme reporter sur le front. J'ai des remords d'avoir dû te quitter aussi précipitamment. Je garde un souvenir ému de nos relations. J'espère que tu ne me tiens pas trop rigueur de mon comportement envers toi. Je tâcherai de t'écrire le plus souvent possible. Je t'embrasse.*

Sa maîtresse : la guerre, l'avait rejeté puis repris. C'était entre eux un sentiment de haine-amour auquel il ne savait ni ne pouvait échapper. Il avait perdu une première bataille contre elle ; peut-être souhaitait-il prendre sa revanche, montrer qu'il était le plus fort. Plus fort que la mort.

L'enveloppe avait été ouverte et maladroitement recollée.

Fabien ne m'écrivit plus et je ne devais jamais le revoir.

Je le retrouvais pourtant à travers ses reportages publiés dans ce journal bourgeois qu'il avait naguère honni. J'en repêchais des exemplaires dans un appentis proche de la loge du concierge, où Madame les rangeait en attendant de les jeter aux ordures ou d'en faire du feu. Il écrivait dans un style bref, rapide, direct. Un peu comme il parlait. Il n'était qu'un témoin des événements de la guerre, mais rien ne semblait lui échapper.

Un jour, un vertige me prit en lisant un exemplaire du *Figaro*. Un texte encadré de noir annonçait la mort du correspondant de guerre, le lieutenant Fabien Thibaud. Une photo le représentait assis, en train de taper à la machine sur une petite table, dans un décor de tranchée.

Peut-être pensait-il à moi. Peut-être m'écrivait-il.

Depuis quatre ans que nous vivons, mes deux petits Renoir et moi, pour ainsi dire côte à côte dans nos ermitages respectifs, pas une seule fois je n'ai soupçonné cette aventure sentimentale qui les a divisées. Et pour cause : elles ménagent sciemment dans leurs confidences des zones d'ombre que mon imagination de romancier se plaît à peupler de personnages et d'événements.

Soudain, le temps d'une soirée, tout m'a sauté au visage comme une mine. J'en ai été bouleversé au point que j'en suis encore à me demander si Malvina n'a pas inventé l'essentiel de son récit, elle qui se passionne volontiers pour les romans qu'elle picore dans mes services de presse.

J'ai voulu en avoir le cœur net.

Après avoir passé une partie de la nuit et jusqu'à trois heures du matin à faire une première lecture de son texte, j'ai résolu d'aller rendre visite à ma vieille amie et, par la même occasion, de prendre des nouvelles de Cécile dont la santé devient préoccupante.

– Excuse-moi pour le désordre, m'a dit Malvina. Depuis que Cécile est malade je n'ai plus toute ma tête, et nous n'avons toujours pas trouvé la bonne que nous cherchons.

Elle a ajouté en montrant la chambre de Cécile :

– Le docteur Farges est là. Si tu veux lui parler, tu peux entrer.

C'est un de ces vieux médecins de province qui ne veulent ni ne parviennent à dételer. Barbiche poivre et sel, grosses lunettes de myope, nœud papillon sur sa chemise blanche, un léger embonpoint qu'absorbe une carrure paysanne, il est en train de rédiger une ordonnance sur un coin de table; il faudra, cet après-midi, que j'aille la faire exécuter à la pharmacie Puyjalon.

Cécile est immobile dans son lit, calée sur deux oreillers, très pâle. Des mèches de cheveux indociles lui font sur les tempes de petites ailes grises. Elle semble dormir mais une de ses mains creuse le drap comme du sable.

Je demande de ses nouvelles. Le médecin hausse les épaules, répond :

– Pas de changement, depuis avant-hier. État stationnaire, comme on dit, mais tout peut arriver, et très vite. Elle est affaiblie. Son cœur... une vieille mécanique aussi poussive que leur vieille guimbarde. Il lui faut un repos absolu. Pas le moindre tracas.

Persuadée que cette rechute brutale est due au récit de leur aventure, Malvina baigne dans le remords. En lisant le manuscrit, Cécile était comme folle. Elle criait :

« Tu ne vas tout de même pas accepter qu'on publie ces horreurs ? Tout cela est trop intime. Je te l'interdis ! Si tu passes outre, je te ferai un procès. Je parlerai à Jésus. Je lui dirai que ce texte est un tissu de mensonges, qu'il doit le brûler ! »

Malvina lui a tenu tête et une nouvelle brouille est intervenue. Sérieuse cette fois. Peut-être sans recours.

– Cécile a raison, me dit Malvina. Ce fatras d'histoires, dis-moi, qui est-ce que ça peut intéresser ? Qu'est-ce que tu en penses, toi ?

Perplexe, je m'abstiens de répondre. Ce texte m'a bouleversé. Reste à savoir, en faisant abstraction de mes rapports avec mes deux amies, ce que le lecteur, lui, pourrait en penser.

– Nous en reparlerons demain, dis-je, lorsque Cécile sera rétablie.

Malvina s'assied, soupire, la tête dans ses mains :

– Cécile... Elle n'ira pas mieux demain. Je sens que c'est la fin, et elle le sent aussi. Le docteur Farges ne m'a guère laissé d'espoir. Il a même songé à la faire hospitaliser pour lui faire donner des soins d'urgence, mais elle a refusé. C'est ici qu'elle veut mourir, elle me le disait hier encore. Et moi, qu'est-ce que je deviendrai toute seule ?

Elle a fini sa phrase dans un bref sanglot, a enlevé ses lunettes embuées pour les essuyer avec son devantal *à fleurs. Elle a gratté quelque chose sur la toile cirée.*

– Tu ne seras pas seule, Malvina. Je suis là et je suis ton ami, tu le sais ?

Sa main sèche et brune comme une feuille morte se pose dans celle que je lui tends. Elle m'enveloppe d'un regard mouillé où je lis une grosse tendresse.

C'est le moment de hasarder la question qui me brûle les lèvres. Je m'assieds sur le banc, en face d'elle, sans quitter sa main que j'ai emprisonnée dans la mienne.

– Malvina, il faut me répondre franchement. Dans tous ces événements que tu racontes, quelle est la part de la vérité et celle du... celle de l'invention ?

– Tout est vrai, Jésus ! Qu'est-ce que tu crois ? Je n'ai pas ton imagination, moi ! Je serais bien incapable de concevoir et d'écrire un roman. Fabien a bel et bien existé,

sauf que j'ai pris la précaution de changer son nom, ainsi que la plupart des autres. Tu me comprends ? Je ne veux pas d'histoires avec les familles, et qu'on me demande des millions que je n'ai pas. Tu me vois devant un tribunal, à mon âge ?

Elle rit à travers ses larmes. Une autre question me brûle les lèvres :

– La suite, Malvina... Tu comptes la rédiger ? Quand me la donneras-tu ?

Elle me dit : « Attends ! » avec un air mystérieux, se lève, pénètre dans la petite pièce qui leur sert de bureau commun, meublée de deux fauteuils, d'un poste de télévision dont le témoin perce la pénombre de son œil rouge. Elle revient avec une liasse à la main.

– Tiens, voilà la suite, qui est la fin aussi, me dit-elle. J'y ai passé une partie de la nuit, en veillant Cécile. Tu en fais ce que tu veux. Après tout, maintenant, rien n'a d'importance.

Je ne puis dissimuler un mouvement d'humeur et lui dis sur un ton de gronderie amicale :

– Je n'aime pas te voir cette mine désabusée. Je suis certaine que tu as éprouvé du plaisir, peut-être du bonheur, en racontant ces souvenirs.

– Du plaisir... Du bonheur... Comme tu y vas ! Si tu savais ce que j'ai peiné et souffert... C'est comme si, à chaque page, je m'étais arraché un lambeau de chair. J'ai eu à plusieurs reprises envie d'arrêter, de déchirer ces feuillets, de les jeter au feu. Le bonheur, le plaisir, j'en ai eu ma part et maintenant c'est fini, le rideau est tombé depuis longtemps. Tout ce que j'attends de la suite de mon existence, c'est la tranquillité. Celle qui précède le cimetière.

Elle me jette un rapide baiser sur la joue. Avant d'aller retrouver le docteur Farges qui replace ses instruments dans sa trousse, elle me dit :

– Ne fais pas cette tête, Jésus. Va travailler. Bon courage.

Journal de Malvina

15 mai

Il fait un triste printemps. La campagne, comme à l'automne, sent le linge humide et chaud. Ce matin, le temps uniformément gris qui cimentait la ville à notre réveil semblait nous isoler encore davantage du monde extérieur.

Avant mon lever, en toutes circonstances, il m'est possible de déceler, les yeux fermés, la couleur du temps à l'intensité et à la qualité des bruits, des chants d'oiseaux, des rumeurs du vent qui montent du parc ou de la gare : ils ont, par beau temps, l'éclat du cristal; s'il pleut, la matité de la laine...

Un changement s'est opéré en moi depuis ces deux événements majeurs de mon existence : la perte de ma virginité et la mort de Fabien. Il s'est affirmé très vite et j'ai senti mes illusions se détacher de moi comme une peau de couleuvre au printemps.

J'ai médité la parole de saint Paul, que j'ai notée dans un roman de Roger Martin du Gard, Jean Barois, *que j'ai reçu dans un nouveau colis de livres pour la bibliothèque :* « Quand j'étais un petit enfant je raisonnais comme un petit enfant ; quand je suis devenu un homme, je me suis dépouillé de ce qui était de l'enfant... »

Nombre de mes compagnes n'ont pu se dépouiller de ce reste d'enfance; il leur colle à la peau ; elles ont gardé des habitudes dérisoires : des fétiches, des jouets, des gestes comme de sucer leur pouce ou de faire leur prière avant de s'endormir; durant les récréations, elles ne peuvent se libérer de ces jeux puérils, comme de jouer au chat perché, à la main chaude, ou de sauter à la corde. Celles-là passeront sans transition de la compagnie de leurs camarades d'école à celle de leurs amoureux et seront mal préparées à affronter ces derniers malgré les vantardises dont les ont abreuvées généreusement certaines petites délurées.

A quelques semaines d'intervalle, je suis passée de la révélation de l'amour à la réalité de la mort. Mes souvenirs d'enfance, les séquences imprécises de ma vie de sauvageonne, celles, plus lisibles, de ma vie de famille et de mon séjour à l'EPS, se sont lentement érodés dans l'ambiance délétère de l'École normale, puis volatilisés. Je sens sous mes pas depuis peu un sol moins meuble qui me déconcerte et, en même temps, me donne de l'assurance, sur le chemin de la maturité.

Je me répète souvent que je suis une femme, que j'ai vécu, traversé des expériences auxquelles la majorité de mes compagnes et des filles de ma génération n'ont jamais été confrontées.

Madame a dû lire dans Le Figaro *l'annonce du décès de Fabien, mais elle ne m'en a pas soufflé mot. Peut-être cette disparition l'a-t-elle soulagée, ébranlée qu'elle avait été par la menace de chantage de Fabien. Elle semble m'ignorer. Avant les événements liés à mes relations avec*

Fabien, elle prenait plaisir à m'interroger plus souvent qu'à mon tour lors des causeries pédagogiques du matin, à solliciter des commentaires qu'elle appréciait par des sourires et des hochements de tête en me disant :

– C'est bien, Malvina.

Elle m'appelle par mon prénom, alors qu'aux autres elle dit : « Mademoiselle Untel... » J'en viens à me demander si cette femme aux méthodes austères et parfois brutales, pratiquement veuve, sans enfants, ne me voue pas un sentiment semblable à une affection maternelle.

Certaines de mes compagnes disent que je suis son chouchou.

Annie m'a rapporté que, l'année précédente, après le brevet supérieur, elle a demandé à une orpheline de père et de mère (ce dernier étant mort devant Verdun) si elle consentait à ce qu'elle l'adoptât. La petite avait refusé, préférant aller vivre chez un oncle.

Cécile... Quelque chose me dit qu'elle ne tardera pas à me donner signe de vie. La mort de Fabien aura peut-être changé la nature de nos rapports.

J'ai rêvé de Cécile la nuit passée, durant son sommeil. Je lui parlais. Je lui disais : « J'ai besoin de toi, de ta présence, de ta voix, de ton odeur, de ta tendresse », mais aucune voix ne me donnait la réponse que j'attendais.

Je me sens, privée d'elle, de plus en plus mal à l'aise dans ma vie grise de recluse, en dépit de cette impression de maturité mentale et physiologique qui m'envahit. Au cœur de ce territoire étranger, parfois hostile, qu'est l'école, ouverte aux vents de la solitude, de l'ennui, du désespoir, je travaille avec acharnement, comme une machine. Pour oublier. Pour m'oublier.

16 mai

Il se passe si peu d'événements dans cette boîte que la moindre querelle entre élèves et professeurs ou entre les élèves elles-mêmes, la moindre discorde, prend des proportions considérables et que notre quotidien en est ébranlé. Ces menus faits, nous les guettons, les suscitons au besoin, par perversité ou par besoin, et nous en délectons.

Judith Goldsberg, notre Dreyfusette, *dont je me suis fait une amie, s'est esclaffée en constatant un détail qui nous était tellement familier que nous n'y prêtions plus attention : notre professeur d'histoire et de géographie, la charmante et douce Mme Lavergne, allonge ses fonds de manche pour ouvrir et refermer les portes sans toucher la poignée. Une maniaque de l'hygiène...*

Il est vrai que la grippe espagnole n'a pas dit son dernier mot.

Durant une récréation, Mélanie, une élève de seconde, nous a raconté son dernier cours à l'école annexe installée en ville : un des instituteurs de cet établissement a fait construire par ses élèves un château fort de la dimension d'une maquette et il organise des assauts pour ses élèves. Il se place derrière la forteresse avec un panier de pommes pourries en guise de munitions. A tour de rôle les élèves partent à l'assaut. La plupart se retirent sous une pluie de projectiles. Ceux qui parviennent jusqu'au château reçoivent un bon point.

Au regard des imbéciles, la guerre ne perd jamais ses droits.

17 mai

– Mesdemoiselles, je veux savoir qui a écrit cette phrase.

Silence dans la classe. Madame a son visage de Jézabel : celui qui annonce l'imminence d'une sanction. Elle a désigné d'une baguette menaçante le tableau noir où une main mystérieuse a tracé cette phrase d'Alain, puisée sans doute dans un ouvrage emprunté à la bibliothèque : « Un peuple n'est pas nuisible à un autre mais utile au contraire : Kant, Hegel nous éclairent de toute leur lumière... (18 juillet 1914). »

– Je répète : qui a écrit cette insanité, cette provocation ? Si la coupable ne se dénonce pas, tout l'établissement sera consigné pour un mois.

Le silence est devenu plus pesant, puis des murmures ont affleuré ici et là et des regards interrogateurs ont circulé. Soudain...

– Malvina !

J'allais protester de mon innocence, quand Madame, sans colère, a ajouté :

– Malvina, vous êtes responsable de notre bibliothèque. Une élève a dû emprunter ces jours derniers un livre d'Alain. Allez chercher le registre...

Elle l'a feuilleté dans un silence pesant. Soudain une voix frémissante a lâché :

– Ne cherchez pas, madame, c'est moi.

Dreyfusette! *Elle se tenait devant moi, triturant un crayon, le visage empourpré jusqu'à la nuque.*

– Approchez, mademoiselle Goldsberg ! s'est écriée Madame. Nous attendons votre commentaire à cette ineptie.

Debout au bas de l'estrade, Judith s'est expliquée en termes simples, avec aisance et chaleur, malgré l'émotion qui l'étreignait. La paix universelle ne pouvait s'instaurer qu'à la suite d'une bonne entente entre les peuples eux-mêmes, par l'intermédiaire des écrivains et des philosophes, à quelque nation qu'ils appartinssent. L'humanité était une composante de complémentarités plus que d'antagonismes. Les ennemis des peuples étaient les marchands de canons, les gouvernements imbéciles, les nationalistes...

Quand elle a eu terminé, nous étions plusieurs à être tentées d'applaudir.

– Vous avez un réel talent d'orateur, a dit Madame avec un sourire ironique, mais vous ne m'avez pas convaincue. La guerre nous a été imposée par des barbares et si nous nous défendons, c'est que l'on nous a attaqués. Qu'auriez-vous fait à la place du gouvernement français ? Vous auriez laissé les Teutons nous envahir, nous écraser, nous imposer leur loi ?

– Nous aurions dû écouter Jean Jaurès tant qu'il était temps, madame.

– Jaurès... Jaurès... J'ai autant que vous la vénération de ce personnage, mais les Allemands, eux, n'avaient pas de Jaurès.

– Si, madame, pardonnez-moi : il y avait des mouvements pacifistes puissants chez nos ennemis, mais ils ont été bâillonnés.

– Il suffit ! Mademoiselle Goldsberg, effacez ce texte !

– Non, madame, je ne puis le faire. Ce serait trahir ma conscience.

– Ça, par exemple ! Refus d'obéissance ! Vous, mademoiselle Lafarge ! Vous refusez aussi ? Alors, vous, mademoiselle Gombert, prenez ce chiffon. Non ? Alors nous allons faire appel au bon vouloir de Mlle Laborie...

Agathe s'est levée sans hésitation. Dans le murmure réprobateur des trois promotions, elle a pris le chiffon que lui tendait Madame et s'est exécutée. La directrice a ajouté :

– Ce genre d'initiative est inadmissible. Je ne repousse pas la controverse, mais je ne tolère pas que l'on complote dans mon dos, que l'on se gargarise de propos défaitistes à un moment où le sort de la patrie est incertain. Mademoiselle Goldsberg, vous serez privée de sortie pendant un mois, avec notification à vos parents. Pas de blâme pour cette fois, mais ne recommencez pas!

Elle ajouta avant de nous faire entonner La Marseillaise *:*

– J'espère que cette punition ne suscitera pas une nouvelle affaire Dreyfus!

18 mai

Nouvelle prise de bec, ce matin, entre Louise Gombert et son ennemie irréductible, la grosse Eugénie Farges.

Louise revenait de la messe, le visage sévère, les lèvres pincées, l'œil dans le vague, comme si elle avait eu en charge le Saint Sacrement. Eugénie lui a jeté :

– Alors, Louise, qu'est-ce qui ne va pas encore? Tu n'as pas eu droit à la brioche ou c'est l'hostie qui était trop salée?

– Pourquoi tu t'en prends toujours à moi, a gémi la pauvre Louise. Est-ce que je te reproche de te goinfrer comme une oie qu'on gave? Qu'est-ce que je t'ai fait? J'ai pas le droit d'aller à la messe, peut-être? Tu ferais bien d'y aller toi aussi : ça t'arrangerait le caractère!

– Eugénie, dis-je, cesse de tourmenter Louise. Elle ne t'a rien fait.

Loin de renoncer à son attaque, Eugénie a surenchéri, allant jusqu'à demander à Louise si elle était amoureuse du bedeau ou du curé.

Je suis intervenue de nouveau pour apaiser cette folle et lui demander de me suivre dans la cour. Avant de rompre, elle a lancé à la pauvre Louise la flèche du Parthe :

– Dis, la menette, tu as songé à ce qu'elle devenait, l'hostie, dans ton ventre? De la merde!

Eugénie passait les bornes et je ne le lui envoyai pas dire, ajoutant que, si elle persistait dans ses sarcasmes envers Louise et quelques autres, elle perdrait mon amitié. Je l'aurais regretté car, sous ses mines agressives, sa boulimie de Caliban en jupon, de Gargamelle, *comme l'appelle Madame, elle cache une âme tourmentée et une vive intelligence. Si j'envisageais de me trouver une confidente, c'est peut-être elle que je choisirais. Une complicité implicite nous unit. Elle a été la première à parler, et à moi seule je crois, de son fiancé, en fait une relation amicale autour de laquelle elle a brodé un roman.*

Pour ne pas paraître en reste de confidences je lui ai discrètement parlé de Fabien, mais j'ai compris très vite que mon roman à moi, bien qu'il se soit terminé dramatiquement, ne l'intéressait guère.

Chacune de mes compagnes a ses secrets qui l'aident à supporter l'ennui et le travail dont nous sommes accablées. Ce que, quotidiennement, nous distinguons les unes des autres n'est que la partie superficielle d'un iceberg.

Germaine Peyronnie est allée au cinématographe avec sa correspondante, cet après-midi. Au cours du laps de temps qui sépare le dîner du coucher, durant lequel nous tricotons pour les soldats ou nous promenons dans le parc, elle nous a raconté les films auxquels elle avait assisté.

La première partie du spectacle était consacrée à un film comique : Double-Patte et Patachon, *qui ne l'a guère amusée (« C'est d'un vulgaire, mes petites! à vomir... »). A l'entracte, un comique troupier, Pol Issier, a occupé la scène; originaire de la Corrèze, il effectue des tournées dans les salles de cinéma, chante les répertoires de Dranem, Mayol et Polin :* Le trou de mon quai... Viens Poupoule... Le frotteur de la colonelle... *(« Ce qu'on appelle un tourlourou : du gros sel... »).*

Germaine, en revanche, s'est pâmée avec le Fantômas*, de Louis Feuillade, dont elle a lu l'annonce dans* Cinéma-Éclair. *« Quelle élégance, mes petites ! Faut le voir grimper aux murs, passer par les fenêtres, puiser dans les coffrets à bijoux des rombières... »*

– Moi, a soupiré Élodie Marcou à qui Germaine refile ses Cinéma-Éclair*, s'il pénétrait dans ma chambre, en pleine nuit, je lui abandonnerais tout !*

– Même ta vertu, à supposer que tu l'aies encore ? lui a lancé cette chipie d'Eugénie.

Il y a eu du grabuge chez les fous, la nuit passée. Peu avant minuit, ils sont restés une heure à hurler comme des loups ou à beugler comme des bœufs que l'on mène à l'abattoir.

J'ai tenu compagnie toute la matinée à Judith Goldsberg. En présence de quelques autres élèves, sous la conduite de la surveillante des deuxième année, nous sommes allées passer l'après-midi à la campagne, sur la rive de la Dombelle que, peu de temps auparavant, j'ai longée dans l'Hispano-Suiza de Fabien.

Ce souvenir est tombé sur moi comme un brouillard d'octobre.

Le pressentiment d'un retour de Cécile, qui se faisait jour en moi peu à peu, ne m'avait pas trompée.

Un samedi matin, Madame me remit une lettre en me disant :

– Cette Cécile Brunie, il y a bien longtemps qu'elle ne vous a pas écrit. Étiez-vous fâchées ?

– Non, madame, du moins je ne crois pas.

– Vous devriez vous méfier d'elle. Je vous répète qu'elle n'a pas bonne réputation dans notre milieu. Une syndicaliste ! Elle correspond avec des révolutionnaires comme les Mayoux et ses méthodes d'enseignement sont jugées trop modernes par la plupart de ses collègues. Je crois me souvenir qu'elle était l'amie de ce jeune lieutenant, Fabien Thibaud, dont j'ai appris le décès récemment et qui, lui-même, était classé au Carnet B à sa sortie de l'École normale, comme sujet à surveiller, du genre « aventurier dangereux ». Qui se ressemble s'assemble, n'est-ce pas ? Ma petite, faites attention où vous mettez les pieds. Plus tard, peut-être, vous m'en remercierez.

La lettre de Cécile n'avait pas été ouverte. Elle était

d'un laconisme affligeant. Après le fol espoir qui m'avait saisie en la recevant, elle me glaça.

Je passerai te chercher dimanche, m'écrivait-elle. *Si tu es libre nous pourrons passer la journée ensemble. Je dois rester deux jours à M... pour régler des problèmes syndicaux. – Cécile.*

Libre, je l'étais.

Depuis le départ de Fabien pour Paris, l'oncle Joseph ne m'avait pas donné signe de vie, comme si je n'avais guère compté et ne comptais plus pour lui. Je l'aimais bien, pourtant, ce vieux monsieur aux allures aristocratiques, dont la passion pour Marx aurait pu se communiquer à moi tant il mettait de conviction dans ses propos, et perméable comme je l'étais aux idées généreuses. Pourquoi avait-il renoncé à ma présence ? Peut-être était-il trop pris par son travail. Peut-être, connaissant le comportement futile de son neveu envers les femmes, ne tenait-il pas à favoriser par ses complaisances une passade qu'il jugeait sans issue. Et puis, après la mort de son neveu, il n'avait sans doute pas jugé bon d'entretenir avec ma modeste personne des relations sans objet.

Nous entrions dans la dernière semaine de mai et la défaite de nos armées paraissait inéluctable. Les Allemands avaient en réserve une soixantaine de divisions ; ils venaient de lancer en Champagne une troisième offensive et fonçaient sur la Marne, avec Paris comme objectif ; ils infiltraient nos défenses, les débordaient, et Foch était impuissant à contenir ce déferlement.

Les conférences pédagogiques du matin étaient devenues, dans la bouche de Madame, une litanie pathétique.

Elle faisait circuler dans la classe des numéros de

L'Illustration et de *J'ai lu* dont nous pouvions poursuivre la lecture à la bibliothèque. Ces images en noir et blanc ou sommairement coloriées nous plongeaient dans la consternation. Ainsi, c'était cela, la guerre : ces arbres déchiquetés qui ressemblaient à des hommes faisant des gestes désespérés, ces soldats montant en première ligne, qui ressemblaient à des arbres morts, ces tranchées où des spectres fumaient la pipe ou mangeaient leur rata au milieu des cadavres, cette terre qui éclatait en gerbes sous un ciel fuligineux où s'accrochait une grosse araignée de soleil...

Je songeais à Pierre, ce frère que la mort avait fauché dans les premiers jours du conflit et dont le corps pourrissait dans la terre de Champagne, quelque part, on ne savait où...

Cécile était là. Elle m'attendait, vêtue d'un corsage de satinette rose et d'une jupe à carreaux qui découvrait ses bottines jusqu'au milieu des mollets, coiffée d'un canotier noué sous le cou par un léger foulard blanc. Cécile radieuse.

Elle m'embrassa sans effusion.

– Je viens de signer le bulletin de sortie, me dit-elle. Si tu avais vu la tête de la mère Grumbert... J'avais l'impression de lui arracher son enfant. Elle ne m'aime guère à ce qu'il semble, cette vieille peau...

– Elle ne t'aime pas du tout.

J'étais dans un état second, comme si je venais d'avaler un verre de vin, avec l'impression que le sol se dérobait sous moi à chaque pas que nous faisions, et nous avions un long chemin à faire ensemble, elle tenant mon bras, comme pour me conduire au bout de la terre.

Jusqu'à l'entrée de la ville, marquée par le jardin public en rotonde, nous n'avons rien dit. Ou presque rien.

– Tu m'en veux ? dit Cécile.

– Et toi, tu m'en veux aussi ?

– Je t'en ai voulu. J'avais même décidé de faire une croix sur nous. Et puis... et puis je n'ai pas pu m'y résoudre. Alors me voilà !

Nous nous sommes tues jusqu'au restaurant, où Charles Reynaud nous accueillit avec sa jovialité coutumière.

– Je vous ai réservé la petite table de l'entrée, nous dit-il. Vous serez plus tranquilles.

La grande salle était réservée aux bons clients du dimanche : des bourgeois et leurs épouses, trafiquants, profiteurs du marché noir, exploiteurs de la misère...

– Charles, dit-elle, nous déjeunerons de peu. Je ne suis pas très fortunée ces temps-ci.

– N'ayez crainte, mademoiselle Cécile, la note sera légère et c'est moi qui vous offre l'apéritif. Que diriez-vous d'un bourbon ?

C'est à peine si je trempai mes lèvres dans le verre où s'entrechoquaient deux glaçons [1]. Cécile finit le mien.

– Les activités syndicales me coûtent cher, dit-elle. Tous ces frais de déplacement, d'hôtel, de restaurant...

– Je croyais que les activités syndicales étaient interdites, dis-je.

– Elles le sont. Nous appelons nos syndicats des amicales, et passez muscade ! Outre que cela m'occasionne des dépenses, j'y passe presque tout mon temps libre : rédaction d'articles, correspondance...

– Avec les Mayoux ?

Cécile sourit.

– Oui, avec les Mayoux notamment. Je vois que tu es bien informée. Par qui ?

– Par Madame. Elle m'a mise en garde contre toi et tes activités illicites.

1. Depuis, je suis revenue sur cette prévention. (Note de Malvina.)

– Elle n'a pas tort, cette guenon ! C'est vrai que je passe pour un personnage dangereux, comme les Mayoux, les Cornec, Hélène Brion, Marie Guilloux et quelques autres, qui luttent pour libérer l'École des tabous qui l'étouffent. C'est une lutte difficile, mais je m'y suis engagée de mon plein gré et je la poursuivrai, quoi qu'il m'en coûte, même si je dois finir mes jours en prison.

Cécile en prison ! J'avais du mal à imaginer mon amie soumise au régime du pain et de l'eau, à la surveillance permanente des geôlières, condamnée à l'inaction et au silence.

Durant tout le repas, nous n'avons parlé que de cela, et je me gardai d'aiguiller la conversation sur un autre sujet, celui qui nous occupait l'esprit. Quand elle eut réglé la note, elle me dit :

– Veux-tu que nous nous promenions ou préfères-tu que nous allions nous reposer dans ma chambre, à l'hôtel ?

– Dans ta chambre, si tu veux bien.

– Nous serons mieux pour bavarder. Nous avons tant à nous dire, n'est-ce pas, ma chérie ?

Après l'auberge où Fabien m'avait conduite, c'était la deuxième fois que je pénétrais dans un hôtel, et la première fois que je pénétrais dans une chambre.

J'imaginais ces établissements, je ne sais pourquoi, comme des lieux de perdition et de luxe, après qu'une fille de troisième année – était-ce cette « grande bringue » de Nathalie ? – nous eut relaté la nuit d'amour qu'elle y avait passée avec un jeune officier de la coloniale, en 1915, alors qu'elle venait d'avoir seize ans, mais peut-être se vantait-elle. Le luxe que j'avais imaginé en était absent. La chambre, modeste, sommairement aménagée, froide, impersonnelle, donnait sur un mur de briques qui entretenait dans la pièce une atmosphère peu propice aux dévergondages.

– Cette chambre est une étuve, me dit Cécile en soupirant. Tu peux te mettre à l'aise.

Je ne comprenais pas ce qu'elle entendait par « se mettre à l'aise », jusqu'au moment où je la vis enlever son corsage et sa jupe, ne gardant que son jupon et son soutien-gorge. Elle avait depuis longtemps abandonné le corset.

– Tu tiens à transpirer dans cette horrible tenue noire ? dit-elle en riant. A ton aise...

Elle continua de rire en me voyant enlever maladroitement ma robe qui dégageait une odeur aigre de tissu mal lavé et en voyant apparaître la lingerie intime dont elle m'avait fait cadeau l'automne précédent et qui ne m'avait jamais quittée.

– Eh bien, ma chérie, dit-elle, on dirait que tu y tiens, à ces vieilles frusques. Dès que j'aurai un peu d'argent de côté, nous irons t'acheter des sous-vêtements décents. Je connais une petite boutique pas chère. Tu n'as même pas de soutien-gorge ! Tu risques, à trente ans, de voir tes seins tomber au niveau du nombril !

Le soutien-gorge qu'elle portait me fascinait, davantage que le jupon transparent, liséré de dentelle, de couleur crème. Cécile a toujours été coquette. Un souci qui ne m'a jamais tourmentée, moi, la petite paysanne de Saint-Roch.

Elle écarta le couvre-lit, s'allongea sur le drap, me fit signe de prendre place à côté d'elle. Le drap était frais. L'odeur de ma transpiration se mêlait au parfum de Cécile et j'en avais un peu honte. Elle renifla mes aisselles et me dit :

– Tu peux aller te rafraîchir au lavabo. Dans mon sac tu trouveras un flacon de parfum.

Le sac de Cécile était un nœud de mystères : il contenait un porte-monnaie, un portefeuille gonflé de documents, un bâton de rouge à lèvres, un poudrier, des clés, la petite fiole de parfum et d'autres menus impédiments que je n'eus pas l'indélicatesse de recenser. Je passai une serviette humide sous mes aisselles, m'enveloppai au vaporisateur d'un léger nuage de parfum qui me troubla.

A peine étais-je revenue m'allonger près d'elle, Cécile me prit la main. La sienne était fraîche et délicate, alors que la mienne me semblait brûlante et moite.

D'emblée elle entra dans le vif du sujet.

– Fabien m'a écrit quelques jours avant sa mort, me dit-elle. Une longue lettre que tu pourras lire si le cœur t'en dit. Il m'a tout raconté de votre idylle.

– Tout, vraiment ?

– Oui, absolument tout. Il avait beaucoup de défauts mais il était franc comme l'or.

Je me sentis rougir de confusion.

– Il n'aurait pas dû. Je lui en veux.

– Il a eu raison. Je peux te dire aujourd'hui qu'il ne t'aimait pas. Pas du moins comme il aurait pu t'aimer. Ce qui l'a séduit en toi, dès votre première rencontre, chez l'oncle Joseph, c'est ton innocence, ton ouverture d'esprit, ton intelligence. Ton charme aussi... Il disait en parlant de toi : « C'est une beauté rustique. » Dans sa bouche, c'était un compliment. Bref : tu l'as *charmé*, au sens fort du mot. Il a pensé, dès ce premier jour, qu'il aimerait faire ta conquête. Peut-être s'est-il imaginé que tu pourrais devenir la femme de sa vie, celle après laquelle il a toujours couru et qui lui a toujours échappé.

– Et toi, Cécile ? Il ne t'aimait pas non plus ?

– Oh ! moi... Là encore, il s'est trompé. Il faut bien en convenir, ma chérie : ni toi ni moi n'étions à la hauteur de ses ambitions amoureuses.

Je l'encourageai à poursuivre en me tournant vers elle, ma joue contre son bras relevé.

– J'ignore ce qu'il pouvait bien nous reprocher ou du moins ce que nous n'avions pas et qui lui manquait. Je me suis longtemps interrogée à ce sujet et je n'ai toujours pas trouvé l'explication. Nous avons connu lui et moi une entente sexuelle parfaite mais – comment dire ? – sans véritable passion. Et ce qu'il cherchait, c'est une passion qui l'aurait dominé et déchiré, comme la guerre l'a fait. En me parlant de toi, il n'a pas été plus loquace. Ce qui, je crois, lui a plu en toi...

– C'était de déniaiser une oie blanche !

Elle éclata de rire, m'embrassa.

– Ce sont les mots qui conviennent. Peut-être a-t-il deviné, dès le premier contact, la possibilité de jouer les Pygmalion.

– Qui est ce Pygmalion ?

– Un roi de la Grèce antique, amoureux d'une statue d'ivoire dont il était l'auteur. Pour Fabien, c'était là une entreprise longue et délicate. Il n'y était pas préparé. De plus...

Elle passa son bras sous ma nuque, si proche de moi que je sentais le parfum de ses cheveux et, dans son haleine, une odeur de vin et de tabac. Elle ajouta :

– De plus il s'est vite rendu compte qu'il avait brisé quelque chose de rare, de plus rare sans doute que l'amour : l'amitié entre toi et moi. Je lui ai fait une scène lorsque j'ai appris qu'il te convoitait. Je lui ai annoncé que je renoncerais désormais à te voir s'il persistait dans son intention. Il a compris que, de ton côté, tu tenais beaucoup à moi. C'est ce qui a fini par le convaincre de renoncer à l'une comme à l'autre et à disparaître. Ce qu'il a fait, sans beaucoup d'élégance, je dois le dire. Il ne t'a jamais écrit après son départ pour Paris ?

– Si. Une fois seulement, pour me dire qu'il était à Paris.

– Le salaud !

Elle expira violemment par le nez, se serra encore davantage contre moi, se retourna pour me dire, visage contre visage :

– Sa seule maîtresse véritable était la guerre. Il la détestait. Elle l'a blessé et il a voulu se venger, mais c'est elle qui a eu le dernier mot.

– C'est curieux...

– Qu'est-ce qui est curieux ?

– C'est, à peu de choses près, ce que j'ai écrit dans mon journal. Madame m'en a confisqué une partie, mais je continue, sur un carnet.

– Tu me le feras lire ?

– Il est là. Je le porte toujours sur moi, dans une poche intérieure de ma robe ou de ma blouse quand je suis à l'école.

Je le lui remis. Elle en lut quelques passages. Lorsqu'elle tombait sur une page qui la concernait, elle m'embrassait et me disait :

– Oh ! ma chérie...

Ou encore :

– Tu sais que tu as fait des progrès ! C'est presque une écriture littéraire.

– Tu exagères ! C'est écrit au fil de la plume. N'importe quoi, n'importe comment. Je m'installais sur la cuvette des cabinets pour être plus tranquille.

Elle aurait aimé que je lui abandonne ce carnet pour le lire en entier. Je refusai. Plus tard, peut-être...

– C'est donc vrai, ma chérie, tu n'as jamais cru à une rupture définitive entre nous ?

– J'ai souvent eu des doutes, mais je n'ai jamais désespéré tout à fait.

– C'est la même chose pour moi. Tu ne peux pas savoir combien tu me manquais.

Elle m'embrassa sur la bouche, me secoua par jeu, en riant. Ma Cécile ! Je la retrouvais : vive, enjouée, passionnée... Je sentais un petit délire naître dans ma tête puis, soudain, une question vint me piquer comme une aiguille :

– Est-ce qu'il y a un homme dans ta vie, Cécile ?

Elle se détacha de moi, retomba à sa place, la mine soudain grave.

– Il y a eu des hommes, oui. Trois depuis l'automne dernier, mais aucun n'a laissé de souvenir poignant dans ma mémoire. Sauf un peut-être : André...

Ils s'étaient rencontrés au cours d'une réunion amicaliste. Il l'aidait à rédiger et à mettre en page un bulletin et ils avaient veillé tard dans la nuit. Un soir, il l'avait amenée dans sa chambre.

– Je me souviens : elle était tapissée de pages de journaux révolutionnaires, d'affiches de *L'Insurgé*, de Jules Vallès, de portraits : celui de Fancisco Ferrer, cet instituteur espagnol dénoncé par l'Église comme anarchiste, fusillé pour ses idées laïques. André lui vouait une véritable vénération. Nous nous sommes retrouvés trois ou quatre fois. Il a été arrêté à la suite d'un article violent contre la guerre, que la censure a intercepté. Je n'ai plus de nouvelles de lui. Quant aux deux autres, mieux vaut n'en pas parler. Ils ont passé comme des météores et c'est à peine si je me souviens de leur nom.

Elle ajouta pour se justifier :

– Il faut me comprendre, ma chérie, ne pas me juger trop sévèrement : je me sens parfois si seule, si désemparée, et j'ai en moi tant de vie et de désir que l'étreinte d'un homme m'est indispensable. Plus tard tu me comprendras, car toi aussi tu en connaîtras, des hommes, jolie et intelligente comme tu l'es.

Elle se serra de nouveau contre moi, me souffla à l'oreille :

– Nous avons beaucoup bavardé. Si nous nous reposions ? J'ai envie de faire un petit somme, comme ça, dans tes bras, comme au bord de la Dordogne, tu te souviens ?

Elle ajouta en pouffant de rire :

– Je pense à la mère Grumbert ! Si elle nous voyait, à demi nues, dans cette chambre d'hôtel...

C'était la quatrième ou cinquième fois que Pauline venait me rendre visite.

Les yeux clos dans la pénombre du dortoir, alors que d'autres filles s'éclipsaient en cachette pour aller réviser dans les toilettes, je l'attendais. Cela pouvait durer une heure, deux parfois, à des intervalles imprévisibles, mais elle restait rarement plus de trois jours sans revenir. Elle me faisait peur et me fascinait en même temps, sans que je puisse savoir lequel de ces deux sentiments surpassait l'autre en intensité.

(Je préfère ne pas écrire son prénom véritable, pour le cas où ce texte tomberait entre des mains étrangères. Je l'appellerai Pauline, un prénom, je ne sais pourquoi, qui lui va bien : celui d'un personnage du *Polyeucte* de Corneille.)

Depuis mon entrée à l'École je n'avais fait que l'apercevoir, souvent seule, parfois en compagnie d'une autre fille qu'elle tenait par la taille pour se promener. Jamais, ou rarement, en groupe.

Pauline était la fille d'un fonctionnaire de la préfecture, personnage presque aussi important que le préfet lui-même et qui avait sur ce dernier l'avantage d'échapper aux mutations périodiques.

Elle était grande, brune, ses cheveux tressés en natte qu'elle faisait passer par coquetterie d'une épaule à l'autre d'un simple mouvement de tête; ses yeux étaient fascinants, lumineux, avec des profondeurs glauques d'aquarium. Outre sa beauté, il émanait d'elle une séduction à laquelle aucune de nos compagnes, toutes promotions confondues, n'a échappé. Elle écrivait des poèmes dans le style de la comtesse Anna de Noailles et lisait, disait-on – mais on ne prête qu'aux riches – des ouvrages mis à l'index que, même dans la vie courante, on se passait sous le manteau.

J'avais rarement sa visite à la bibliothèque. Les livres qu'elle lisait à l'école, en cachette, elle les rapportait de son domicile. Madame, qui avait parfois été l'invitée du secrétaire de préfecture, n'avait garde d'ordonner l'inspection de son armoire ou de faire surveiller ses lectures. Elle se hasardait d'ailleurs rarement dans le domaine privilégié des troisièmes, de crainte que la moindre remontrance de sa part lui attirât des lazzi. L'affaire de mœurs qui avait abouti au renvoi pur et simple de Nathalie et de Justine sanctionnait un comportement tellement ostensible qu'elle n'avait pu faire moins que sévir.

Un jour, Pauline vint fouiller dans la bibliothèque. Déçue, elle me dit :

– Plus rien à lire. Qu'est-ce que tu me proposes ?

– Qu'aimeriez-vous ? Des romans, des livres pédagogiques ou des poèmes ?

Elle agita sa natte comme une couleuvre dans son dos et dit en riant :

– Toi aussi tu me voussoies ? Pourquoi ?

Incapable de répondre, dépourvue d'arguments valables, je lui tendis le catalogue en précisant :

– On peut garder les livres quinze jours. Il faut les rendre en bon état, ne pas les griffonner, ne pas...

Elle m'arracha le catalogue des mains d'un geste irrité et lâcha :

– Je connais la leçon. Hugo ? J'ai tout lu ou presque... Anatole France ? De la littérature pour fonctionnaires. Zola ? Pouah ! ça pue... Georges Ohnet ? C'est bon pour la mère Jeanrot... André Theuriet ? J'aurais l'impression de relire mes dictées du certificat d'études...

Elle me rendit le catalogue en le jetant sur le bureau et lâcha, ses bras croisés sur sa poitrine déjà ferme, maintenue par un soutien-gorge qui se dessinait sous l'étoffe :

– Ce que j'aurais aimé lire, c'est le journal intime d'une certaine Malvina. Dommage qu'il n'ait pas encore été publié...

Je me sentis rougir de nouveau et répliquai :

– Mon journal ? Comment as-tu appris ?

Elle prit son air le plus énigmatique pour ajouter en approchant son petit doigt de son oreille :

– Je l'ai appris par un témoin... auriculaire.

Je ne tardai à comprendre l'origine de cette indiscrétion : c'est Madame qui, au cours d'un repas chez le secrétaire de la préfecture, avait dû vendre la mèche.

– J'ai appris également, poursuivit Pauline, que tu as une belle écriture d'écrivain, et même du style. J'avoue que je paierais cher pour lire ce document. Je me suis moi-même essayée à cet exercice mais j'ai vite renoncé, pour deux raisons : je suis paresseuse et j'ai trop peu de choses à raconter sur cette *caserne* où je m'ennuie. Je préfère écrire des poèmes, ce qui me permet de m'évader. Je peux t'en faire lire quelques-uns.

J'acceptai.

Pauline revint quelques jours plus tard, me tendit un cahier aux feuilles détachées : un beau vélin de préfecture qui portait au dos l'estampille de l'administration. Je pouvais, me dit-elle, le garder quelques jours, mais je ne devais le montrer à personne.

C'était une faveur dangereuse, et je le lui dis : si Madame apprenait...

– Elle ne saura rien si tu restes vigilante. D'ailleurs elle ne peut rien faire contre moi. Je l'ai *dans ma poche*.

Pauline répéta qu'elle aurait aimé lire quelques feuillets de mon journal, mais je refusai une nouvelle fois, avec plus de fermeté : la protection de Madame ne s'étendait pas au personnage insignifiant que j'étais.

La plupart des poèmes de ce recueil, intitulé *Les Ailes de la passion* (un titre banal), étaient écrits en vers classiques, avec des titres suggestifs : *Ton cœur est mien... Toi, jeune fille-fleur... Beautés blondes... Sapho...* Ce dernier poème finit de lever mes doutes sur la nature des passions qui habitaient ma compagne. Ce quatrain m'est resté en mémoire :

Je croyais savourer sous ma lèvre fiévreuse
Quelque beau fruit mûri sous des ciels rougissants
Ta chair a des reculs de femme capricieuse.
Ô le bon souvenir qui va me caressant...

J'eus soudain l'impression de tenir entre mes mains un brandon; je devais à tout prix m'en débarrasser au plus vite. Je l'ai glissé dans mon cartable au moment où cette niguedouille de Nannie Peyre me disait :

– Malvina, est-ce que le *Vade-Mecum perpétuel* de Riquier et Marcel est rentré ?

J'eus tort, après avoir feuilleté ce brûlot, de ne pas le rendre à son auteur le jour même. Pourquoi l'ai-je gardé ?

Pourquoi l'ai-je lu et relu en y prenant chaque fois un plaisir renouvelé, avec même la tentation de recopier certains de ces poèmes ? J'avais l'impression de détenir un secret dangereux, au point que ce manuscrit ne me quittait pas, comme mon carnet, et que je le portais sous ma blouse noire, contre mon ventre.

Chaque fois que je me trouvais en récréation, je sentais le regard de Pauline fixé sur moi. J'évitais de le croiser, comme si je risquais de m'y brûler. A plusieurs reprises, elle s'approcha de moi, me proposa une promenade dans le parc, espérant sans doute que je lui parlerais de ses œuvres.

Le jeudi suivant, à l'ouverture de la bibiothèque, elle m'aborda en me disant :

– Alors, Malvina, qu'en dis-tu ? Ça t'a plu ?

Je lui rendis son manuscrit avec une intense sensation de soulagement et lui répondis cette sottise :

– Pardonne-moi : je n'ai pas eu le temps de lire tes poèmes.

– Eh bien, garde-les encore un peu.

– Non, Pauline, c'est trop risqué.

– Sainte-nitouche, va ! Tu mens ! Je sais que tu as lu ce manuscrit. Tu es la seule à qui je l'ai confié. C'est pourquoi j'aimerais que tu me donnes ton avis.

– Pourquoi à moi seule ?

– Question d'affinités.

Elle dut battre en retraite devant l'arrivée d'un groupe de filles de seconde qui venaient rendre des ouvrages, mais elle eut le temps de me glisser au creux de l'oreille :

– Nous en reparlerons. Ce soir peut-être.

Des affinités...

Pauline entendait-elle par ce terme que nos activités clandestines et nos goûts littéraires nous rapprochaient, ou que nous étions attirées l'une vers l'autre par un magnétisme sexuel, comme Nathalie et Justine, et qu'elle attendait une aventure amoureuse entre nous ?

La cloche venait de sonner le couvre-feu et, de l'autre côté de la vallée, le clairon avait retenti chez les garçons. Je commençais à m'endormir, la tête bourdonnante de quelques éléments du commentaire que Madame m'avait demandé de faire, le lendemain, devant les professeurs et les élèves. Il s'agissait d'une phrase de Jean-Jacques Rousseau : « *Il est des retours sur nos fautes qui valent mieux que de ne les avoir pas commises.* »

Soudain je sentis une main se poser sur la mienne, tandis qu'une voix murmurait à mon oreille :

– Tu dors, ma chérie ? Déjà ?

La main écarta le drap et la voix reprit, plus douce et plus rauque à la fois :

– Fais-moi une petite place. J'ai froid.

Pauline s'était agenouillée de manière à passer inaperçue.

– Va-t'en, lui dis-je, sinon j'appelle.

– Tu n'oserais pas. Ça ferait un beau scandale...

Avant que je puisse lui en interdire l'entrée, elle se glissa dans mon lit, prit ma main, la referma sur une feuille de papier pliée en quatre.

– C'est un petit poème écrit pour toi. Promets-moi de le lire.

J'étais paralysée de terreur au point que je ne protestai pas lorsque sa main, remontant ma chemise de nuit, se mit à caresser mon ventre et que son index pénétra mon intimité. Un cri me restait dans la gorge, à m'étouffer. J'aurais voulu hurler, chasser cette femelle à coups de poing, à coups de pied, alerter la chambrée, mais je restai immobile et muette, comme morte. Elle eut un petit rire de gorge et souffla, sa bouche contre la mienne :

– Tu as déjà eu un amant. C'était bien ? Tu as joui ?

Moi, je préfère qu'on fasse ça entre filles. Tu verras, c'est beaucoup mieux et on ne risque rien.

Je parvins à articuler d'une voix brisée :

– Je ne veux pas ! Je ne t'aime pas ! Va-t'en !

Elle agita violemment son doigt en moi en haletant, saisit ma main pour m'inviter à faire de même avec elle quand je distinguai soudain avec effroi, au pied du lit, une ombre qui secouait la couverture en prononçant des mots que j'entendais mal. C'était Annie Bordes ; je me sentis perdue.

– Mademoiselle Pauline, dit-elle, revenez dans votre dortoir, sinon je préviens Madame. Vous n'avez rien à faire chez les premières. Surtout, que je ne vous y reprenne pas !

Pauline bondit hors du lit et lui jeta à la figure :

– Toi, si tu mouchardes à la mère Grumbert, c'est comme si tu avais perdu ta place. Nous ne faisions rien de mal. Je venais me réchauffer. Il fait un froid de canard dans cette baraque !

Les regards d'Annie, le lendemain...

Je l'attirai à part et lui dis :

– C'est la première fois que Pauline vient me voir au lit et ce sera la dernière. Que vouliez-vous que je fasse ? Que je me mette à hurler ? Vous imaginez le tableau ?

– Je sais..., soupira Annie. Tu n'es pas la première à qui elle s'en prend. Elle ne risque pas grand-chose, elle, mais toi tu ne couperais pas à la révocation, comme Nathalie et Justine.

– Ce serait une injustice.

– Peut-être mais c'est ainsi que ça se passerait.

– Alors, qu'est-ce que je peux faire ?

– Je n'en sais rien. Débrouille-toi pour lui faire comprendre que tu ne manges pas de ce pain-là...

Je lus le poème de Pauline, tout froissé encore de notre brève étreinte nocturne. Je l'ai gardé en mémoire, comme le quatrain précédent, du moins les premiers vers :

J'ai trop pleuré, j'ai trop souffert
Dans l'attente de tes caresses
De tes baisers, de ton amour.
Je rêve du fruit de ta bouche...

C'était de la mauvaise poésie, du genre lyrisme de circonstance. Je devinai que Pauline me tendait un appât conforme à nos affinités, mais il était un peu grossier et n'aurait pu émouvoir qu'une première communiante. Je l'ai déchiré et jeté aux toilettes.

Puisque je rédige ces souvenirs avec un souci constant de respecter la vérité, je puis bien avouer que cette fille me troubla et me demander si, en d'autres lieux et dans d'autres temps, en vacances par exemple, dans la chaleur d'une sieste ou la fraîcheur d'une nuit, je ne serais pas entrée dans son jeu.

Elle revint quelques jours plus tard à la bibliothèque, avec un regard de biche qui semblait avoir « trop pleuré et trop souffert ». Elle se contenta de parcourir du regard les rayons avant de s'arrêter au comptoir et de me dire en soupirant :

– Toute cette littérature sue l'ennuie. Elle manque de poivre et de sel. A la longue, je crains que tu ne finisses par lui ressembler.

Avant de se retirer elle me lança ce trait cynique :

– Mais peut-être préfères-tu les nouilles à l'eau aux rahat-loukoums !

J'ignorais de quoi elle voulait parler, mais je devinais que ce devait être un mets épicé ou sucré et parfumé.

Le soir, alors qu'elle était de nouveau agenouillée au pied de mon lit dont je lui interdisais l'entrée, elle me demanda si j'avais lu son poème.

– Quel poème ?

– Tu le sais bien. J'en ai écrit un autre. Toujours pour toi.

– Tu perds ton temps. Bonne nuit.

Et je me retournai.

Elle me donna rendez-vous au fond du parc ; je ne m'y rendis pas. Elle me dit que j'avais eu tort : elle venait de se procurer en ville ce qu'elle appela un « loukoum littéraire » susceptible de me donner la grande soif dont elle guettait en moi les premières manifestations : *Les Chansons de Bilitis*, de Pierre Louÿs. Cet auteur avait si mauvaise réputation que nous hésitions à prononcer son nom. Sodome me souffla son phosphore au visage.

Pauline revint plusieurs nuits, à intervalles irréguliers, durant une quinzaine. Elle surgissait parfois fort avant dans la nuit, alors qu'un cheval attelé aurait pu traverser l'enfilade des dortoirs sans réveiller les pensionnaires. Elle se tenait debout dans la pénombre, à mon chevet, mauvais ange aptère, mains croisées sur le ventre, ses cheveux dénoués flottant autour de son visage de marbre.

Malgré le désir qui, certaines nuits, me tenaillait le ventre, je tins ferme. Elle ne saura jamais combien, parfois, j'avais envie de lui prendre la main, de lui dire : « Viens », de sentir ses doigts habiles me pénétrer comme un sexe d'homme.

Journal de Malvina

30 mai

Berthe Roussarie est morte.

J'ignore comment elle a contracté la grippe espagnole. Elle était souffreteuse, effacée; une élève médiocre, arrivée avant-dernière au concours d'entrée : du « chiendent », *comme dit Madame. Je n'oublierai pas son visage ingrat, ponctué de boursouflures et de cratères, comme d'autant d'anatifes sur la coque d'un navire, ses gestes de sourd-muet quand elle parvenait imparfaitement à s'exprimer par la parole. Elle n'avait de notes satisfaisantes qu'en gymnastique et en couture.*

Berthe avait honte de ses parents, des paysans des environs. Nous l'avons vue pleurer de dépit, peu avant les vacances de Pâques, lorsque sa mère, profitant d'une foire à M..., est venue lui rendre visite et lui apporter un colis de victuailles. Nous étions en récréation lorsque cette scène s'est produite. La pauvre femme était laide et sale comme une baraquaine, *une bohémienne, avec son bonnet jaune, son devantal troué, ses socques boueux. Certaines de mes compagnes se détournaient pour rire. Je les aurais giflées.*

Nous sommes allées à l'enterrement dans un camion, Madame près du chauffeur, nous derrière. Le cercueil de bois blanc a été conduit au cimetière du village sur une charrette tirée par des bœufs.

La fête foraine a débuté à M..., sur un espace proche du rond-point d'où part l'avenue montant à l'école.

Les nuits ont pris un air de fête : musiques, chansons, concerts de cris lorsque le manège pousse-pousse prend son allure maximale... Interdiction de nous y rendre, bien entendu.

Malgré les protestations d'Annie, nous restons debout à la fenêtre du dortoir, comme ce personnage de La Rôtisserie de la reine Pédauque, *d'Anatole France, qui se sustentait du fumet des ragoûts et des grillades en mangeant son pain sec devant le soupirail de l'auberge, au-dessus des cuisines.*

Des filles de seconde n'ont pu résister à l'attrait de la fête : elles ont fait la belle, *comme elles disent. Sur le coup de dix heures, elles sont passées par les cuisines, ont emprunté, au fond du parc, du côté de l'asile d'aliénés, une issue connue d'elles seules. Elles sont allées faire la fête avec des normaliens qui leur avaient donné rendez-vous par l'intermédiaire involontaire de Mlle Grappin dont le chapeau a rempli, une fois de plus, son rôle d'émissaire.*

Elles sont rentrées vers trois heures du matin, un peu ivres d'avoir bu le mousseux gagné au tir par les garçons.

C'est miracle qu'Annie ne les ait pas surprises, pas plus que les autres surveillantes. Le plus difficile avait été le retour, les fous rires qu'il leur était malaisé de réprimer. Elles s'étaient procuré, je ne sais comment, un double de la clé du dortoir.

Ce matin, Pauline m'a croisée sans me regarder, dans la cour, au moment de la récréation. Elle tenait par la taille une fille de seconde et lui parlait à l'oreille en riant. J'ai senti comme une piqûre d'aiguille à la place du cœur. Jalouse ?

Lettre de Cécile. Embrouillamini de mots tendres, de reproches (je lui écris trop rarement). Une promesse : nous irons faire ensemble un voyage de fin d'année scolaire, à Arcachon. J'ai consulté mon atlas : tout ce bleu du bassin m'a sauté aux yeux et réchauffé le cœur.

A l'approche des grandes vacances, la tension monte parmi les professeurs mais surtout les élèves. La chaleur, la discipline qui se resserre, le travail qui nous accable, les menaces d'inspections et de sanctions entretiennent un climat de nervosité et de peur dans l'établissement. Les querelles deviennent plus fréquentes.

Madame a fait recenser par les surveillantes les élèves les plus irascibles, susceptibles d'apporter un trouble supplémentaire à l'ambiance de l'école. On leur administre trois douches froides par jour.

Andrée Laborie a été retirée de l'établissement sur l'ordre du médecin. On craint un début de tuberculose dû au surmenage. Deux autres, des secondes, ont été mises en examen pour lymphatisme et anémie, pour les mêmes raisons, semble-t-il.

1er juin

Comment s'est-il procuré mon identité ? Je l'ignore. Sans doute par ce réseau d'informations qui transitent clandestinement d'une école à l'autre dans la ganse du chapeau de Mlle Grappin.

Toujours est-il que Jean Bernard est mon « mari », puisque nous avons eu le même classement au concours d'entrée.

Sa lettre, tout emberlificotée de bons sentiments et de sous-entendus, je l'ai perdue. Il avait, comme on dit, « mis sa plume du dimanche » pour me fixer un rendez-vous, en tout bien tout honneur. Nous devions nous retrouver le samedi suivant, à l'occasion de la fête mixte donnée traditionnellement à l'école de filles.

La perspective de ce rendez-vous décidé unilatéralement m'indisposait. Qu'avais-je à faire de ce béjaune ? Qu'il s'avise de me faire la cour et il trouvera à qui parler.

2 juin

Deux événements ont marqué pour moi cette soirée de samedi.

Le « grand poète » Maurice Bouchor, venu spécialement de Paris en passant par Limoges, nous a présenté un récital de ses œuvres, ces récitations qui nous barbent autant que celles de Sully Prudhomme ou de Victor de Laprade. Il parlait plus volontiers dans ses œuvres des petits oiseaux que de la guerre et jouait de la flûte de préférence à la trompette. Il avait la soixantaine, de belles moustaches et une voix agréable. Nous nous attendions à ce qu'il déclamât ses poèmes : il les chanta en s'accompagnant au piano et nous fit reprendre en chœur quelques-unes de ses chansons joyeuses.

Deuxième événement de la soirée : la représentation d'une scène du Voyage de M. Perrichon, *d'Eugène Labiche, que nous avons montée en prenant sur notre temps de loisir. J'ai joué le rôle d'un des prétendants de Mlle Perrichon au cours d'un voyage en Suisse, et j'ai dû fumer en déclarant ma passion. Annie, qui avait assuré la* mise en scène, avait exigé que je fume une vraie cigarette. Mes quintes de toux ont eu autant de succès que le texte lui-même.

En quittant les coulisses, je me suis heurtée à un garçon qui m'attendait, son képi à palmes d'or entre les mains, une chaîne de montre barrant son ventre sous la redingote trop longue pour lui.

– Mademoiselle Malvina Delpeuch, je suppose ?

– Elle-même. Vous avez lu mon nom dans le programme ?

C'était, en plus modeste, l'entrevue entre Stanley et Livingstone. Il ajouta en toussant :

– Je suis Jean Bernard. Tous mes compliments. Vous avez un réel talent d'artiste. Ce que vous m'avez fait rire ! Surtout lorsque vous avez fumé cette cigarette. Quel succès ! Avez-vous reçu la lettre où je vous informe que je suis votre « mari » ?

– Je l'ai bien reçue et je vous en remercie.

Lorsque nous émergeâmes dans la pleine lumière de la salle, je faillis éclater de rire. « Ça », mon mari... Il était petit, noiraud, avec un nez qui semblait chercher la direction du vent, une ombre de moustache. Et les banalités continuèrent.

– Ravie de vous connaître, monsieur. Si vous êtes mon « mari »...

– Eh oui, vous êtes ma « femme ».

Il rougit en prononçant ce dernier mot puis se mit à rire bêtement. Je lui demandai ce qui motivait cette hilarité; il tendit le doigt vers mon visage.

– Vos moustaches postiches ! Vous avez oublié de les enlever...

Jean Bernard ne m'a plus quittée de la soirée. Chaque fois que Mlle Grappin, relayée par Judith Goldsberg, rentrée depuis peu en grâce auprès de Madame, attaquait une danse au piano, il se plantait devant moi, son képi sur *le ventre, s'inclinait et me demandait d'un air cérémonieux :*

– Si je puis me permettre...

Pour le tango que Judith a joué après le départ de Madame, il n'a pas osé formuler une invitation. L'ambiance de la soirée prenait un tour plus libre. Les garçons avaient apporté du champagne, des cigarettes, et paraissaient bien décidés à prolonger la soirée, malgré la présence de quelques professeurs et des surveillantes.

J'aurais moi-même mis à profit cette occasion de secouer le carcan de notre existence quotidienne, si ce pauvre Jean Bernard ne m'avait suivie comme son ombre. Après deux coupes de champagne et quelques cigarettes, il me confia qu'il aimerait me revoir et correspondre avec moi. Cause toujours...

Je m'attendais à ce que Pauline ignorât ma présence, occupée qu'elle était à danser, à chanter, à boire avec la fille de seconde qu'elle honorait, j'ignore jusqu'à quel point, de ses faveurs.

Lorsque Judith, Madame ayant disparu avec son poète, a annoncé le premier tango argentin, j'ai vu Pauline venir vers moi, un bouton de rose piqué derrière l'oreille, de la gîte dans l'allure, cigarette aux lèvres.

– Viens danser! m'a-t-elle dit d'un ton autoritaire.

– Impossible, ai-je répondu, j'ai déjà un cavalier.

Elle a foudroyé du regard ce pauvre Jean Bernard et m'a dit tout haut, de manière qu'il ne perde rien de ses propos :

– Tu aurais pu mieux choisir. Mon Dieu, qu'il est laid!

Elle m'a entraînée par la main, en dépit de ma résistance, au milieu de la piste où évoluaient seulement deux ou trois couples, et a collé son corps au mien.

– Tu ne crains pas une scène de jalousie? lui ai-je demandé.

– De la part de cette greluche ? Il ne manquerait plus que ça !

Elle a resserré sa pression, a murmuré dans mon oreille, de cette voix un peu rauque qui me troublait, des paroles du tango, où les querida *répondaient aux* corazón *en* glissandi *pathétiques. Je dansai mal et elle guère mieux, mais l'ambiance était à l'euphorie et personne n'a pris garde à notre maladresse.*

– Cette fille n'est rien pour moi, Malvina. Elle est sotte et sèche comme une pigne. Je veux parler de ses sentiments. Aucune disposition passionnelle. Je vais la laisser choir. Toi, en revanche, si tu voulais... Dès que je t'ai vue, j'ai compris que nous pourrions vivre une belle aventure. Mon père m'offre un voyage en Espagne pour les vacances, avant mon entrée à Fontenay. Si tu veux, nous pourrions partir ensemble.

Arcachon... L'Espagne... Il me semblait glisser vers un monde où tout devenait possible, où des portes s'ouvraient sur des lieux dont je n'aurais jamais osé rêver.

– C'est impossible, ai-je répondu, je suis invitée à Arcachon.

Pauline s'est esclaffée :

– Arcachon ! C'est bon pour les familles de petits-bourgeois. Tandis que l'Espagne, amor de la mia vida*... Réfléchis.*

– Je n'ai pas besoin de réfléchir. C'est non. Désolée de te décevoir. Je suis normale et heureuse de l'être. Il serait temps que tu le comprennes.

Elle a laissé tomber ses bras, s'est détachée de moi et a lâché d'une voix âpre :

– Décidément tu es bien ce que je craignais : une petite conne !

Et elle m'a tourné le dos.

Exit *Pauline.*

Ce même soir, passé minuit, Jean Bernard m'a quittée

sur une promesse, que j'ai lâchée imprudemment, de répondre à ses lettres. Je m'en moque. Entre lui et moi, le divorce a été prononcé avant le mariage.

3 juin

Promenade avec Cécile aujourd'hui, dimanche, par grande chaleur. Pique-nique au bord de la Dombelle. Je lui ai raconté mon aventure avortée avec Pauline ; elle est restée songeuse et m'a dit :

– Tu es passée à côté d'un grave danger. Toutes les femmes, tous les hommes connaissent un jour ou l'autre ce genre de tentation, mais il faut être armé pour se lancer dans ce genre d'aventure, et tu ne l'es pas. Cette grande garce aurait plumé vive l'oie blanche que tu es avant de te rejeter.

Elle m'a embrassée dans le cou avant d'ajouter :

– J'aurais été très jalouse, tu sais ! Plus jalouse peut-être que lorsque Fabien et toi...

Le trouble que Pauline a infiltré dans mon corps, je l'ai ressenti avec Cécile, mais il y avait entre nous une telle épaisseur d'amitié, une frontière à ce point inviolable, que tout sentiment étranger venait s'y heurter. Cela n'a jamais constitué un sujet tabou entre nous. Il nous est arrivé de jouer avec nos corps, d'affronter une certaine équivoque, de nous sentir si proches de cette frontière qu'elle paraissait dérisoire, mais ces jeux sont demeurés platoniques et je sais qu'ils le resteront.

Jenny Mason nous a donné ce soir un récital de flûte à bec au fond du parc et nous a charmées avec de vieilles chansons anglaises. Puis elle s'est mise à pleurer. La tension qui s'accroît au sein de l'établissement ne l'a pas épargnée ; cela se traduit chez elle par des moments de prostration et des crises de larmes.

D'ici une semaine ou deux elle reprendra la route de l'Angleterre et nous oublierons l'amoureuse des nightingales.

4 juin

Lettre de Cécile ce matin. Elle me parle de Fabien. Il l'a plus marquée qu'elle ne consent à le reconnaître. Il a été le seul homme, m'a-t-elle dit, avec qui elle aurait aimé faire sa vie, à condition qu'il l'eût acceptée telle qu'elle était et eût renoncé à jouer les Pygmalion comme il avait tenté de le faire avec moi. Elle voulait demeurer ce qu'elle était et qui allait avec sa nature : institutrice de campagne (une vocation), socialiste et syndicaliste (une passion), émancipée (une nécessité vitale). Y eût-il consenti ?

« Fabien, m'a écrit Cécile, souffrait beaucoup de ses blessures. Il prenait, dans les premiers temps de son retour du front, des remèdes prescrits par la Faculté : valériane, quinine, véronal... Il en était venu à l'éther, seule drogue susceptible de le soulager. As-tu remarqué qu'il en abusait ? »

Je me souviens de la petite boîte de nacre, des pilules qu'elle contenait, de l'odeur de sa bouche et de sa sueur. Cécile poursuivait dans sa lettre :

« Fabien portait la mort en lui. Il n'a pas eu à prendre rendez-vous avec elle. Elle le rongeait comme un ver dévore l'intérieur d'un fruit. Le plus poignant, c'est qu'il en était conscient... »

Les fous de l'asile s'agitent beaucoup ces temps-ci. Il est difficile de les maîtriser dès qu'ils sentent l'odeur des femmes et que le printemps imprègne leur corps.

L'effet McClintock, dont Cécile m'a parlé, est-il une réalité scientifique, le fruit d'une approche expérimentale ? J'ai observé que mes dernières périodes correspondaient, à quelques jours près, avec celles de mes voisines : Emma Perrot, Eugénie Farges, Louise Gombert et quelques autres. Question sans doute stupide : Pauline est-elle soumise, comme nous toutes, au cycle menstruel, et peut-elle faire l'amour normalement avec les hommes, elle qui n'est pas normale [1] ?

5 juin

Les conférences matinales de Madame font de plus en plus de place aux communiqués du front. Sa baguette voltige le long de la Marne, plane sans oser s'y poser au-dessus de Paris.

– La situation, mesdemoiselles, peut être considérée comme dramatique. Les troupes allemandes viennent d'occuper Château-Thierry, ici, en Champagne. Elles ne sont qu'à une soixantaine de kilomètres de Paris. Il faudrait un miracle pour sauver la capitale, mais, ce miracle, il faut y croire. Comme pour la Marne...

Elle portait son espoir sur l'arrivée massive des Américains. Ces petits gars qui montaient à l'assaut en bras de chemise en chantant Through by Georgia *ou* Stars and stripes, *ces boys de l'Illinois, du Minnesota, de Virginie ou de quelque autre État de la grande Amérique, nous en rêvions toutes.*

– Mesdemoiselles, a ajouté Madame, si cette situation se confirme ou s'aggrave, nous devrons nous apprêter à accueillir de nouveaux réfugiés. Déjà des familles entières

1. Passage biffé dans le journal de Malvina.

quittent la région parisienne, mais Foch tient bon et Clemenceau vient de déclarer...

Son mouchoir sous les yeux, elle a écrit au tableau noir, d'une main tremblante :

« Je me battrai devant Paris. Je me battrai dans Paris. Je me battrai derrière Paris. »

Nous attendons les premiers réfugiés. Des convois de prisonniers allemands blessés passent par la gare de M... L'un d'eux s'est arrêté et les malheureux ont été conduits à la chapelle. Le soir, très loin, comme venant d'une autre galaxie, montent des chants qui doivent parler de plaines et de pluie.

Qu'est devenu cet Otto Fontaine, amoureux de la pauvre Évelyne Landrevie ? Je l'ignore. En revanche, j'aperçois parfois Évelyne, au cours de nos promenades, derrière la vitrine de la pâtisserie-confiserie familiale où figure cette inscription que l'on peut lire de même sur d'autres boutiques de la ville et qui m'a toujours fait sourire :

English spoken *et* Parlem patois.

Après déjeuner, accompagnée de Louise Gombert, j'ai poussé jusqu'à la barrière du fond du parc, qui nous isole des jardins de la chapelle. Nous avons entendu des plaintes et des cris. Debout et ouverts, des cercueils étaient alignés contre le mur.

7 juin

Judith m'a parlé ce matin de la mise en quarantaine qui, heureusement pour elle, n'a pas duré quarante jours mais deux semaines seulement.

– C'est une épreuve plus redoutable qu'on ne le croit, m'a-t-elle confié. Cette impression d'isolement total est

pire que ce que doit ressentir un naufragé sur une île déserte. Un supplice raffiné. Personne ne m'adressait la parole, sauf toi, de temps en temps. Toutes ces filles qui passaient près de moi sans même me regarder, sans me jeter un mot comme un os à un chien, ces professeurs qui refusaient de m'interroger... J'en venais à parler seule, comme une folle. Je crois même que je parlais dans mon sommeil, que je dialoguais avec moi-même. Un châtiment corporel aurait été préférable.

Elle a ajouté :

– De toute manière, cette sanction a été inutile et, même, elle m'a confortée dans mes opinions. Je suis de plus en plus opposée à cette monstruosité, à cette... à cette connerie qu'est la guerre.

Ce mot vulgaire, sur les lèvres délicates de Judith, m'a choquée, malgré la liberté de langage dont usent la plupart de mes compagnes pour jouer les filles émancipées.

9 juin

Un télégramme pour moi, ce matin. Émotion. Ma mère est malade. Elle réclame ma présence. Le bleu *est signé Hugo. Je partirai demain, si Madame m'y autorise.*

10 juin

– J'espère que ce n'est pas grave, m'a dit Madame. Quoi qu'il en soit, revenez-nous dès que possible. Emportez votre manuel de physique. C'est votre point faible.

Elle m'a embrassée.

J'écris dans le train lorsqu'il s'arrête dans une gare, et il n'en manque aucune.

Le convoi a suivi la Dombelle à contre-courant.

Impression de remonter le temps, de reprendre à l'envers le chemin vers la source, vers la matrice originelle. La rivière devient capricieuse ; elle coule dans un lit de plus en plus étroit, joue à cache-cache avec la voie ferrée. Parfois elle m'échappe, avalée par des épaisseurs de taillis ou de marécages, mais elle ne tarde pas à ressurgir et semble me faire un signe d'amitié. Puis de nouveau, avec la voie ferrée, ce jeu de couleuvres en amour qui s'enlacent aux premières chaleurs sur les pentes du Puy-Faure et que, par cruauté, ignorance et sottise, nous allions massacrer à coups de bâton.

11 juin

Rien de grave.

Ma sœur, Flavie, était présente sur le quai quand je suis arrivée. Elle se tenait à côté de Hugo, dans la carriole que la Maïré, sur les instances de son domestique, a consenti à acheter d'occasion, avec une vieille jument, à la mère du Babeu, l'idiot du village emporté par la grippe espagnole. Hugo a retapé le véhicule et donné à la horse, naguère mal nourrie et maltraitée, une nouvelle santé.

– Il a fallu que j'insiste, m'a dit Hugo. Ta mère a des sous, mais, pour les lui faire sortir, ach ! C'est la croix et la pannière !

Je n'avais pas vu Flavie depuis des mois. Elle a bien changé, la pauvre : mal nourrie, accablée de travail, elle n'est plus que l'ombre d'elle-même.

– Tu serais pas malade, toi aussi ?

Elle a souri de son air néci et secoué la tête. Pour la nourriture, c'est un peu juste, mais ni la mère supérieure ni les sœurs ne bénéficient d'un régime de faveur. Ce qu'elle regrette le plus, c'est le bon pain blanc de Bernède. A Meyssac, les sœurs pétrissent et cuisent elles-mêmes en mélangeant le froment au seigle, à l'orge, au maïs, aux féveroles. Elles ont de la viande un jour par semaine : des bas morceaux. Les légumes viennent du potager et l'eau du puits. Le vin est prohibé.

Il me semble la voir revenir des fermes lointaines, tassée sous le grand parapluie noir de la Mémée, crottée jusqu'aux genoux, les yeux bordés de rouge pour avoir peiné sur des travaux d'aiguille, à la journée, la poitrine creuse, la voix rauque.

Aujourd'hui, Flavie ne tousse plus mais elle a le visage désincarné d'une vieille nonne.

La Maïré m'a accueillie du fond de son lit recouvert d'une couette malgré la chaleur.

– Ah! te voilà. Enfin...

Comme si j'avais lambiné en route...

– Le docteur Farges est revenu ce matin, dit Hugo. Il a dit que ç'aurait pu être plus grave : une bronchite mal soignée, en faisant les foins. Elle s'est tournée en pleurésie ou je sais plus quoi. Elle avait une grosse fièvre. Jusqu'à quarante. Ach! J'ai bien cru...

– Il faut qu'elle garde le lit une semaine, dit timidement Flavie.

La Maïré a réagi avec sa vivacité contumière :

– Écoutez-la, cette bestiasse! Une semaine! Non, mais... Demain, que ça vous plaise ou non, je me lève. Milladiou! J'ai à faire, moi!

J'ai failli éclater de rire, mais elle l'aurait mal pris. J'ai fait un voyage inutile.

Avec le reste du chevreuil piégé par un voisin, qui l'a partagé avec une partie du village, Hugo nous a préparé un plat de son pays : une sorte de civet, avec des groseilles de conserve. Flavie a mangé de bon appétit, mais elle a tout vomi. Son estomac est trop habitué au brouet des sœurs pour accepter une nourriture plus riche. Un petit verre de genièvre l'a requinquée.

J'écris ce soir à la chandelle, sur ma petite table, après avoir lu le chapitre sur les gaz naturels. Le Puy-Faure semble fondre au loin, dans la clarté de la lune et la chaleur de cette nuit de juin, comme un bloc de gélatine. Flavie dort dans le lit où je vais la rejoindre tout à l'heure, comme jadis.

Il y a eu deux morts au champ d'honneur depuis ma dernière visite à Saint-Roch. Et la guerre n'est pas finie.

14 juin

Avant mon départ des Bories-Hautes, Hugo m'a remis quelques billets : cent francs au total, sur une somme qu'il est parvenu à distraire au tronc commun, à la suite des transactions sur les foires de Meyssac, de Turenne et de Beaulieu qu'il fréquente depuis qu'il a une carriole à sa disposition.

– Tu dois pas rouler sur l'or, Malvina ?

En fait, je n'ai pas le moindre argent. Cent francs, pour moi, c'est le Pérou. Je médite de faire un cadeau à Cécile. Peut-être même à Judith, qui est aussi dépourvue que moi.

Cécile m'écrit de Tulle. Elle a rencontré Marcel Champeix, ce jeune normalien, ami de Fabien, qui partageait avec lui des opinions politiques et syndicalistes avancées. Il a pris en main le bulletin de l'amicale et, dans le cadre du programme de troisième année de l'école, rédige une monographie de sa commune : Chamberet.

Ils ont déjeuné ensemble au restaurant Fournaud, et se sont promenés. Cécile paraît séduite par ce gars « costaud, brun, intelligent, du genre sarrasin »...

15 juin

Nos tâches deviennent accablantes à l'approche de la décale de juillet. L'ambiance s'en ressent. Nous avons toutes les nerfs à vif. Élodie Marcou et Agathe Laborie sont tombées malades et ont dû observer quelques jours de repos. Noémie Labrune a été victime d'une crise de nerfs et on a dû la conduire à l'infirmerie. Nous nous sommes mises à quatre pour la maîtriser.

16 juin

Rien. Chaleur. Ennui. Mauvaise humeur.

Eugénie Farges a reçu une tourte de dix livres et des conserves. Je lui ai fait la leçon : elle devait partager. Au surmenage que nous subissons s'ajoute une nourriture insuffisante pour nos jeunes appétits. La ration de pain – cette pâte gluante et brunâtre, au goût aigre – est tombée à 300 grammes par jour.

18 juin

Cécile est venue me chercher hier pour la sortie dominicale.

C'est moi qui ai payé le repas chez Charles : 20 francs, avec une bouteille de médoc, le vin préféré de mon amie.

J'avais une autre idée en tête.

– Cécile, je t'offre le cinématographe.

– On dit le cinéma, ma chérie, ou le ciné.

Nous sommes allées voir Les Mystères de New York. *C'était la première fois que je me rendais dans une salle de spectacle, et j'en avais des boules d'émotion dans la gorge. L'ambiance, d'abord, avant le début de la projec-*

tion : celle d'une messe païenne, avec des théories de spectateurs qui se saluaient de la main ou de la voix, des filaments de fumée qui n'étaient pas d'encens mais de tabac, la voix aiguë des ouvreuses se querellant avec un client qui occupait une place de première avec un billet de troisième, la rumeur confuse et sourde des conversations, les programmes que l'on brandissait comme des éventails...

– Cécile, je ne me sens pas bien. Ma tête tourne. J'ai envie de vomir.

– C'est que tu n'as pas l'habitude. Ça te passera dès que le film aura commencé. Il faut dire que cette chaleur et ce bruit...

Elle me prit la main, sourit en me demandant, comme si nous allions faire l'amour, si j'étais heureuse, malgré ce malaise. Je n'étais pas heureuse, ou alors c'était une qualité de bonheur qui me dépassait, à laquelle je n'étais pas préparée, qui m'introduisait dans un monde aussi mystérieux qu'un cabinet de magicien.

L'attente interminable m'exaspérait ; le siège de bois à bascule (nous avions pris des deuxièmes) m'indisposait, et le brouhaha qui allait s'intensifiant de minute en minute me donnait l'impression que toutes ces voix convergeaient vers moi comme vers une victime promise aux fauves d'une arène.

Le pianiste s'installa sous la scène : c'était un vieux monsieur chauve. Il joua une valse viennoise. Et soudain, la nuit se fit, presque totale, dans une déferlante de cris :

– Ha ! ha ! ha !

Le mystère prit forme. Le rectangle de l'écran vomit en une avalanche de chiffres et de signes cabalistiques l'annonce du film ; puis des personnages aux allures d'automates se mirent à danser sur la musique guillerette du piano. Les spectateurs criaient, s'esclaffaient, lisaient à haute voix les textes qui apparaissaient dans un cadre tarabiscoté. C'était le film interprété par un acteur nommé Charlot, un méchant petit personnage qui passait son temps à jouer des tours à de gros bouffis de marchands ou à des policemen moustachus. Cécile riait, pressait ma main de contractions nerveuses.

– Ça ne semble pas t'amuser, ma chérie, me dit-elle. C'est drôle, pourtant.

Drôle, cette pantomime effrénée, ces poursuites, ces bagarres, ces farces grossières ? Seul m'intéressait le petit chien qui mordait les fesses des méchants.

A l'entracte, nous avons mangé des oranges et Cécile a fumé une cigarette en m'expliquant que ce Charlot, qui s'appelle en réalité Charlie Chaplin, était un génie du cinéma comique. Je ne discernai là aucune trace de génie. Seule me fascinait l'ambiance du rituel.

Une chanteuse réaliste sortit des coulisses pour interpréter des airs d'Yvette Guilbert. Elle était grosse, laide, fardée comme une prostituée. Elle devait sentir la sueur, le vin, le graillon et le parfum bon marché.

Cécile me tendit le programme.

– Les Mystères de New York *t'intéresseront davantage, j'en suis certaine.*

Sans enthousiasme, j'en acceptai l'augure. Mon malaise s'était dissipé et j'avais encore dans la bouche le goût de l'orange lorsque le pianiste préluda avec des airs de musique moderne.

– C'est du jazz, dit Cécile.

Et le miracle que j'attendais se produisit.

Ces jeux d'ombre et de lumière, ces personnages émergeant d'une éternité de nuit, qui dansaient comme dans un ballet, le décor hallucinant d'une ville verticale, ces errances ou ces poursuites à travers brume et fumée faisaient surgir en moi un trouble jamais ressenti. Les personnages naissaient comme j'imaginais que doivent surgir les fantômes : Pearl White dans le rôle d'Elaine

Dodge, Lionel Barrymore, son père, poursuivi par la Main-qui-étreint, Skeldon Lewis, l'Homme au mouchoir rouge, Justin Clarel, le détective... ces Chinois qui hantaient les quartiers bas...

Je ne me possédais plus. J'étais tour à tour Elaine, son père, Justin ou l'une de ces élégantes au long fume-cigarette.

Oubliant le nuage de tabac qui empestait et suffoquait, les commentaires, les hurlements, les apostrophes lancées aux personnages, je baignais dans une intrigue qui me projetait dans un monde nouveau pour moi.

J'étais conquise. C'est ce que je dis à Cécile alors que, prises dans la presse, nous nous acheminions pas à pas vers la sortie.

– Plus tard, dit-elle, le cinéma sera parlant, en couleurs et peut-être en relief, avec des écrans grands comme des maisons.

– Tu es folle! Ce n'est pas possible.

– On a procédé à des essais. Ça marche. Déjà, au Gaumont, à Paris...

Elle avait soif. Nous avons bu une limonade au café voisin. Je n'étais plus moi-même, comme dédoublée : des images et des personnages du film me collaient à la peau, se substituaient à moi comme je me substituais à eux, par un étrange phénomène de mimétisme. Aucune de mes lectures ne m'avait laissé une impression aussi vive et aussi profonde.

C'était hier après-midi. Ma nuit a été peuplée de monstres, de bandits, de femmes fatales, de Chinois, traversée par un petit chien blanc et noir suspendu aux jupes de Mme Grumbert. Aujourd'hui, ces images se sont diluées dans le quotidien comme des illustrés sous la pluie. Elles demeurent présentes en moi mais s'imposent avec moins d'intensité : je dois les solliciter pour qu'elles ressurgissent. Je crains que, d'ici quelques jours, elles ne fassent plus naître en moi aucune émotion récurrente.

26 juin

Hier, Louise Gombert est revenue furieuse, une fois de plus, de la messe dominicale. Le curé lui a décerné une planchette *: un certificat de confession et non d'absolution.*

Elle gémissait :

– Pourquoi ? Qu'est-ce que je lui ai fait, à ce trou-du-cul ? Il a jugé mes réponses impertinentes, parce que j'ai osé contester l'infaillibilité pontificale.

Louise est en train de perdre la foi. Combien parmi nous l'ont encore chevillée au cœur ?

Lettre de mon « mari », ce matin. Elle m'a été remise par une élève qui a sa famille en ville, contre une barre de chocolat que j'ai bien regrettée. J'ignore par quel cheminement laborieux elle a pu me parvenir. Pauvre Jean Bernard ! Il se fait des illusions s'il croit que je vais presser cette missive contre ma poitrine, la glisser sous mon oreiller.

Et puis, zut ! assez parlé de ce béjaune. Le rendez-vous qu'il me propose avec une assurance déconcertante n'aura pas lieu. Les espoirs de mon soupirant ont fini dans la cuvette des cabinets.

Élodie Marcou en larmes. Elle aussi a reçu une lettre : son filleul de guerre, avec lequel elle entretenait une correspondance suivie, a été tué dans les environs de Soissons. Ils avaient nourri des projets; ils devaient se rencontrer à la prochaine permission. Élodie semblait certaine que cette relation aboutirait à un mariage.

Elle a découpé la photo qui le représente devant son char FT d'Estienne et Renault qu'il pilotait et dans lequel il est mort carbonisé. Elle l'a, en gémissant, insérée dans un médaillon, à la place de sainte Thérèse de Lisieux.

2 juillet

Hier, au cours de la veillée du samedi, nous nous sommes amusées comme des folles, en raison, sans doute, de la nervosité ambiante qui précède le grand départ (elle occasionne des réactions de groupe imprévisibles, peut nous jeter dans une tristesse accablante, dans une agressivité dangereuse, dans une joie débridée).

La soirée a débuté par un jeu innocent, proposé par Madame elle-même. Thème : quel animal aimeriez-vous être ?

Ma réponse :

– Le petit chien blanc que j'ai vu dans un film de Charlie Chaplin.

– Et pourquoi donc, mon enfant ?

– Parce qu'il mordait les fesses des policemen, madame.

– Ma pauvre petite, vous avez des goûts étranges. La police... on la critique, on la brocarde, mais un jour ou l'autre on a besoin d'elle. Sans elle...

L'apologie de la police française a duré cinq bonnes minutes. Un État policé est un État stable...

Cette impertinente de Judith a demandé avec un air innocent :

– Un État policé ou policier, madame ?

Madame a éludé la question avec un haussement d'épaules.

– Et vous, mademoiselle Peyre, a poursuivi la directrice, quel animal aimeriez-vous être ?

Cette sotte a répondu :

– Un singe, madame, un singe à queue prenante.

Elle a rougi de confusion au milieu de l'hilarité générale.

– Où avez-vous été pêcher cette idée saugrenue, ma pauvre petite ? a demandé Madame.

Elle avait trouvé cet animal sur une planche en couleurs du dictionnaire.

Toute une ménagerie a défilé pendant une heure, de l'éléphant à la fourmi en passant par toutes sortes d'espèces plus ou moins singulières, puis Madame nous a demandé, avant de se retirer, de chanter cette mélodie de Schubert qui lui tire des larmes :

Nuit d'avril :
Nuit d'avril, nuit parfumée
Viens briller à nos yeux...

Nous l'avons accompagnée, tandis qu'elle longeait le couloir conduisant à son appartement, par Le Chant de L'essor *:*

Tous en chantant partons gaiement
Partons vers la lumière...

Madame partie, Judith s'est mise au piano pour jouer des airs de jazz, des fox-trot et des tangos. La soirée a rapidement dégénéré en fiesta *sur un signe de Pauline : elle s'est entichée d'une grande fille de sa promotion, qui semble ne pas soupçonner les dangers du terrain sur lequel elle s'aventure, et se laisse peloter sans sourciller.*

Nous avons dansé jusqu'à l'épuisement. Judith se faisait remplacer au piano par Marie, une élève maîtresse de deuxième année. Les surveillantes des trois classes elles-mêmes n'ont pas boudé leur plaisir.

De temps à autre, j'allais m'asseoir pour souffler un peu près de la pauvre Élodie Marcou qui faisait tapisserie et triturait entre ses doigts la médaille du soldat mort.

Pas de nouvelles de Cécile. Elle doit s'être rendue à Tulle. Pour y retrouver Marcel Champeix ?

4 juillet

Petit voyage à La Courtine, un camp militaire de la Creuse, à une soixantaine de kilomètres de M... entassées dans des camions de l'armée, et rudement secouées sur de mauvaises routes.

*Un millier de soldats américains étaient réunis pour l'*Independence Day. *Ils font partie du corps expéditionnaire du général Pershing. Un jeune colonel d'origine irlandaise, un géant qui semblait conquérir chaque pouce de terrain qu'il parcourait de ses longues jambes, le commandait.*

Il se nommait Douglas MacArthur. Lorsque Madame nous eut présentées à lui, il nous dédia un impeccable salut militaire et parcourut notre groupe d'un regard glacé.

Jenny Mason traduisit le speech *du commandant : il nous remerciait de notre présence et nous précisait que nous nous trouvions dans un camp doté d'une triple fonction : le regroupement, l'entraînement et les soins aux blessés et aux gazés. Beaucoup mouraient dans ce camp et ne reverraient jamais leur Amérique. Un petit cimetière se trouvait à proximité, dominé par un mât au sommet duquel flottait le drapeau étoilé.*

Juchées sur une estrade, sous un soleil accablant et un foisonnement de drapeaux et de banderoles, nous avons chanté des hymnes alliés devant un parterre de beaux militaires, Douglas MacArthur au premier rang, parmi lesquels plusieurs officiers français.

Une fanfare de cuivres préludait à la réception qui avait lieu sous des tentes de l'armée américaine. Malgré les précautions de Madame pour nous tenir à l'écart des militaires, certains audacieux se risquèrent à nous proposer une coupe de champagne et à nous faire un brin de cour. Rien que d'innocent dans ces échanges de propos qui ne concernaient que des confrontations d'identités et des banalités sur la chaleur.

Avant que Madame, un peu affolée par la tournure que prenaient ces rapports, ne battît des mains pour regrouper le troupeau des oies blanches, j'eus le temps d'apprendre qu'il s'appelait Percy, mais je ne me souviens pas s'il s'agissait de son nom ou de son prénom. C'était, à ce que je crus deviner, un sergent d'infanterie de marine. Il était petit, râblé, enjôleur ; il peinait sur des rudiments de français mais ses yeux clairs et la douceur de sa voix ne manquaient pas d'éloquence. Sous la vareuse kaki, un pansement lui faisait une ceinture proéminente.

Le souvenir de Percy s'est évaporé presque aussi vite que l'ivresse légère occasionnée par les deux coupes de champagne que j'avais bues en sa compagnie. Il voulait ma photo, me demandait de quoi écrire, sans doute pour me donner son adresse et obtenir la mienne, mais la voix impérative de Madame a retenti. Il n'a eu que le temps de murmurer : « Sorry... » *et de me baiser la main.*

Du petit sergent de l'armée américaine, il ne reste en moi, ce soir, alors que j'écris sur mon carnet, derrière le tronc d'un séquoia, qu'une image flottante, extraite, semble-t-il, d'un film qui n'aurait ni commencement ni fin...

7 juillet

Que s'est-il passé pour que le journal de Malvina soit resté en suspens ce 7 juillet 1918 et n'ait pas été repris dans les jours qui ont suivi ? A-t-elle renoué des relations normales avec Cécile ? Le voyage à Arcachon, qui semblait lui tenir tant à cœur, a-t-il eu lieu ?

Des événements des mois et des années qui ont suivi, j'ai gardé quelques lumières : une deuxième année d'École normale sans histoire, avec des stages dans l'établissement annexe, destinés à préparer les élèves maîtresses à l'enseignement sur le terrain, un brevet supérieur enlevé brillamment, une troisième année studieuse mais moins contraignante grâce à une certaine marge de liberté concédée aux élèves dont certaines, à plus de vingt ans, étaient des adultes...

Et puis Cécile, omniprésente, encore et toujours.

Il y a quelques années, alors que nous travaillions de concert sur la rédaction de L'Orange de Noël, *Malvina m'a fait une confidence qui m'a ému :*

– J'aurais pu demander mon admission à l'École normale supérieure de Fontenay-aux-Roses. Mme Grumbert m'y encourageait, d'accord avec Cécile, malgré la longue

séparation que cela nous imposait, à mon amie et à moi. Tu connais les conditions matérielles de mon existence d'alors : pour ainsi dire, la misère. Ma mère ne me faisait jamais parvenir le moindre argent. Sans l'aide de Hugo, qui me considérait un peu comme sa fille, et de Cécile qui acceptait mal de me savoir à ce point déshéritée, j'aurais été la pensionnaire la plus démunie de l'École.

La Maïré fit une rechute. Sa santé s'altéra rapidement, malgré les soins de Hugo. Elle mourut au début de 1920, sans que Malvina eût pu la revoir vivante : elle était déjà dans son cercueil lorsqu'elle arriva à Saint-Roch. La propriété des Bories-Hautes fut bradée et le produit de la vente partagé entre quatre frères et sœurs, ce qui apporta quelque aisance à Malvina, mais non la richesse, on s'en doute. Elle était alors institutrice dans un poste de la montagne auvergnate, loin de la grande ville.

Hugo retourna dans sa Bavière retrouver une femme qu'il n'aimait pas et qu'il n'a peut-être jamais aimée, alors qu'avec la Maïré, malgré une différence d'âge assez sensible, ils formaient un couple sans passion mais harmonieux. Il ne donna jamais de ses nouvelles; à sa manière, c'était un sage : il faut savoir, à certaines époques de sa vie, passer l'éponge sur le passé; on ne peut se complaire dans le souvenir que s'il laisse subsister quelque espoir.

De la vie de Malvina Delpeuch, institutrice laïque, je sais peu de chose.

C'est, grosso modo, la vie qu'a vécue Cécile : le train-train des écoles primaires rurales, les classes d'élèves se succédant comme des vagues, marquées parfois de surprises heureuses ou de déboires, la hantise permanente du certificat d'études et de la visite de Monsieur l'Inspecteur, les suspicions de certains parents qui estiment leur progéniture lésée, les démêlés avec le curé et le maire... Tout ce qui fait le tissu monotone d'une vie d'enseignante, mille fois relatée par des mémorialistes amateurs, depuis la Maternelle *de Léon Frapié et la* Davidée Birot *de René Bazin.*

La constante de cette existence, c'est l'amitié partagée comme du pain entre Cécile et Malvina, ce parallélisme singulier dans leurs sentiments réciproques comme dans leur carrière. Si ce sentiment n'avait pas existé, la destinée de ma vieille amie aurait-elle mérité un roman ?

Je soupçonne Malvina, depuis le début de ma lecture, d'avoir un peu arrangé *son journal, dans la forme sinon dans le fond, en le recopiant. Il y a quelques semaines, elle m'a montré le cahier que Mme Grumbert lui avait restitué à la fin de l'année scolaire de première année, ainsi que les carnets qu'elle avait réussi à dérober à sa vigilance. Elle me les a mis sous le nez en me disant :*

– Respire, Jésus ! C'est l'odeur de l'école et celle de ma jeunesse. Ces carnets, je les ai gardés si longtemps contre moi, dans ma poche secrète, comme une prisonnière...

Elle se faisait des idées, Malvina. Ils ne sentaient rien, ces documents, sinon la vieille paperasse.

J'ai eu quelque difficulté à relire les notes jetées hâtivement sur un mauvais papier grisâtre, tantôt avec un crayon, tantôt avec le stylo de Fabien. Le peu que je suis parvenu à lire ne m'incitait guère à croire aux qualités littéraires que Mme Grumbert avait décelées chez son élève. Tout cela était d'un laconisme affligeant ; certaines idées originales butaient rapidement sur un point final lorsque les mots se dérobaient. Malvina, il est vrai, rédigeait ce journal dans des conditions précaires, la plupart du temps assise sur la cuvette des toilettes ou dans un coin du parc.

Elle a replacé ce manuscrit dans un placard et m'a dit, sur le ton c'est-à-prendre-ou-à-laisser qui lui est familier :

– Et puis tu m'embêtes ! Tu es trop curieux. Je vais

transcrire ce qui me paraît intéressant. Tu le liras si ça te chante. Le reste, c'est de l'écume, du baratin...

Je viens, depuis une heure à peine, de terminer le dernier feuillet, arrêté à la date du 7 juillet 1918, quand le téléphone a retenti. Malvina. Sa voix était comme intériorisée.

– C'est moi. Tu peux venir ?

– Tout de suite ?

– Dès que possible.

– Cécile ?

– Oui, Cécile. Viens vite, je t'en prie.

Le temps de prendre mon imperméable, car il tombe une petite pluie d'orage, aimable et discrète. Malvina m'attend sur le pas de la porte, un mouchoir en boule sous le nez, les yeux rouges derrière ses lunettes.

– Ça ne va pas, dit-elle en me prenant par le bras pour me faire entrer. Je viens de téléphoner au docteur Farges, mais il ne pourra pas venir avant une heure ou deux. Cécile...

Sa voix se brise ; il y roule un petit sanglot.

– ... Cécile risque de passer d'un moment à l'autre. Farges m'a prévenue.

De temps à autre, sur le tard, Malvina retrouve des expressions de sa jeunesse. On disait alors passer pour mourir : une expression discrète, élégante, que j'aime car elle implique l'idée d'un voyage d'un monde à un autre, d'un passage comme disaient les explorateurs des siècles précédents.

Malvina m'entraîne vers le bureau.

– Elle a fait une rechute brutale ce matin, dit-elle. J'étais persuadée qu'elle reposait grâce aux cachets de M. Puyjalon, mais tout à coup elle s'est dressée et elle m'a jeté, comme si elle reprenait une conversation interrompue *quelques secondes avant : « Je t'interdis de faire lire ce texte à notre ami ! C'est trop personnel. Et surtout garde-toi bien de le publier ! »*

– Et qu'as-tu répondu ?

– Que tout ça c'était du passé, que nous serions peut-être mortes avant que ce livre paraisse, si toutefois il est publiable. Ça n'aurait alors aucune importance pour nous deux.

– Et tu l'as convaincue ?

– Penses-tu ! elle a réclamé le téléphone pour te demander de renoncer à lire ces horreurs *– c'est le mot qu'elle a employé – de les brûler. Je lui ai dit d'un ton un peu vif – tu me connais, Jésus ! – que ce n'était pas à elle de décider. J'ai eu tort. Elle est retombée sur son oreiller, et j'ai bien cru que je l'avais tuée.*

– Tu exagères !

– J'ai failli t'appeler, mais j'ai constaté qu'elle ne faisait que dormir. Il y a un moment, elle m'a fait peur. Elle s'est réveillée en hurlant, disant que nous étions des salauds, que nous la trahissions... Je crains qu'elle nous quitte avec cette idée dans la tête. J'en serais obsédée jusqu'à la fin de mes jours.

Elle ajoute en me prenant la main :

– Crois-tu que nous l'ayons trahie ? Dis-moi ? Crois-tu que nous ayons mal agi ?

J'ai simplement secoué la tête, ne sachant que répondre. Dans ce domaine, où commence la trahison et, si c'est de cela dont il s'agit, comment ne pas en être blessé ? Trahir Cécile alors qu'elle va mourir...

Malvina me prend de nouveau par la main pour me conduire jusque dans la chambre de Cécile à travers cette boutique d'antiquaire qu'est leur salle de séjour. Les persiennes, malgré l'absence de soleil, sont fermées, et la pluie crépite sur elles comme ces becs d'oiseaux qui me sonnent parfois le réveil. Je m'avance à pas feutrés vers le lit et prends la main de la moribonde.

Elle entrouvre les yeux, murmure :

– C'est vous, docteur ?

– Non, c'est moi, Michel.

Je sens sa main se contracter, se libérer de la mienne, griffer le drap comme pour y creuser un sillon. Elle murmure :

– Salaud... Salaud... Tu veux faire de l'argent avec notre histoire.

– Je me fous de l'argent, tu le sais bien, Cécile.

– Alors, pourquoi raconter tout ça ? Qui est-ce que ça peut intéresser ?

– Ça aussi, tu le sais bien. Tu étais d'accord, il y a seulement quelques jours. Et aujourd'hui... Pourquoi ?

Elle secoue violemment la tête sur son oreiller en proférant une suite de propos inaudibles dont la plupart se terminent en sifflement.

– Cécile, est-ce que tu m'entends ?

Elle fait un signe affirmatif de la tête. Lentement, avec des pauses destinées à laisser à mes arguments le temps de pénétrer le mur de coton qui l'enveloppe, je lui explique, comme je l'avais fait lors de la conception de L'Orange de Noël, *qu'il serait dommage de ne pas donner, par ce livre que nous projetons, un prolongement à leur belle aventure, que je ne connaissais pas d'exemple comparable à cette fidélité et à cette longévité dans le sentiment scellé un jour de juillet 1914, au temps du certificat d'études, et qui avait résisté aux aléas, aux tempêtes de l'existence. La preuve, ajoutai-je, que leur histoire était exemplaire : on m'écrivait encore parfois pour me demander des nouvelles de mes « deux hermines ».*

J'ajoute en me penchant vers elle, que je devine un peu plus attentive et vulnérable :

– Et puis, tu le sais, la mode est à la sincérité totale. Tu

m'as toi-même avoué que tu aimais ce genre de littérature. Alors ?

Cécile décolle sa nuque de l'oreiller, fait effort pour me dire :

– Il faudra dire... Il faudra dire qu'il ne s'est rien passé de... de coupable entre nous. Nous sommes amies, rien qu'amies... et pour la vie.

– Je le savais, Cécile. Je n'en ai jamais douté.

– Il faudra le répéter... très fort... Nous sommes restées... propres. Les lecteurs pourraient croire...

– C'est promis.

Sa main a glissé sur le drap pour venir à la rencontre de la mienne qui l'a emprisonnée comme pour prolonger le frémissement de vie qui l'anime encore.

– Michel, dit-elle d'une voix blanche, approche. Je veux te dire... te dire que je t'aime bien et... et que j'ai confiance en toi. Tu... tu ne me trahiras pas ? Je ne veux pas vous quitter avec... avec cette...

– Avec quoi donc, Cécile ?

Sa voix n'est plus qu'un souffle. Un hoquet monte à ses lèvres qui se ourlent d'une écume blanche. J'appelle Malvina.

– Je crois que c'est la fin, dit-elle d'une voix brisée. Et le docteur Farges qui n'est pas là...

Il arrive. J'ai entendu le ronflement de sa Peugeot dans la côte qui conduit à Saint-Roch. Il contourne le château, s'engage dans la pente qui mène à notre domicile. Une portière qui claque ; le bruit des semelles sur le paillasson... Il entre de son pas alourdi par la fatigue, sa trousse à la main, le visage sombre. Il examine Cécile et dit en replaçant ses lunettes dans sa pochette :

– Elle n'est pas morte, mais je crains qu'elle n'ait plus que quelques heures à vivre. Ne lui donnez aucun remède, pas même de la tisane. Un peu d'eau si elle a soif, c'est tout. Évitez de lui parler. Laissez-la mourir en paix. De toute manière, elle ne souffre pas.

Nous respectons, Malvina et moi, cet insensible glissement du sommeil vers la mort. Nous passons le reste de l'après-midi à son chevet. De temps à autre, Malvina se lève pour prendre le pouls, revient s'asseoir en silence.

Elle se lève brusquement, dit d'une voix âpre :

– Je suis inconsciente! Dès la première alerte, j'aurais dû la faire hospitaliser.

– Elle aurait refusé. Tu la connais : têtue comme une mule. Elle nous a souvent dit qu'elle voulait mourir ici, chez elle. Et puis... ça n'aurait rien changé. A quatre-vingt-quatorze ans...

Malvina se rassied, gémit :

– Mon Dieu, qu'est-ce que je vais devenir?

Rester seule dans cette grande baraque, *comme elle dit, avec autour d'elle tous ces souvenirs de leur vie commune, auxquels elle se heurterait à chaque instant, elle ne peut s'y résoudre.*

Alors?

– Je vais faire du café, dit Malvina. Ça nous fera du bien.

Je la rejoins dans la cuisine pour l'aider. Elle ne se souvient pas de l'endroit où elle a placé le sac de café, la cafetière, le sucre. C'est comme si elle aussi était déjà dans un autre monde. Machinalement, elle sort trois tasses...

– Tu vois, Jésus! Tu vois! Je n'ai plus toute ma tête.

Je me charge du café. En m'activant, je lui demande :

– Pourquoi cette interruption dans ton journal? Que s'est-il passé ce 7 juillet 1918?

Elle ne paraît ni se souvenir ni comprendre, puis elle pousse un petit cri :

– Ce 7 juillet? Mais... rien, ou pas grand-chose d'intéressant. Ah! si pourtant, une lettre de Cécile m'annonçant que nous devions renoncer au voyage à Arcachon. Elle

devait rejoindre je ne sais plus qui, à Paris, dès la fin de l'année scolaire.

– Un homme?

– Oui, un journaliste du Petit Journal, *ce torchon pour concierges. Cette fois-ci, j'ai bien cru qu'elle avait tiré un trait sur moi. Elle est restée plusieurs semaines sans m'écrire. J'étais à Saint-Roch. Tous les matins, je guettais le facteur. Quelques jours après l'armistice elle m'a annoncé qu'elle avait rompu avec son journaliste, qu'elle s'apprêtait à rejoindre son poste... et qu'elle m'aimait toujours autant. Elle était un peu fantasque, tu le sais. Imprévisible.*

Cécile est venue la chercher aux Bories-Hautes pour la ramener à M... Elle n'a jamais pu vivre longtemps avec le même homme : elle était trop exigeante en amour. Après chaque rupture, c'est vers Malvina qu'elle revenait, autant pour la rassurer que pour se consoler. Elle n'était fidèle qu'en amitié.

Malvina parle de Cécile comme si elle était déjà morte : au passé.

Elle avale une gorgée de café, que j'ai fait très fort, grimace et soudain s'accroche à moi, étouffe dans ma poitrine ses sanglots et des mots inaudibles. J'ai l'imprudence de lui dire :

– Allons, reprends-toi. Tu n'es pas seule. Je suis là. Si tu veux, tu pourras venir vivre dans ma maison, au moins quelque temps, jusqu'à ce que tu aies oublié ton chagrin. Je dois rejoindre bientôt ma femme à Brive. Durant mon absence, cette maison sera tienne. Tu y seras mieux qu'ici.

Elle soupire, un filet d'irritation dans la voix :

– Tu sais bien que c'est impossible. Ici j'ai mes habitudes, mes manies, mes souvenirs... Quant à oublier Cécile, je ne le pourrai pas.

Les demoiselles des Écoles

Cécile est morte dans la nuit, sur le coup de deux heures, alors que je somnolais. Malvina m'a secoué l'épaule, a murmuré :

– C'est fini...

Je vais chercher la voisine pour la toilette de la morte. Au lever du jour, j'appelle le docteur Farges. L'orage a laissé sur la vallée une fraîcheur agréable, de petits souffles de vent comme une respiration de sommeil, et sur l'horizon un gros matelas de nuages violâtres. Un petit matin comme un autre.

L'enterrement s'est déroulé en présence de tout le village. On les aimait bien, mes « deux hermines », mes petits Renoir. Un peu originales mais discrètes. Le maire a fait un petit discours et le président des amis de Saint-Roch, Jean Lalé, a ajouté trois mots d'émotion. J'ai tenu la main de Malvina lorsqu'elle a jeté sur le cercueil une rose cueillie dans leur jardin. Elle s'est blottie contre moi en sanglotant lorsque le fossoyeur a jeté dans la tombe la première pelletée de terre.

– Tu vois, m'a-t-elle dit en ôtant ses lunettes embuées, je l'ai fait creuser assez profond pour deux. Ainsi nous ne nous quitterons plus jamais.

C'était la solution la plus rationnelle et la plus sage : la maison de retraite de Meyssac, à deux pas de Saint-Roch. Malvina n'aura qu'à prendre le car pour se rendre au cimetière.

Sa maison est en vente ; des Parisiens sont en pourparlers avec l'agent d'affaires ; ils y viendront passer leurs vacances.

– Tu vas t'ennuyer sans nous, Jésus. Heureusement, tu auras de la compagnie avec ces Parisiens. C'est une famille nombreuse : cinq enfants...

Cinq enfants... J'imagine l'animation, le bruit autour de la piscine qu'ils envisagent de construire. Ma décision est prise : je ne garderai pas cette maison à laquelle je tenais tant. Je vais en faire cadeau à ma fille Martine et à son mari Jean-Paul. Ils y recevront leurs nombreux amis. Ainsi va la vie.

– Dis, Malvina, que vas-tu faire de tous ces meubles ? Et de ta voiture ?

La voiture est morte elle aussi : une épave dont le garagiste du Pescher a accepté de la débarrasser gratis. Quant au mobilier, Malvina a obtenu d'apporter dans sa nouvelle résidence ceux de ses meubles qui lui sont les plus chers.

– A mon âge, tu comprends, il est ridicule de s'encombrer de vieilleries. Alors, mon lit, mon petit bureau Louis XVI, quelques livres, quelques bibelots, la photo qui nous représente, Cécile et moi, à Venise, sur une gondole... Je ne suis pas l'épouse d'un pharaon pour m'enfermer dans ma tombe avec un fatras inutile.

Elle ajouta gaiement :

– Dis, Jésus, tu viendras me voir à Meyssac ?

– Deux fois par semaine tant que je resterai à Saint-Roch. Une fois seulement quand je serai revenu à Brive. Ça te convient ?

Ça lui convient parfaitement. Je lui propose un dernier verre.

– Pour la route, Malvina. Le coup de l'étrier.

– C'est pas de refus ! Tu sais que je vais le regretter, ton porto ?

– Avec un petit havane ? Le dernier...

– Non merci. J'ai le cœur fragile, moi aussi, comme...

Elle allait dire « comme Cécile », mais, d'un commun accord implicite, nous évitons de prononcer ce nom qui met une ombre entre nous. Elle ajoute :

– A Meyssac, je m'achèterai des cigarettes et j'en fumerai une ou deux par jour, en cachette, en pensant à toi.

Elle va et vient dans la salle de séjour, picore ici et là de menus détails pour une collecte de souvenirs. Elle s'arrête devant le paysage de la vallée sur laquelle tourne un nuage qui est là depuis la veille et ne se décide pas à nous quitter.

Elle pépie comme un oiseau :

– Alors, il avance, ce nouveau roman ? J'espère que tu n'oublieras pas le nôtre. Tu as trouvé un titre ? J'aimerais bien Les Deux Hermines. *C'est joli. Et puis, zut ! tu feras comme tu voudras. Tu me feras lire le manuscrit et les épreuves, hein ?*

Elle tombe en arrêt devant la table où s'entassent les ouvrages envoyés par les services de presse des maisons d'édition, s'exclame :

– Tu as reçu le dernier Modiano ! J'aimerais bien le lire. Quand tu en auras fait la critique, tu me le prêteras ?

Elle consulte sa montre-bracelet, celle de Fabien, dont elle a toujours refusé de se séparer et qui la suivra sans doute dans la tombe. « Fabien, m'a-t-elle dit souvent, le seul homme que j'aie vraiment aimé... »

– Quatre heures ! dit-elle. Il faut partir. Tu peux avancer le carrosse de Cendrillon.

Lorsque ma voiture a démarré, j'ai senti soudain la solitude tomber sur moi comme un nuage.

La pluie avait sur mes lèvres un goût de larmes.

Remerciements pour leur témoignage à...

Mme et M. Beysserie, Brive (Corrèze).
Mme Germaine Bournas, Guéret (Creuse).
M. Alexis Brun, Solignac (Haute-Vienne).
M. Marcel Champeix, Masseret (Corrèze).
Mme Germaine Chateau, Tulle (Corrèze).
M. Germain Pouget, Aurillac (Cantal).
M. Maurice Lafarge, Larche (Corrèze).
Mme Marguerite Souletie, Brive (Corrèze).

Remerciements pour leur concours à...

Mlle Éliane Antoine, Brive (Corrèze).
Mme Suzy Bourliaguet, Malemort (Corrèze).
M. Daniel Borzeix, Treignac (Corrèze).
M. Yvon Chalard, Brive (Corrèze).
M. le général Pierre Crousillac et Madame, Turenne (Corrèze).
M. Serge Moreau, Ussel (Corrèze).
M. Jacques et Mme Mona Ozouf, Paris.
M. Jean-Guy Soumy, Bourganeuf (Creuse).

OUVRAGES DE MICHEL PEYRAMAURE

Grand Prix de la Société des gens de lettres
et prix Alexandre-Dumas
pour l'ensemble de son œuvre.

Paradis entre quatre murs (Laffont).
Le Bal des ribauds (Laffont).
Les Lions d'Aquitaine (Laffont, prix Limousin-Périgord).
Divine Cléopâtre (Laffont, collection « Couleurs du temps passé »).
Dieu m'attend à Médina (Laffont, collection « Couleurs du temps passé »).
L'Aigle des deux royaumes (Laffont, collection « Couleurs du temps passé ») et Lucien Souny, Limoges.
Les Dieux de plume (Presses de la Cité, prix des Vikings).
Les Cendrillons de Monaco (Laffont, collection « L'Amour et la Couronne »).
La Caverne magique (La fille des grandes plaines) (Laffont, prix de l'académie du Périgord). France Loisirs.
Le Retable (Laffont) et Lucien Souny, Limoges.
Le Chevalier de Paradis (Casterman, collection « Palme d'or ») et Lucien Souny, Limoges.
L'Œil arraché (Laffont).
Le Limousin (Solar ; Solarama).
L'Auberge de la mort (Pygmalion).
La Passion cathare :
    1. *Les Fils de l'orgueil* (Laffont).

2. *Les Citadelles ardentes* (Laffont).
3. *La Tête du dragon* (Laffont).

La Lumière et la Boue :
1. *Quand surgira l'étoile Absinthe* (Laffont).
2. *L'Empire des fous* (Laffont).
3. *Les Roses de fer* (Laffont, prix de la ville de Bordeaux). Livre de Poche.

L'Orange de Noël (Laffont, prix du salon du Livre de Beauchamp). Livre de Poche et France Loisirs.

Le Printemps des pierres (Laffont). Livre de Poche.

Les Montagnes du jour (éd. « Les Monédières »). Préface de Daniel Borzeix.

Sentiers du Limousin (Fayard).

Les Empires de cendre :
1. *Les Portes de Gergovie* (Laffont). Livre de Poche et France Loisirs.
2. *La Chair et le Bronze* (Laffont).
3. *La Porte noire* (Laffont).

La Division maudite (Laffont).

La Passion Béatrice (Laffont). France Loisirs.

Les Dames de Marsanges :
1. *Les Dames de Marsanges* (Laffont).
2. *La Montagne terrible* (Laffont).
3. *Demain après l'orage* (Laffont).

Napoléon :
1. *L'Étoile Bonaparte* (Laffont).
2. *L'Aigle et la Foudre* (Laffont).

Les Flammes du Paradis (Laffont).

Les Tambours sauvages (Presses de la Cité). France Loisirs. Presses Pocket.

Le Beau Monde (Laffont). France Loisirs.

Pacifique-Sud (Presses de la Cité).

POUR LA JEUNESSE

Éd. Robert Laffont (collection « Plein Vent »)

La Vallée des mammouths (Grand Prix des Treize). Folio-Junior.

Les Colosses de Carthage.
Cordillère interdite.
Nous irons décrocher les nuages.
Je suis Napoléon Bonaparte. Belfond Jeunesse.

ÉDITIONS DE LUXE

Amour du Limousin (illustrations de J.-B. Valadié), Plaisir du Livre, Paris. Réédition (1986) aux éditions Fanlac, à Périgueux.
Èves du monde (illustrations de J.-B. Valadié), Art Média.

TOURISME

Le Limousin (Larousse).
La Corrèze (Ch. Bonneton).
Le Limousin (Ouest-France).
Brive (commentaires sur des gravures de Pierre Courtois), éd. R. Moreau, Brive.
La Vie en Limousin (texte pour des photos de Pierre Batillot), éd. « Les Monédières ».
Balade en Corrèze. Les Trois-Épis (Alain Gazeau).

Cet ouvrage a été réalisé par la
SOCIÉTÉ NOUVELLE FIRMIN-DIDOT
Mesnil-sur-l'Estrée
pour le compte des Éditions Robert Laffont
en décembre 1994

Imprimé en France
Dépôt légal: décembre 1994
N° d'édition : 35768 – N° d'impression : 28376